山东大学儒学高等研究院科研成果
山东大学曾子研究所科研成果
曾子研究院科研成果
曾智明"曾子学术基金"科研成果

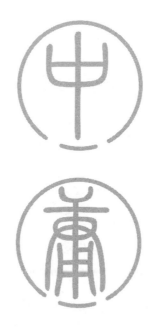

汉字中国

曾振宇 主编

Chinese
Characters

# 中庸

张亚宁

著

华夏出版社
HUAXIA PUBLISHING HOUSE

图书在版编目（CIP）数据

中庸 / 张亚宁著 . —— 北京 : 华夏出版社有限公司 , 2024.1
（汉字中国 / 曾振宇主编）
ISBN 978-7-5222-0291-4

Ⅰ . ①中… Ⅱ . ①张… Ⅲ . ①汉字—通俗读物 ②中华文化—通俗读物 Ⅳ . ① H12 – 49 ② K203 – 49

中国版本图书馆 CIP 数据核字（2022）第 012043 号

**中庸**

著　　者　　张亚宁
责任编辑　　蔡姗姗
责任印制　　周　然

出版发行　　华夏出版社有限公司
经　　销　　新华书店
印　　装　　三河市万龙印装有限公司
版　　次　　2024 年 1 月北京第 1 版
　　　　　　2024 年 1 月北京第 1 次印刷
开　　本　　880 mm × 1230 mm　　1/32
印　　张　　8.125
字　　数　　157 千字
定　　价　　52.00 元

华夏出版社有限公司　　地址：北京市东直门外香河园北里 4 号　邮编：100028
　　　　　　　　　　　　网址：www.hxph.com.cn　电话：（010）64663331（转）
若发现本版图书有印装质量问题，请与我社营销中心联系调换。

# 序

　　《汉字中国》丛书即将付梓，主编曾振宇教授嘱我在书耑写几句话。我认为"汉字中国"是个好题，丛书的出版是件好事，摆到读者面前的是一套好书，振宇教授美意岂能却之？遂谨献鄙意如下。

　　首先我想说，这是一套什么样的丛书。显然，它不是研究中国文字的学术丛书，而是在文字研究基础上通俗地讲述中国自有的文化哲学体系中一批重要概念的著作，是一套把汉字与它所承载的哲学概念如何紧密地融合起来这一独特的现象呈现出来的创新之作。

　　丛书的编著者们认为"中国本土哲学与文化形态中的概念、文字和词语是中国哲学与文化的'结晶体'"。这是一个含义很深邃又很形象的比喻。这就意味着《汉字中国》将对中国哲学与文化的概念进行深入解读，探索其内涵和外延，从而发掘、展现中华文化与其哲学的精神、品质、性格的独特性，消解中国哲学与文化之双足只穿西方哲学之鞋履所带来的误解、困惑与尴尬。反过来看，通过对中国哲学与文化的认知和体验，又可以明了并深化对这些汉字形音义的来龙去脉、衍生变异以及遗存、渗透在现代汉语词汇中的文化基因的认识。或许这也是本套丛书冠以"汉字中国"之名的用意所在吧。

诚然，《汉字中国》所分析、论列的，大多是日常所用的字词，有些即使是"专门"词语，也已经为越来越多的人所习见；但是，由于种种历史的、社会的原因，今人也常常与这些字词的深意若即若离。而如果忽略了汉字在数千年传承、延绵、孳乳、变异过程中沉淀于后世语言形式里的传统文化意义，就会冷淡了中华文化的特性，很可能语言／概念发生"漂移"现象，不得已时只好乞灵于异质文化，从而难以形成阐述中华文化的中国话语体系。

"结晶体"这样一个形象而很有意趣的比况，更会引发读者的遐想：在这个"结晶体"里面，有着丰富多样的微观世界，中国文化的种种现象和思想都在有序地存在着、排列着。由此可以想见，《汉字中国》的筹划、酝酿、研究，用心良苦矣！我不由得又想到，《汉字中国》的影响所及，可能并不仅限于人文社会科学、哲学领域，即使在构建科学技术伦理、自然语言处理、人机对话、中外语言互译，乃至人工智能等领域，似乎也可以参考一下吧。

话说得远了些，就此搁笔。

忝谓之"序"。

2019 年 8 月 22 日

汉字
中国
◆
中庸

# 目录

第一章

# 中、庸溯源

"中庸"是"中"与"庸"两种观念有机结合的产物。在孔子将它们统一以前，两种观念分别经历了各自的思想发展历程，而这两种观念的发展历程又总是与中国早期社会的经济和政治发展相统一。

## 一、"中"之溯源

### （一）"中"字释义

"中"是指事字。甲骨文、金文字形有数十种，常见字形有 、 、 、 、 、 等，像一条竖直的木棍（丨）穿过某物的中央，在丨的两端加了装饰。甲骨文 像两旗 、 相对，表示两军对峙。有的甲骨文 在两旗 之间的对称位置加一点指事符号 ，并在圆点上加两点 （分），表示在相互对峙的两股军事、政治力量之间没有倾向（中立）。有的甲骨文 将圆点 简化成 （域），表示两军之间不偏不倚的地带（中间）。有的甲骨文 省去字形下端的旗帜，像一杆旗插在口（城邑）的核心地带（中心）。有的甲骨文中将两杆旗的旗游（旗帜上的飘带）都省去，极大地简化字形。金文、篆文承续甲骨文的这种字形。

对于"中"字形的解释，学者们有颇多争议。《说文解字》认为："中，内也。从口。丨，上下通。"有学者认为，物体的中央一定在物体的内部，"中"因此可表示事物的内部、里面。这个"内部"可以是空间的内部，如《左传·僖公三十三年》记载："公使阳处父追之，及诸河，则在舟中矣。"[1]"舟中"，就是在船（中）上了。"内部"也可以是时间的，如《左传·庄公七年》记载："夜中，星陨如雨。"[2]"夜中"即可理解为"夜里"。这是"中"的常用义项，一直使用到现在。人们常说的"中部、中间、山中、水中、空中、城中、房中、心中、中午、中旬、中秋、中叶、中流砥柱、外强中干"等，用的都是这个义项。

还有学者提出，当"中"用来表示一个过程的内部、里面时，指的自然就是半、一半的意思，因为过程还没有进行完。诸葛亮的《出师表》曾说："先帝创业未半，而中道崩殂。"这也是"中"的常用义项。人们常说的"中断、中兴、中途、工作中、学习中、写作中、考察中、治疗中、做饭中"等，用的都是这个义项。

王筠《文字蒙求》说："中，以口象四方，以丨界其中央。"

---

1　杨伯峻编著：《春秋左传注》第 2 册，中华书局 2016 年版，第 546 页。

2　见上书第 1 册，第 186 页。

有学者指出，这个"中央"，既可以是与两端或四周等距离的位置，也可以是与两点等长的时间点。《墨子·经上》："中，同长也。"这是"中"的基本义项，几千年没有变。现在常说的"中点、中心、中央、中原、正中、震中、居中、集中"等，用的都是这个义项。

还有学者认为，当"中"用来表示事物的等级时，它表示的意思是中等，即不上不下，处于中间状态。《战国策·齐策一》记载："上书谏寡人者，受中赏。"[1] 这也是"中"的常用义之一，现在还在用。人们常说的"中学、中专、中号、中级、居中、适中、中篇小说、中等规模"等，用的都是这个义项。

唐兰《殷虚文字记》说最早的"中"是社会中的徽帜，古代有大事则建"中"（竖立一面旗帜）以聚众。王国维《观堂集林》解释"中"为古代投壶盛筹码的器皿。郭沫若在《金文诂林》中认为"一竖象矢，一圈示的"，象，射箭命中靶心之义。还有人认为"中"是古战场上王公将帅用以指挥作战的旗鼓合体物之象形，等等。这些说法都有其一定的道理。

无论孰是孰非，我们都可以看出，早在原始氏族社会时期就有了"中"的观念，在这种观念里，蕴含了一种因"力"而"中"的价值取向，是部众必须依附听从的权威，因此，"中"具有政治、军事、文化思想上的统帅作用，进而引申为"中"是一切行

---

1 （西汉）刘向集录，范祥雍笺证，范邦瑾协校：《战国策笺证》上册，上海古籍出版社2006年版，第521页。

为必须依附的标准所在。当然，这种观念仅仅表现为一种传统习惯而已，人们还没有把"中"上升到伦理道德的范畴。

### （二）"中"的产生及发展

随着社会的发展，"中"就逐渐用来规范人们的思想行为。到了夏、商、周三代时期，"执中"的王道思想开始形成。《论语·尧曰》中记载："尧曰：'咨！尔舜！天之历数在尔躬，允执其中。四海困穷，天禄永终。'舜亦以命禹。"[1]《尚书·大禹谟》中也记载了舜命禹的言辞："人心惟危，道心惟微，惟精惟一，允执厥中。"[2]据此，我们可以知道三代相传的要点，就在于"执中"的王道思想。"执中"，即公平适中，不偏不倚。

盘庚迁殷时，盘庚对不愿迁徙的众人进行训诫："汝分猷念以相从，各设中于乃心。"（《尚书·盘庚中》）这就是要求全体臣民把心摆在正中的位置，理性面对迁都的问题，要人民存"中"于心，以"中"来对待统治者。在此，"中"已然被作为一种美德要求于民，同时，也预示着后世"忠"字出现的契机。

但是商俗尚鬼，从已经发掘整理出来的殷墟卜辞来看，主宰着殷人的政治生活和精神世界的是对鬼神的绝对崇拜。他们遇有生产、征伐等大事都要占卜，把自己置于鬼神意志的支配之下。

---

1 杨伯峻译注：《论语译注》，中华书局 1980 年版，第 207 页。

2 （汉）孔安国传，（唐）孔颖达正义：《尚书正义》，上海古书籍出版社 2007 年版，第132 页。

殷人这种置鬼神于首位，而贬抑人事的宗教思想，严重阻碍了人们对事物发展的理性认识，因而，他们虽然对"中"的思想有某种粗浅的认识，但却创造不出有理论、成体系的伦理范畴。

周灭商之后，周人根据他们所总结的历史经验，提出了一种天命转移的历史观。他们认为，历史的发展是由天命，即神的意志所决定的，"天惟时求民主"（《尚书·多方》），也就是天时刻都在寻求适合做人民君主的人。虽然周人认为君主的权力来源于天的赐予，但是天并不盲目地赐予君主统治疆土和臣民的权力。夏人就因为不懂得保护和劝导人民，对人民暴虐，所以天命抛弃了他，命令成汤代夏做民主。到了商纣时代，天用了五年的时间等待成汤子孙的悔悟，但是商纣罔顾天意，所以天就让周人取代商做天下之主。君主政治清明，天就会赋予它统治的权力，相反，君主政绩恶劣，就会被天取消统治的权力。在这种观念的支配下，周人认为君主的权力不是无限的，而是有限的。"皇天无亲，为德是辅"[1]（《左传·僖公五年》），也就是说天命不是预定的，而是靠统治者"修德"取得的。因而，周人特别重视"德"，提出了"敬德配天"的思想，"无念尔祖，聿修厥德，永言配命，自求多福"[2]（《诗经·大雅·文王》）。

随着宗法道德规范的日趋系统化和理论化，周人进一步发展

---

1　《春秋左传注》第 2 册，第 338 页。

2　周振甫译注：《诗经译注》，中华书局 2010 年版，第 369 页。

了"中"的思想，把"中"纳入"德"作为施政方针，明确提出了"德中"的概念。周公告诫康叔说："尔克永观省，作稽中德。尔尚克羞馈祀，尔乃自介用逸。"（《尚书·酒诰》）意思是说，你如能够经常反省，尽力推行中正之德，那么你将能够保住王位，长远地得到饮食美味，过着安闲享乐的生活。

周公的"中德"思想，主要包括"明德"和"慎罚"两个方面。明德，主要有对天、对己、对民三个方面。

对天，就是对上天要持有恭敬之心。周人对于天人关系，不再像商人那样完全听命于天，而是在天命思想的指导下，尽人事以待天命。由于天命代表着善和德，因此统治者们的一切思想行为都以此为准，努力向善正德，以求天意。

对自己，就是要统治者加强自身的品德修养，自觉地履行应尽的职责，做一个合格的好君主。《尚书·无逸》记载周公训诫继承先王基业的君主，不能沉迷于台榭、安逸、游玩、田猎之乐，要认真从事治理人民的政务，因为"今日耽乐，乃非民攸训，非天攸若，时人丕则有愆"。周公告诫康叔治国要谨慎，不要有怨恨，不要采用错误的政策和不合国家大法的措施，而隐蔽了自己的诚心，"丕则敏德，用康乃心，顾乃德，远乃猷。裕乃以民宁，不汝瑕殄"（《尚书·康诰》），要修明品德，安定心思，检查德行，深谋远虑，从而使民安宁，就不会因为过错而被推翻了。正因为如此，周人特别重视君主的内心修养，"王敬作所不可不敬德"（《尚书·召诰》）。

对民，就是对被统治者实行德政。在"天视自我民视，天听自我民听"思想的指导下，统治者在加强自我道德修养的基础上，也采取了一些"惠民"的措施。其中所谓的"民"，既包括周人中的普通自由民，也包括被征服的殷商民众。对于周人中的下层人民和孤苦伶仃的人，应该倍加爱护施恩，"怀保小民，惠鲜鳏寡"（《尚书·无逸》）。对于被征服的殷商之民，周人虽然是恩威并用，但是却偏重于怀柔政策，主张"无胥戕，无胥虐，至于敬寡，至于属妇，合由以容"（《尚书·梓材》），意思是不能残害、虐待他们，敬养寡弱，存恤姜妇，和合其教，用大道以容之，其目的在于缓和阶级矛盾，勿使"民怨"，以"咸和万民"。在此基础上，君主要用"德"来教化人民。《周礼·地官司徒·大司徒》："以五礼防万民之伪而教之中。"贾公彦疏："使得中正也。"[1]

除此之外，周人还一再强调"慎罚"。所谓"慎罚"，就是要谨慎地使用刑罚，也就是要"明于刑之中"[2]，即量刑要适中。《尚书·立政》记载周公曰："兹式有慎，以列用中罚。"《尚书·吕刑》在谈到执法时，也强调一个"中"字，"惟良折狱，罔非在中"等，都是说用刑要恰如其罪，执法如果不"中"，刑罚必将难以执行。这种思想，在青铜器铭文中也一再出现，《叔夷钟》有"慎中其罚"之类，都说明用刑要适中的思想。

---

1　吕友仁译注：《周礼译注》，中州古籍出版社 2004 年版，第 127 页。
2　《尚书正义》，第 777 页。

　　如何才能在执法时做到"中"？《尚书·吕刑》说："民之乱，罔不中，听狱之两辞。无或私家于狱之两辞。"大意是人民能够安定，是因为法官能够以"中"的态度来听取诉讼双方的陈述。公正地判明两辞，便能做到"中"。可见，有周一代，"中"的思想获得长足的发展。

　　"和"范畴的提出是中庸思想发展过程中非常重要的一个环节。

　　"和"与"中"一样，有着悠久的历史。《说文解字》中，"和"有两个意义：第一，"和，调也"，"盉，调味也"；第二，和，也可作为乐器和音乐。杨树达在其《论语疏证》中就《说文解字》"和"的两种意义阐释说："乐调谓之和，味调谓之盉，事之调适者谓之和，其义一也。"调和的音乐是悦耳的，调和的味道是鲜美的，调和的状态是最佳的。由此可见，无论是饮食意义上的调和，还是音乐上的调和，它所调和的对象不是单一的，而是多方面的。"和"即是"调和"的行为，同时也是"调和"的结果。

　　三代时期，人们对于"和"的认识还没有上升到抽象的、统一的高度，但是已经呈现出多样性的变化。《尚书·尧典》中记载尧帝"克明俊德，以亲九族。九族既睦，平章百姓。百姓昭明，协和万邦"。尧能够发挥自己杰出的才德，来亲睦自己所有的亲族，区分辨明所有的氏族姓氏，协和所有的城邑小国。《尚书·舜典》中记载舜帝命夔主管音乐，以音乐来教育未成年的后代，他说："夔：命汝典乐，教胄子。直而温，宽而栗，刚而无虐，简而无傲。诗言志，歌永言，声依永，律和声。八音克谐，无相夺伦，神人以和。"夔曰："於！予击石拊石，百兽率舞。"他们教子女的乐诗都是既威严又温和、既宽容又严厉、既刚强又不肆虐、既简易又不傲慢的，从诗到歌、到言、到声、到律、到八种乐器的演奏、到百兽率舞，都协调有序，用诗、乐、舞的和谐，沟通人与神、天与人的思想、情感与关系，以达到人神以和、天人以和的目的。舜劝勉禹说："德惟善政，政在养民。水、火、金、木、土、谷惟修，正德、利用、厚生、惟和。"可见，"和"已经被作为君主实行统治的美德之一了。

西周时期，随着宗法制度的确立和完善，处理好家庭和社会的种种矛盾和冲突，成为一条重要的治国原则。《尚书·无逸》中记载周文王"自朝至于日中昃，不遑暇食，用咸和万民"。《尚书·多方》篇中记载，周成王告诫殷商遗民一定要服从周王朝的统治，和睦起来。他说："自作不和，尔惟和哉！尔室不睦，尔惟和哉！"周成王临终时，告诫康王应该遵循国法，使天下臣民都与中央和谐相处，以发扬文、武王的光荣传统和遗训。说："临君周邦，率循大卞，燮和天下，用答扬文、武之光训。"可见，在西周时期，"和"的含义主要是"燮和""调和""和协"，但是它始终没有成为一个纯粹的伦理哲学范畴。"和"观念的伦理哲学化以及它成为中庸范畴的一部分，是从春秋时期开始的。

春秋时期，是我国古代社会新旧交替的大变革时代。在这个过程中，以周天子为"天下大宗"的宗法等级统治体系四分五裂，出现了所谓"礼崩乐坏"的动乱局面，这无疑会给社会思想意识以巨大的冲击，自然也会给社会道德生活和伦理观念的变化以深刻的影响。但是，这种"转变是一个缓慢的、自发的、渐进的过程，一直延续了三百多年之久，到春秋战国之交才算完成"[1]。因此，这个时期的历史，各方面都表现出"过渡"的特点。具体到伦理思想方面，就是新旧思想错综交织，新的观念和思想开始形成；同时，反映西周宗法等级关系的旧的伦理思想还没有完全退出历史舞台。由于新旧两种观念都以农业自然经济为基础，因而它们之间也有直接相通之处，所以，一些旧的伦理思想也被注入新的内容。

春秋时期，随着生产力的发展和社会各阶层力量的变化，社会关系的各个方面都发生了深刻的变化，原有的礼乐制度已经越来越难适应社会发展变化的需要。在社会的重新整合中，西周末年至春秋时期的思想家，在对"和"的思考上出现了一个重大转折，那就是"开始关注'和'内的各种要素的特征及如何经它们组合为和谐的系统"[2]。

由于人们对"和"的最初认识来源于饮食之和与音乐之和，所以，从音乐和饮食方面来描述"和"的状态，成了西周末年至春秋时期思想家主要谈论和阐释"和"的方式，并且从哲学观、历史观、政治观、战争观以及方法论与处事原则等不同层面，赋

---

1 任继愈主编：《中国哲学发展史》先秦卷，人民出版社 1998 年版，第 116 页。

2 陈科华：《儒家中庸之道研究》，广西师范大学出版社 2000 年版，第 110 页。

予"和"以自然、社会、人生的多重内涵。

《国语·周语下》记载周景王想造一套名叫"无射"的大型编钟，遭到单穆公的反对，但是，"王弗听，问之伶州鸠"，伶州鸠没有正面回答他的问题，而是从音乐谈起。他说"声应相保曰和"，也就是说，音乐之和源于音乐的各元素之间的一种协和。由此，他从音乐谈到政治，他认为政治应当效法音乐的谐和，政治也必须同样谐和："夫政象乐，乐从和，和从平。"谐和的音乐来源于五声六律的和谐配合，而谐和的音乐出于和平中正之心。[1] 由此，古代音乐的"中和"理论从"神人相和"的祖先崇拜、和睦宗族的宗法观念发展到"和于德"的道德学说。《左传·隐公四年》记载众仲的话："臣闻以德和民，不闻以乱。"[2] 由此可见，春秋时期，各国诸侯把"以德和民"看成了一条重要的治国之道。

当时的思想家已经认识到社会和自然现象一样也是在运动变化的，贵族可以变成平民，平民的地位也可以上升至贵族，这是"天之道"。同时，人们也开始意识到，客观世界存在着多样性的对立与统一。在社会政治领域内，王的大臣或诸侯的大臣构成了王或者诸侯的对立统一，然而君和臣地位不是永恒不变的，如果君"世从其失"，而臣"世修其勤"，那么也会发生君臣易位的情况，所以他们认为："社稷无常奉，君臣无常位，自古以然。"[3] 因

---

1  薛安勤、王连生注译：《国语译注》，吉林文史出版社 1991 年版，第 137—139 页。

2 《春秋左传注》第 1 册，第 39 页。

3  见上书第 5 册，第 1692 页。

此，只有在多样性中取得和谐，使对立又统一的事物之间实现互动互补，在对立中取得一致，才是认识世界的正确方法。在此基础上，思想家们开始探讨"和"与"同"范畴的区别。

《国语·郑语》记载，史伯为了使周幽王能够听取臣下的不同意见，他从辩证法的高度对"和"与"同"的区别做了系统阐述，开启了春秋时期"合同之辩"的先河。史伯首先对"和"与"同"的功能与内涵做了界定："以他平他谓之和"，"和"即是不同事物或对立事物之间的和谐统一；"以同裨同"，即是同类事物相济，或单一事物相加，否认矛盾与差别，是绝对等同。在此基础上，史伯提出了"和实生物，同则不继"的命题，他认为，任何同一事物的相加都不能产生出新的事物，而"和实生物"，"故能丰长而物归之"。因此，史伯主张"取和去同"，反对"去和取同"。因为在他看来，"去和取同"，国家必亡；"取和去同"，国家必兴。[1]

春秋末年，晏婴深化和发展了史伯的这种观点，明确提出了"和"与"同"相异的观点。晏婴的"和"与史伯的"和"相比，在内涵和外延上都已经有了较大发展。据《左传·昭公二十年》记载晏婴以"济五味"与"和五声"为例，着重阐发了对立物的相济、相成关系。如果说史伯"以他平他"的"他"中隐含着"可"与"否"，那么晏婴已经明确地将"可"与"否"作为了

---

1 《国语译注》，第662—663页。

"和"的内涵，极力主张"君所谓可而有否焉，臣献其否以成其可；君所谓否而有可焉，臣献其可以去其否"，只有这样，才能做到"政平而不干，民无争心"[1]。晏婴已经从事物的对立中，认识到对立之中的"可"与"否"，从而"济其不及，以洩其过"，为以后"过犹不及"的中庸思想打下了基础。

## 二、"庸"之溯源

"庸"，甲骨文所见此字的写法不多，有如下几种：、。金文写作、，小篆写作、。关于"庸"字的原意，争议颇多。绝大多数学者认为，从"庸"在甲骨文中体现出来的字形、来看，它可能是某种乐器。许慎在《说文解字》中指出："庸，用也。从用从庚。庚，更事也。《易》曰：'先庚三日。'"段玉裁注曰："用也，叠韵，从用、庚，会意；庚，更事也，庚、更同音，说从庚之意。"认为"庸、用"是双声叠韵，会意字；"先庚三日"即"先庸三日"，"先事而图更"，也就是说先用（做）事再图变更。清代语言学家苗夔也认为"用亦声"，也就是说，"用"也是"庸"的声韵。古文字学家于省吾赞同此说，认为"庸""用"二字双声叠韵。从甲骨文、金文到小篆，也可以看出"庸"的字形从用、从庚。"庸"由"用"和"庚"组成，

1 《春秋左传注》第 5 册，第 1576—1578 页。

与"用"同源，[1] 因而学者们往往通过"用"的古义来探寻"庸"字的本义。

裴锡圭就列举了甲骨文中商人把庸、用指称乐器的几种情形。[2] 刘兴隆认为"用"与"甬"二者原意相同。[3]"用"，甲骨文作  ，金文作  、  ；"甬"，金文作  。唐兰在《金文诂林》中解释"用"："象盛器，甬之本义为断竹及钟，始以竹为之，及以金为之则为钟。"[4]宋人戴侗、元人周伯琦和近人郭沫若等人，认为甬、用、庸相通，为打击乐器——钟。

"庸"为"钟"，在文献当中也有许多的佐证。《周礼·春官宗伯》中记载"典庸器"的职责是"掌藏乐器、庸器。及祭祀，帅其属而设筍虡，陈庸器。飨、食、宾射亦如之。大丧，廞筍虡"。从这里清楚地看出，所谓"庸器"就是悬挂在钟架"筍"和"虡"上的乐器。因此"庸"的出现，标志着古代乐制的日益完善和规范。

《尔雅·释乐》："大钟谓之镛。""大钟曰庸"的"大钟"，并不是指钟的形状大小而言，而是特指陈列于宗庙、帝王墓室之中的乐器，象征着帝王的权威。在祭祀祖先和先贤时，免不了要对其歌功颂德，除了口头称颂外，一些英雄事迹也会被刻录下来，

---

1　王力：《同源字典》，商务印书馆1982年版，第384页。

2　裴锡圭：《甲骨文中的几种乐器名称》附《释万》，《裴锡圭学术文集》甲骨文卷，复旦大学出版社2012年版，第67—79页。

3　刘兴隆：《新编甲骨文字典》，国际文化出版社1993年版，第194页。

4　周法高主编：《金文诂林》，香港中文大学出版社1975年版，第2070页。

所以人们也在"庸"上明铸帝王的功德。这种对于功德的赞赏和看重方式，对人们也起到一种激励的作用。同时，"庸"上还铭刻法律条文，以便永久保存。《尔雅·释诂》记载："典、彝、法、则、刑、范、矩、庸、恒、律、戛、职、秩，常也。"

无论是作为铭记英雄事迹的"庸"，还是作为典制、法规的"庸"，都是恒常不变的，由此，就引申出"常"这个含义，即国家各种典制、法规的总名。《尔雅·释诂》释"庸"为"常也"。在此基础上，"庸"逐渐发展成为一德。《周礼·春官宗伯·大司乐》："大司乐……以乐德教国子：中、和、祗、庸、孝、友。"郑玄注："中，犹忠也。和，刚柔适也。祗，敬。庸，有常也。"言行有常，始终如一，是国君、公卿大夫之子所应具美德之一。

但是，无论事物、现象多么尊贵或罕见，如果发生的次数太多、太频繁，人们就会觉得习以为常，因而，"庸"又含有平常之意。《尔雅》："庸，常也。"何晏注《论语》，释"庸"为常，他说："庸，常也，中和可常行之德也。"徐复观在《中国人性史·先秦篇》中进一步把"庸"解释为"平常的行为"，道德显示在日常生活中的方方面面，虽琐碎却不可或缺。而一个人的内心修养与道德品行，往往是能从他平常的一言一行中反映出来的。故而，《周易·乾》卦中就有"庸言之信，庸行之谨"[1]的说法，意思是日常的言语要注意信用，日常的行为要谨慎小心。

---

1  周振甫译注：《周易译注》，中华书局 1991 年版，第 5 页。

通过以上分析可以看出，在孔子以前，"中"和"庸"的观念早已形成了传统，成为一种美德，那便是中正、中和之德和恒常、平常之德。虽然当时还没有将"中"和"庸"连缀使用，但我们已从中看出两个字义的高度契合性。

孔子作为儒家学派的创始人，他对中国古代文化发展脉络有深刻的领悟。孔子遵循着"因袭损益"的精神，凭借夏商周三代以来有关"中""庸"的丰富思想资源，正式提出"中庸"这一伦理范畴，具有划时代的意义。

# 第二章

# 中庸之道产生的历史依据

每一种思想、理论的产生，都不是凭空而来的，而是有其产生的历史依据的。这种历史依据既包括从传统文化中吸取的优秀文化资源，也包括社会生活中的实践活动。中庸这一思想范畴，正是中华民族农业文明智慧的结晶，是血缘宗法社会的必然产物。

## 一、农业文明的智慧结晶

中庸之道是中国古代农业文明智慧的结晶。

中国是以农立国的文明古国。古老的中国，疆土辽阔，江河湖泽纵横交错，土质肥沃，资源丰富，给农业生产和发展提供了便利条件。

关于中国农业的起源，可以追溯到没有文字记载的远古时代。在中国古史传说系统中，神农氏遍尝百草，找到适合人们种植和食用的谷物，这才有了农业；此后的轩辕氏改良农具，后稷教人耕作，尧、舜、禹为发展农业、治理水患而奔走等等，都说明了中国农业发展相对早熟的特点。

考古发现的大量事实也证明了这一点。在距今 4000 余年的龙山文化，石锄、石镰、蚌镰、石铲、犁形器等石制工具和各种谷物多有出土，说明农业生产已由锄耕发展到犁耕阶段。中国首批新石器文化——距今约 6000 年的仰韶文化遗址，发掘出可见谷壳压痕的陶片，而且仰韶文化的农业生产已经进入锄耕阶段。在长江流域，距今约 7000 年的河姆渡文化遗址，出土了大量的稻谷遗物。

农业的发展为人民生活稳定提供了保障，也成为古代中国立国的前提。古代中国，把国家政权称为"社稷"。《说文解字》中说："社，地主也"，"稷，五谷之长"。"社"是土地神，"稷"是小米，又叫谷子。用"社稷"代表国家政权，说明农业在国家中的重要地位。

农业的地位如此重要，使古代中国形成了重农传统，从而直接影响着中国古人的心理结构和思维习惯。冯友兰先生曾指出："农民的眼界不仅制约着中国哲学的内容……更重要的是它还制约着中国哲学的方法论。"[1]

在古代社会中，生产力比较低下，农业生产的好坏，很大程度上依赖着天气的好坏。天气好时，风调雨顺，先民们自然有好的收成；天气不好时，就有可能发生洪涝干旱等灾害，粮食就会减产，甚至颗粒无收。天气的变化万端和神秘莫测引起古代先民

---

1 冯友兰:《中国哲学简史》，赵复三译，生活·读书·新知三联书店 2009 年版，第 26—27 页。

对天的无限敬畏，他们无不信天、敬天。但是，中国古人又不是完全听命于天。从传说中的后羿射日、女娲补天到大禹治水，无不表现出中国古人与天相争的智慧与勇气。在一边敬天、一边与之相争的过程中，中国古人逐渐发现，天人是可以相感而通、和谐相处的。因而在长期的农耕生活中，古代中国人逐渐形成了天人合一的和谐自然观。这种质朴的和谐自然观念，经过后世哲学家们的抽象和概括，便成为中国所特有的天人合德的伦理型文化形态。

在长期的农业生产过程中，中国古人还形成了"时中"的观念，即生产活动要合乎时宜、时令。农业生产的特殊性，就是要求农作物必须按时播种，按时收割，不能太早，也不能太晚，因而先民们形成了强烈而浓厚的天时观念。中国古代历法的成熟和发达，就与中国古代农业之早熟有着密切的关系。《尚书·尧典》曾记载，尧命羲和"历象日月星辰，敬授人时"。

中国古人根据季节的更替、气候变化和动物出没、植物萌枯的规律，把一年分为二十四节气。这不仅是我国历法的一大创造，也是对中国农业发展的巨大贡献。二十四节气的确立，客观上反映了一年四季节令气候的变化，对农业生产起着重要的指导作用。比如农谚中所说的"过了惊蛰节，春耕不停歇"，惊蛰时，天气转暖，春雷震动，我国大部分地区进入春耕季节；又如"芒种芒种，抢收抢种"，到了这些节气，人们就开始准备抢种抢收了，一个"抢"字便鲜活地体现出这一时期的紧张时间；又如"立夏三朝遍地锄""过了芒种，不可强种""立秋处暑耕作忙，多种蔬菜和杂粮""霜降见霜，米谷满仓"等农谚，都包含时令不饶人之意。自然状态的农业生产必须严格按照时令行事，按自然规律行事。这种对农业生产规律根深蒂固的感受，影响了中华民族的文化心理结构，给中国传统文化烙上了深深的持守中道、无过无不及的印痕。因为违背了中道，过或不及，带来的可能就是衣食无着的利益损害，进而危及国家的安危。冯天瑜先生指出："华夏——汉人崇尚中庸，少走极端，是安居一处，企求稳定平和的农业经济造成的人群心态趋势。"[1] 所以，强调"不夺民时，不蔑民功"（《周语下》），便成为政之道的根本。

## 二、宗法血缘社会的必然产物

由于中国是农业发达的文明古国，从事农业的人们，不需要像游牧民族一样漂泊不定，而是长期生活在一地，形成比较稳定的血缘聚居群，因而血缘宗法制是中国古代社会的又一特征。

中国进入文明社会的途径，与欧洲古希腊、古罗马的发展途径不同，具有比较早熟的东方特点。古希腊、古罗马是在有了使用铁器的个人生产力之后，用家庭的个体生产代替原始的集体协作生产，瓦解原始公社，发展家庭私有制的途径进入文明社会的。

---

1　冯天瑜、何晓明、周积明：《中华文化史》，上海人民出版社 1990 年版，第 174 页。

而中国，则是在保持和加强公社组织形式的条件下，以血缘关系为纽带，发挥集体力量为途径进入文明社会的。

正是因为中国进入文明社会时保留了氏族社会的结构，所以统治者得以利用氏族制并将其发展成为宗法制度。中国宗法制度的核心是确立按宗族血缘关系来"受民受疆土"的继承法。宗统（宗族或宗法统治）和君统（君主统治）是有区别的。在宗统范围内，所行使的是族权，它取决于血缘身份；在君统范围内，所行使的是政权，它取决于政治身份。血缘身份和政治身份往往联为一体，周代确立的嫡长子继承制就是有力的证明。所谓嫡长子继承制就是应土地和权利分配的需要，按父系氏族血缘嫡庶之分而建立的天子、诸侯的世袭继承法。历代周天子的王位由周王的嫡长子继承，所谓"立嫡以长不以贤，立子以贵不以长"（《公羊传·隐公元年》），周天子世代保持大宗的地位。而周王的兄弟和其余诸子被称为别子，受封为诸侯，建立邦国，他们各自的封地和爵位也由他们的嫡长子继承。相对于周王来说，他们是小宗，但在自己的封地内又是大宗。以此类推，卿大夫、士也这样，只是士不再分大小宗，一律为小宗。周王对所有的诸侯、卿大夫、士来说，是绝对的大宗，是天下的"宗主"。诸侯、卿大夫各为本支的大宗，而对上一级宗主而言又是小宗。这样就构成了大宗统小宗的层层宗法关系。

西周宗法制规定，各级贵族都要遵奉他们共同的祖先，这就是"尊祖"。而周王作为天下地位最高的大宗被视为继承了祖宗的事业，代表了全周族的利益，所有小宗必须结合在他周围，对他表示无限的崇敬，这就是"敬宗"。各级宗族成员，都要以各级宗子为核心，尊祖敬宗。敬宗是尊祖的表现，这是宗法制一项必不可少的原则。在这项原则的指导下，周天子利用宗族血缘纽带，按父权家长制的班辈来分田制禄，设官封职。天子、诸侯、卿大夫、士，既是政治上的君臣隶属关系，又是血缘上大宗和小宗的关系。他们享有不同的等级名分，取得不同的政治地位和经济特权。而被统治的"隶子弟""庶人工商"，也"各有分亲"，"皆有等衰"（《左传·桓公二年》），都被牢牢地控制在血缘纽带上。

同时，根据同姓不婚原则，周王室又与异姓封国结为婚姻，利用姻亲来加强与各异姓宗族之间的团结。所以，周王称同姓诸侯为伯父、叔父，称异姓诸侯为伯舅、叔舅。这种宗法关系和姻亲关系加强了王朝和封国之间的联系。

这样，西周就以氏族血缘关系为纽带，建立了一个严密的从天子到诸侯、卿大夫、士、庶民的金字塔式的统治秩序，政权与族权相统一，君统与宗统相统一，国和家相统一，形成了"大邦维屏，大宗维翰。怀德维宁，宗子维城"[1]的政治局面。

宗法制度与等级制度是互为表里的。《左传·昭公七年》记载："天有十日，人有十等。下所以事上，上所以共神也。故王臣公，公臣大大，大大臣士，士臣皂，皂臣舆，舆臣隶，隶臣僚，

---

1 《诗经译注》，第418页。

僚臣仆，仆臣台。马有圉，牛有牧，以待百事。"[1]这种等级制，主要表示政治身份的不同，同时也表示亲属间行辈的不同。

立宗子、固大宗、别嫡庶、定继统、正尊卑、分贵贱、序世系、敬祖宗，周代以血缘宗族为纽带，以世袭分封为政治结构，以宗庙社稷为权力象征的奴隶制血缘宗法制度的确立，奠定了中国古代延续几千年的宗法传统和家长制统治的基础。在这种家国同构的制度中，强调以整体为本位，任何人都只能在社会中、与他人的关系中才能确认自己的存在，确立自己的责任和义务。在此背景之下，个体对整体是绝对的依附关系，个体毫无独立性可言。"正是在宗法等级制的基础上，产生了西周的一套宗法道德规范和伦理范畴，并决定了周人道德意识的特点。"[2]因而，以血缘宗法制为基础的社会政治，十分强调统治中的秩序问题，比如道德秩序和人际关系等，特别注重社会的协调与和谐。所以，西周所提倡的道德规范，最基本的是父慈、子孝、兄友、弟恭，它们是对宗法关系纵横两个层次的伦理概括，体现了既"亲亲"又"尊尊"的原则，是用来调节宗族内部人伦关系的基本行为准则。这些道德规范，本质上是对父子、兄弟之间的权利与义务关系的反映。在对权利与义务的制衡过程中，保持着社会群体的和谐。

---

1 《春秋左传注》第 5 册，第 1422—1423 页。

2 朱贻庭：《中国传统伦理思想史》，华东师范大学出版社 2004 年版，第 6 页。

第三章

# 中庸思想的创建与完善

先秦时期，正是我国历史上政治、经济、社会变动最剧烈的时期。当时诸子蜂起，百家争鸣，出现了一个文化学术空前繁荣的局面。孔子首先将"中""庸"合用，创建了中庸思想，随后在以孟子、荀子为代表的孔门后学的努力下，中庸思想获得了系统而全面的发展。

## 一、"至德"之中庸

先秦儒家认为，如果人们都能做到身正行中，遵循王道，方有"中正"和平的天下，孔子说："政者，正也。"（《论语·颜渊》）由此，孔子特别重视君子的道德修养。所以，孔子不仅第一个将"中"与"庸"连用，并且把它提到了"至德"的高度，即所谓"中庸之为德也，其至矣乎! 民鲜久矣"（《论语·雍也》）。在这里，中庸被孔子赋予了伦理道德价值。《中庸》认为"中庸之德"是不容易形成，甚至是不容易做到的，"天下国家可均也，爵禄可辞也，白刃可蹈也，中庸不可能也"[1]，"虽圣人亦有所不知焉""有所不能焉"。这说明"中庸"的境界是一种最高的境界，是孔子关于"中庸"之为"至德"的进一步论证。孟子提出"中道"的思想，"中道而立，能者从之"[2]（《孟子·尽心上》）。孟子的"中道"思想自然是秉承孔子"中庸之为至德"的思想而来，他把"中道"看作道德的最高层次。

## （一）兼德的中庸

在孔子看来，中庸是最高道德原则，一切美德都是中庸在道德上的不同表现。"兼德而至，谓之中庸"（《人物志·九征》），中庸是多种品德的有机整合。孔子把整体的道德规范集于一体，形成了以"仁"为核心的伦理思想结构，它包括孝、弟（悌）、忠、恕、礼、知、勇、恭、宽、信、敏、惠等内容。

"仁"首见于《诗经》。《诗经·郑风·叔于田》有"洵美且仁"，《诗经·齐风·卢令》有"其人美且仁"的记载。这两处"仁"都和"美"连用。"美"在《诗经》中多指容貌之美，那么与之并用的"仁"显然就是指与容貌相提并论的品德之美。随着历史的发展，仁的外延不断扩展。《左传·僖公三十三年》记载："臣（臼季）闻之：出门如宾，承事如祭，仁之则也。"[3]出门就好像去会见宾客，做承担的事情就好像去参与祭祀。换句话说，就

---

1　王文锦译注：《大学中庸译注》，中华书局2013年版，第22页。

2　杨伯峻译注：《孟子译注》，中华书局2005年版，第320页。

3　《春秋左传注》第2册，第548页。

是要做到为人要"敬",做事要"忠",这是仁的准则。《国语·晋语》记载:"为仁与为国不同。为仁者,爱亲之谓仁;为国者,利国之谓仁。"[1]这里的"仁",又包含了"爱亲""利国"等意思。《左传》引郧公辛的话说:"《诗》曰:'柔亦不茹,刚亦不吐。不侮矜寡,不畏强御。'惟仁者能之。违强凌弱,非勇也;乘人之约,非仁也。"[2]软的不欺,硬的不怕,不欺负老弱幼小,不畏强暴,这只有仁爱的人才能做到。逃避强大,欺凌弱小,这不是勇,乘人之危,这不是仁。可见,春秋前期的人们已经把尊亲敬长、关爱民众、忠于君主等美德都称为仁。孔子继承和发展了"仁"的思想,进一步提出了其伦理道德的含义,并使之成为儒家的核心思想。

受宗法血缘关系的影响,孔子认为自然的血缘之亲是仁的前提和基础,提出孝悌为仁之本的观点。孝,就是孝敬父母;悌,就是敬爱兄长。《中庸》也说:"仁者,人也。亲亲为大。"[3]孟子进一步用"亲亲""敬长"来解释"仁"和"义":"亲亲,仁也;敬长,义也。"(《孟子·尽心上》)"亲亲"是爱亲、尊亲、事亲,就是"仁";"敬长"是处理长幼关系的道德原则,就是"义"。显然,孟子关于"仁"和"义"的规定,具有明显的宗法特征,成为处理亲疏关系的一个普遍的道德规范。

---

1 《国语译注》,第313页。

2 《春秋左传注》第6册,第1724页。

3 《大学中庸译注》,第30页。

孔子还把孝悌的血缘之亲推衍和泛化，提出"爱人"的主张。《论语·颜渊》记载孔子的学生樊迟请教孔子什么是仁，孔子回答："爱人。"仁就是爱人，这个答案简单而明确，人人能够理解。那么，这里爱人到底指的是爱什么人呢？子曰："弟子入则孝，出则悌，谨而信，泛爱众，而亲仁。"由此可见，孔子说的"爱人"就是泛爱众，爱天下所有的人。仁者爱人，是以重视人、尊重人为基础的。

《论语·乡党》篇里记载孔子上朝回来以后，发现马棚失火了，他马上就问，伤人乎？不问马。春秋时期，奴隶制社会虽然瓦解，奴隶制残余依然存在，奴隶可以买卖，而且一匹马比一个奴隶的价格不知要高多少倍。但马棚失火后，孔子首先关心的是人，却不是马，这里面蕴含着儒家一个非常重要的理念，那就是天地之间"人"为贵。

因为发现了"人"，所以孔子特别重视"人"的价值。我们知道，在古代，人殉是非常野蛮的一种落后风气。在春秋时期，以人殉葬的现象已经减少了，普遍出现制作木俑、陶俑来殉葬，这与以人作为殉葬品相比较而言，应该是进步多了。但这些木俑、陶俑做成人形，在"爱人"的孔子那里仍然是不能容忍的，并且诅咒说："始作俑者，其无后乎！"（《孟子·梁惠王》）孔子的气愤之情由此可见一斑。总之，孔子的"爱人"就是承认人的人格，承认人是社会群体的成员，认为人应该获得赖以生存的物质生活资料，应该传宗接代而使人类延续，应该具有道德文化而异于禽兽。在天命神学盛行的时代，孔子行事立言不以天和神为本，而以人为本，因此郭沫若说孔子的仁学是"人的发现"，是有一定道理的。

孟子像孔子一样，把"仁"由"爱亲"而推衍为"爱人"的普遍伦理原则，他也说"仁者爱人"，并且更进一步指出，仁者爱人的原则就是"义"，由"义"来规范"仁"的界限，也就是所谓的"居仁由义"，达到了"仁"与"义"的统一。"仁，人之安宅也；义，人之正路也"（《孟子·离娄上》），"仁，人心也；义，人路也"（《孟子·告子上》）。"仁义"并举，是对孔子"仁"的重要发展。

孔子要求君子必须肯定和维护自己的人格价值，并且认为人格价值要高于生命价值，所以，他提出"志士仁人，无求生以害仁，有杀身以成仁"（《论语·卫灵公》）。在孔子"杀身成仁"的基础上，孟子提倡"舍生取义"，把道德修养提到一个至高的境界。"杀身成仁""舍生取义"成了中国知识分子乃至普通百姓最神圣的道德节操，不少仁人志士为了国家和民族的利益献身，从而名垂青史。

战国时期，统治者礼贤下士，才能笼络和任用作为知识分子的士，各国养士之风大盛；而作为知识分子的士，与王公贵族之间没有人身依附关系，可以自命清高不畏权势。在这种背景下，"孟子与孔子的温和的保守主义形成对照"[1]，提出"大丈夫"精神。

---

1 ［韩］黄秉泰：《儒学与现代化——中韩日儒学比较研究》，社会科学文献出版社1995年版，第48页。

孟子说："居天下之广居，立天下之正位，行天下之大道；得志，与民由之；不得志，独行其道。富贵不能淫，贫贱不能移，威武不能屈，此之谓大丈夫。"（《孟子·滕文公下》）孟子认为，大丈夫应当居仁由义，富贵、贫贱、威武这些外部条件，都不能使其改变气节。

要达到大中至正的大丈夫精神，就必须"养气"，即养"浩然之气"。孟子说："我善养吾浩然之气。"如何养"浩然之气"呢？孟子进一步解释说："其为气也，至大至刚，以直养而无害，则塞于天地之间。其为气也，配义与道；无是，馁也。是集义所生者，非义袭而取之也。行有不慊于心，则馁矣。"（《孟子·公孙丑上》）孟子养"浩然之气"是对"道"与"义"的正确把握，没有道义，则没有"浩然之气"。因此，孟子强调刚强的气节："一箪食，一豆羹，得之则生，弗得则死，呼尔而与之，行道之人弗受；蹴尔而与之人，乞人不屑也。"表现了大丈夫决不能委曲求全的精神。当孟子的弟子陈代劝说他迎合诸侯，以便实现自己抱负的时候，孟子认为"枉尺而直寻"对大丈夫来说是一种耻辱，而且孟子认为"枉己者，未有能直人者也"（《孟子·滕文公下》），所以，大丈夫在任何情况下都必须坚持自己的气节，不能做任何违背仁义的事情，必要的时候，甚至可以"舍生取义"。

孟子的大丈夫精神，凸现了自我意识和人格平等。在孟子看来，"大丈夫"不崇拜权威，他一方面强调"圣人，人伦之至也"，另一方面又认为圣人"与我同类"，并得出"人皆可以为尧舜"的结论。"我"就是"大丈夫",和尧舜同位。所以,孟子具有"如欲平治天下,当今之世,舍我其谁也?""万物皆备于我"的自信心和"以斯道觉斯民"的社会责任感,体现了"大丈夫"的人格力量。"大丈夫"的精神,能使他超越权势,超越富贵,达到精神上的自由境界。因而,孟子在对待君主的态度上,与孔子有很大的不同。孟子说:"说大人,则藐之,勿视其巍巍然。"并且认为君臣之间在人格和精神上应该是平等的:"君之视臣如手足,则臣视君如腹心;君之视臣如犬马,则臣视君如国人;君之视臣如土芥,则臣视君如寇仇","民为贵,社稷次之,君为轻"。从而使自己的人格精神在权势富贵面前坚不可摧。孟子大中至正的大丈夫精神奠定了中国知识分子的理想原型。

孔子进一步把"仁"的道德观念纳入政治层面,提出了"为政以德"的治国之道。孔子赞美德政像北极星那样,众星都围绕它转:"为政以德,譬如北辰居其所而众星共之。"孔子把德政作为他最理想的政治。在道德与刑法的关系上,孔子认为道德为主,刑法为辅,"道之以政,齐之以刑,民免而无耻;道之以德,齐之以礼,有耻且格"(《论语·为政》)。用行政和刑罚可以使人民畏惧而不犯罪,但是并不能消除人民的犯罪观念;如果用德和礼加以感化,提高人民的道德水平,就可使其自觉地消除犯罪观念。

孟子在孔子的基础上,提出"仁政"的思想。孔子提出了"先王之道"这一范畴,但这时的先王,也还只是一些空泛的赞美,而没有实质性的内容。而到了孟子,"言必称尧舜",先王之道有了进一步的发展。孟子认为，他那个时代的政治必须效法先王，才能真正平治天下，因为："先王有不忍人之心，斯有不忍人之政矣。以不忍人之心，行不忍人之政，治天下可运之掌上。"（《孟子·公孙丑上》）"不忍人之心"也就是"仁心"，"不忍人之政"也就是"仁政"，不忍人之心与不忍人之政搭配，才是仁政的完美诉求。因此，孟子主张效法先王，实行"仁政"。

孟子把仁义等道德原则作为制定政策的根据，亲亲，是仁的首要内容，但仁又不以亲亲为限。"仁政"，就是把仁所包含的亲亲原则推广并运用到政治之中。孟子说："老吾老，以及人之老；幼吾幼，以及人之幼。天下可运于掌。《诗》云：'刑于寡妻，至于兄弟，以御于家邦。'言举斯心加诸彼而已。故推恩足以保四海，不推恩无以保妻子。古之人所以大过人者，无他焉，善推其所为而已矣。"（《孟子·梁惠王上》）实行仁政就是把扶老爱幼的道德原则由近及远地推广到全体社会成员的身上，这也是推恩百姓的过程。

孟子的仁政学说，就是在经济上保证人们生产、生活的相对稳定，提出"制民之产"的思想。他认为，无恒产就无恒心，因此，统治者所需要解决的一个重要问题，就是人民生存所必需的衣食住行等最基本的生计问题。如果这个问题不能解决，就会迫使人民铤而走险，就是陷人民于不义，就是不仁；如果这个问题解决好了，就可以引导人民"从善"和"为仁"。可见，孟子把物质条件与道德教化有机结合起来，是对孔子"富而后教"思想的重要发展。孟子还为小农经济绘制了一幅美好动人的蓝图：使百姓有五亩之宅，百亩之田，不违农时地进行耕种。这样，就可以使黎民不饥不寒，养生丧死而无遗憾，这就是王道之始。一个开明的君主能做到这一点，他的天下怎么会不稳定呢？

　　孟子还提出"取于民有制"的思想。在孟子看来，征收赋税和征用徭役对于维系国家统治机构的存在和运转是不可缺少的，"无政事，则财用不足"。但赋税与徭役的轻重又直接影响到人民的生活与生产。如果过于繁重，超过人民的承受能力，就会造成"父母冻饿，兄弟妻子离散"（《孟子·梁惠王上》）的严重后果，生产受到破坏，人民遭殃。所以孟子既不简单地讲徭役越轻越好，赋税越薄越好，也不是主张加重赋税徭役，而是讲"取于民有制"（《孟子·滕文公上》）。"取于民有制"就是对人民征收赋税一定要有节制，不能用竭泽而渔的办法对付人民。孟子时期，生产力水平低下，经不起天灾人祸的袭击，而在当时战国混战的情况下，诸侯横政暴敛，造成人民流离失所。"庖有肥肉，厩有肥马，民有饥色，野有饿莩，此率兽而食人也。"（《孟子·梁惠王上》）针对这种情况，孟子主张不滥用民力。孟子说："王如施仁政于民，省刑罚，薄税敛，深耕易耨"。（《孟子·梁惠王上》）孟子还经常提到"不违农时""勿夺其时"，与孔子讲的"使民以时"的思想是一脉相承的。

　　孟子还强调"仁政"就在于"与民同乐"，也就是要关心人民的疾苦。比如当齐宣王说他自己"好色""好货"的时候，孟子说，统治者好色、好货无妨，问题在于"与百姓同之"，使百姓内无怨女、外无旷夫，生活富足，这样好色、好货反而转变为美德了。他说："乐民之乐者，民亦乐其乐；忧民之忧者，民亦忧其忧。乐以天下，忧以天下，然而不王者，未之有也。"（《孟子·梁惠王下》）"与民同乐"就可以争取民心。孟子已经看到民心向背的重要性。他说："天时不如地利，地利不如人和。"孟子认为在"天时""地利""人和"三要素中，"人和"是最关键的。这是因为"得道者多助，失道者寡助。寡助之至，亲戚畔之；多助之至，天下顺之"（《孟子·公孙丑下》）。在孟子看来，民心的向背决定了统治者的政治基础，只有得到人民的支持才能得到天下。

孟子继承和发展了中国古代的"民本"思想，并且在对民心向背分析的基础上，提出了"民贵君轻"的光辉命题，把中国古代的"民本"思想发展到了一个新的高度。他说："民为贵，社稷次之，君为轻。"（《孟子·尽心下》）正因为"民贵君轻"，因而孟子提出"保民而王"的"王道"思想，反对"霸道"。所谓"王道"，就是指以仁义治天下的政治哲学，也就是仁政。"霸道"就是指凭借威势，利用权力、刑法而实行的统治政策。

孟子生活的时代，正是诸侯割据、霸道横行的时期。连年的战争，使人们陷入深深的灾难之中。孟子反对通过兼并战争来实现统一。他认为战争如果背离了民心，离开了仁义，而只是为了兼并土地和争夺劳动力，就不是正义的战争，这样的战争只能造成"争地以战，杀人盈野；争城以战，杀人盈城"（《孟子·离

娄上》）的局面，所以孟子评价说："春秋无义战。"（《孟子·尽心下》）

在孟子看来，霸者崇尚"力"，可以成为大国，王者崇尚"德"，可以一统天下。孟子认为只要以仁德服人，就会像孔子获得七十子信服那样，获得全国民心，即使是小国，也会征服大国，获得全国的和平和统一。

至此，中庸不再是泛泛而言的中庸，先秦儒家赋予了它实质性的内涵，它是仁义之中庸，孝悌之中庸，爱人之中庸，仁政之中庸，兼德之中庸。

### （二）性、命与中道

孔子在论述其中庸思想的时候，很少谈到性、命与天道。但《中庸》在论述孔子"中庸"之为"至德"的时候，把中与性、命、天联系起来，集中表现在开宗明义的三个命题上："天命之谓性，率性之谓道，修道之谓教。"[1]意思是说，人性本源于天，遵循天性而行就是道，修明此道并加以推广就是教。

其实，早在郭店楚简中，就已经涉及了"性"与"天"的关系，提出了"性自命出，命自天降"[2]的命题，天地之间的万事万物都源于天，人及其性情也是天生的。《中庸》则在此基础上，将之发展成为"天命之为性"的命题，精辟地揭示了人性存在的内在根据。"天"以"命"的形式，与人的"性"相贯通，从而把人

---

1　《大学中庸译注》，第 19 页。

2　荆门市博物馆编：《郭店楚墓竹简》，文物出版社 1998 年版，第 179 页。

性提升到形而上的本体高度。天、性、道、教四范畴可以说是构成整个儒家思想体系的框架，精炼地概括了儒家的中庸观，阐明了其道德理想、修养途径和哲学基础，并对儒学的发展有较大的影响，更加明确地以"性"的范畴作为天命与道德的中间环节，完成了二者之间的自然过渡。"这种心性本体化的内容便超越了孔子自行设定的罕言性命天道的学术边界和思想范围，为儒家中和哲学打开了一片心性天地。"[1]

《中庸》认为中和是性，中和是道，但是为了达到"中庸"的境界，首先要做到"诚"。"诚"是连接天人之际的道德范畴。《中庸》指出："诚者，天之道也。诚之者，人之道也。诚者，不勉而中，不思而得，从容中道，圣人也。诚之者，择善而固执之者也。"[2]"诚"是天道之本然，也就是天道本来的状态；而"诚之"则是人道之当然，也就是人道应当效法天道的本来状态。由此可见，《中庸》的"诚"分为天道之诚和人道之诚。

首先，"诚"是天道，是"天之体"和"天之用"的统一。《中庸》明确提出："天地之道，可一言而尽也。其为物不贰，则其生物不测。"所谓"不贰"，即始终如一，就是"诚"。诚，是天地之道运动变化的属性，或者说是一种与天地同存的属性。所以《中庸》说："故至诚无息。不息则久，久则征，征则悠远，悠远则博厚，博厚则高明。博厚所以载物也，高明所以覆物也，悠久

---

1 董根洪：《儒家中和哲学通论》，齐鲁书社 2001 年版，第 177 页。

2 《大学中庸译注》，第 35 页。

所以成物也",“不见而章,不动而变,无为而成"。尽管自然界一切事物是不断变化的,但变化之道是有常的,这个“常"就是诚,从这个意义上说,诚是天之“用"。

《中庸》认为,诚又是天之“体"。《中庸》说:“诚者自成也,而道自道也。诚者物之终始,不诚无物,是故君子诚之为贵。诚者非自成己而已也,所以成物也。"这里,“诚"又成为宇宙万物的本质,万物是“诚"的流行发现。“诚"在成己的过程中,自然及于万物,成为万物的本原,宇宙之体,在这个意义上说,“诚"又是天之“体"。因此,《中庸》言“诚",既把它当作天之“体",又把它视为天之“用",是两者的统一。

其次,《中庸》认为“诚"是人的道德品质和道德境界,是沟通天人、连接物我的桥梁。《中庸》探讨天道之“诚"的目的,就是为人伦物理找到本体论上的依据,使人道合于天道,这就是所谓的“诚之者,人之道也"。诚之者,就是诚于自己,诚于自己的人性,以合于天道,这就是“人之道"。《中庸》认为,这是一个“择善而固之"的过程。“诚"还可与“明"互为因果,所以有“自诚明"和“自明诚"的说法:“自诚明谓之性,自明诚谓之教。诚则明矣,明则诚矣。"“自诚明"指的是圣人。圣人先天具有“诚"这种道德品质,率性而行自然就能明德。“自明诚"是对一般人而言的,需要通过修道才能具有“诚"这种品德。这二者同时又是可以统一的,即“诚则明矣,明则诚矣"。在这样的前提下,《中庸》又强调,无论是圣人还是常人,都可以体认和把握中庸之道："诚者，不勉而中，不思而得，从容中道，圣人也。诚之者，择善而固执之者也。""诚"就是对善的执著，因而，人们道德修养的实现，不应该到人身以外去寻求，而只能通过人自身的修养来达到。《中庸》认为，通过坚持不懈的努力，"博学之，审问之，慎思之，明辨之，笃行之"，然后还要有坚强的意志，锲而不舍的精神，将知识学问与道德修养统一在一个完整的过程中，这就使生来愚笨柔弱之人也能够做到"虽愚必明"，"虽柔必强"，具体地突出了人为修养的主动性。显然，《中庸》的学、问、思、辨、行的修养功夫在本质上还是非心性化的，体现了《中庸》承上启下的学术性质。

《中庸》以"诚"为枢纽，把天道和人道贯通起来，"性之德也，合外内之道也"，这才是"诚"的本质所在。所谓"性之德也"，就是说诚是人类所固有的道德品性。"天下之达道五，所以行之者三。曰君臣也，父子也，夫妇也，昆弟也，朋友之交也，五者天下之达道也。知，仁，勇三者，天下之达德也，所以行之者一也。"根据朱熹《中庸章句集注》所注"行者一也"的"一"字，就是"诚"，诚的内容就是天下之达德，是人的内在道德规范。不仅如此，诚又可以"合内外之道"，达到天人合一的境界。《中庸》说："唯天下至诚为能尽其性，能尽其性则能尽人之性，能尽人之性则能尽物之性，能尽物之性则可以赞天地之化育，可以赞天地之化育则可以与天地参矣。"

按照《中庸》的逻辑，人、物之性都是"天"所命，同出一源，所以能尽己性的人，也能"尽人之性""尽物之性"。至诚的人，既无内外之分，也无人己之分，就达到"万物一体"的境界，所以他能"赞天地之化育"而"与天地参"。

再次，《中庸》把"诚"看作是修养的途径和功夫。《中庸》认为，无论是天道之"诚"，人道之"诚"，还是"人与天地参"的天人合一境界的"诚"，都必须通过具体的修养途径才能实现，都要经历一番修养的功夫才能达到。

《中庸》论修道，以"慎独"为先。《中庸》说："道也者，不可须臾离也，可离非道也。是故君子戒慎乎其所不睹，恐惧乎其所不闻。莫见乎隐，莫显乎微，故君子慎其独也。"一个人的道德情感和道德信念，应当随时随地深藏于心，不能片刻离开，特别是在闲居独处或无他人觉察时，更应该警惕、谨慎，使自己的一言一行符合道德的规范。因为，再隐蔽的东西也没有不被发现的，再细微的事物也没有不显露出来的，所以君子要"慎其独"。

不过，"慎其独"作为一种修养方法，又要借助于理性进行自我反省，所以《中庸》又说："君子内省不疚，无恶于志。君子所不可及者，其唯人之所不见乎！《诗》云：'相在尔室，尚不愧于屋漏。'故君子不动而敬，不言而信。"所谓"内省"或"自反"，意思为内心的自我省察。君子独居的时候，反躬自省，不会内疚，也无愧于心，这是因为，君子在人看不到、听不到的时候，常存诚敬之心，谨守道德之规。可见，《中庸》的"内省"是以一种外在的道德原则和规范作为自我省察的标准。而"慎独"则要依靠在实践中所形成的内心信念来支配自己的行动，这既是一种修养方法，又是一种道德境界。总之，"慎独"和"内省"的功夫，都注重严格自律，强调道德行为的自觉性。

《中庸》所说的"慎独"和"内省"的道德是所谓"五达道"，具体来说，就是君臣、父子、夫妇、昆弟、朋友五种伦理关系。《中庸》认为："在下位不获乎上，民不可得而治矣。获乎上有道，不信乎朋友，不获乎上矣。信乎朋友有道，不顺乎亲，不信乎朋友矣。顺乎亲有道，反诸身不诚，不顺乎亲矣。诚身有道，不明乎善，不诚乎身矣。"其中，"诚"是关键和基础。如果不能诚身，外有事亲之表，内无爱亲之实，在"慎独"和"内省"的时候怎么能做到不内疚而无愧于心呢？

在"五达道"之后，《中庸》还提出了知、仁、勇"三达德"。所谓"达德"，就是通行于天下古今的美德。仁者出于仁心，能安心行道而无所企求；智者虽然不及仁者自然行道的气象，但也能为求利避害而行道；勇者能勉励自强而行道。三者的境界虽然不同，但坚持下去最后都会取得成功。"三达德"的实行也落实在"诚"字上。在此基础上，《中庸》进而指出，好学虽不是智，但是可以"明理""破愚"，所以"近乎知"；力行虽不是仁，但可以"进道""忘私"，所以"近乎仁"；知耻虽不是勇，但是可以"立志""起懦"，所以"近乎勇"。修身又有了外在的力行，道德修养由人的内心转到外在的行为。

由"三达德""五达道"以及由此推演出来的具有文化形式的

礼，儒家伦理道德中的仁、义、知、勇、孝、悌、忠、信、恭、敬、礼、让等一系列范畴都基本包括在内了。而儒家的伦理道德观又是同政治观密切相连的，政治原则是伦理道德准则在政治上的运用。如《中庸》所说"知所以修身，则知所以治人；知所以治人，则知所以治天下国家矣"，这与《大学》所说的"身修而后家齐，家齐而后国治，国治而后天下平"可以说是如出一辙。《中庸》认为，治国之道在于实行"九经"："修身也，尊贤也，亲亲也，敬大臣也，体群臣也，子庶民也，来百工也，柔远人也，怀诸侯也。"可见，"九经"就是治国的九条纲领。修身是"九经"之始，所以修身是"九经"的基础。在《中庸》中，政治与道德密切联系，伦理道德与政治制度相互叠合。

除了"慎独"和"内省"以外，《中庸》还提出"尊德性而道问学"，就是君子既要尊崇天赋的道德本性，又要通过学习，发扬先天的道德意识。这就是"诚"的天之道和"诚之"的人之道在道德修养上面的表现。《中庸》说："或生而知之，或学而知之，或困而知之，及其知之，一也。或安而行之，或利而行之，或勉强而行之，及其成功，一也。"《中庸》从知行两方面，把人分为上、中、下三等：生知安行属于圣人；学知利行属于贤人；困知勉行属于一般人。这三种人，就其人性的本质来说都源于天命，因而是共同的，但是由于气禀不同，在修养方法上各有差异，只要自强不息，都可以成为道德高尚的人。

到此为止，儒家全套伦理道德和政治的基本原则就被《中庸》

周密地纳入它以"诚"为起点和终点的思想体系中去了。《中庸》关于"诚"的思想，为道德修养提供了一个强有力的武器，使"诚"成为先秦儒学道德修养思想中的关键范畴，它承前启后，在中国思想史上产生了深远的影响。

《中庸》虽然指出天道与人道的区别与联系，以"诚"为本为体，为物为末为用，希望通过对天道"诚"的追求，达到"赞天地之化育"，"与天地参"的最高境界，但是对人道如何实现天道，如何达到"至诚"，并没有明确说明。这方面的努力，主要是由孟子来完成的。

孟子提出了自己的道德基础——性善论。"孟子道性善，言必称尧舜"（《孟子·滕文公上》），"性善是孟子伦理思想体系中不言自明的'第一公设'，亦即孟子伦理思想的逻辑起点"[1]。

《孟子·告子上》记载告子主张"生之谓性"，又说"食色，性也"，认为人性就是人的自然本性。孟子指出告子的说法抹杀了人与动物的本质区别，他反驳说："然则犬之性犹牛之性，牛之性犹人之性与？"孟子认为人性与动物性的区别就在于人的道德性，"无恻隐之心，非人也；无羞恶之心，非人也；无辞让之心，非人也；无是非之心，非人也"（《孟子·公孙丑上》），这"四心"是人心所固有的道德性，是人与"非人"的区别所在。

孟子的"心"是接着《中庸》的"诚"而来的，这可从"诚

---

1　王钧林:《门外说儒》，齐鲁书社 2002 年版，第 106—107 页。

者，天之道也；思诚者，人之道也。至诚而不动者，未之有也"
（《孟子·离娄上》）中得到一些线索。在天道人道连接方面，《中庸》与孟子皆以"诚"作为天道、"思诚"作为人道。不过这样类似的表述在《孟子》一书中非常罕见，这可能代表了孟子的早期思想。孟子明确把《中庸》里面代表天道的"诚"进一步内化于主体的"心"，从"心"上言，"诚"非外在，"心"本有之。"诚"与"心"，两者实际上是一而二、二而一的。"尽其心者，知其性也；知其性，则知天矣。存其心，养其性，所以事天也。"（《孟子·尽心上》）由此，《中庸》的"诚"所具有的天道意义，被孟子赋予了内在于主体的"心"，"心"同时就具有作为天道本体的意味。

　　孟子首先将天道本体的"心"，体现为"仁义礼智"四端。孟子说："恻隐之心，仁之端也；羞恶之心，义之端也；辞让之心，礼之端也；是非之心，智之端也。人之有是四端也，犹其有四体也。……凡有四端于我者，知皆扩而充之矣，若火之始然，泉之始达。苟能充之，足以保四海；苟不充之，不足以事父母。"（《孟子·公孙丑上》）"端"就是发端、开始的意思。人性"四心"扩而充之，就可以成为仁、义、礼、智四德，因而，仁、义、礼、智这些伦理道德是与生俱来的，是本性，纵使君子得意，它们也不会有所增加，君子穷困，它们也不会因此而减少。由于仁、义、礼、智是君子的本性，根植在他心中，所以他表现出来的神色是纯和温润，不必言语，也会使人一目了然。这些天赋的、人们心中所固有的道德，孟子又把它称为"良知""良能"，他说："人之所不学而能者，其良能也；所不虑而知者，其良知也。"（《孟子·尽心上》）在孟子看来，人人都具有不虑而知、不学而能的良知、良能，这是人的天赋本能，而非后天强加于人的，是人类道德的本源。

孟子认为人性本善，但是他并不否认在现实中人也有不善的一面。然而孟子认为人之不善，不是因为人性，而是因为环境的侵染和主观不努力，从而使其丧失本心所造成的。孟子举例说，山上的树木，本来是茂盛而美丽的，只是由于不断地遭到砍伐和放牧牛羊，才变成了光秃秃的荒山，这不能说山的本性是不能生长树木的。所以，同样的道理，人由于外力的作用，有时也会有不善的行为。比如，收成好的时候，少年子弟多半懒惰；灾年，少年子弟多半强暴。这并不是天生的本性不同，而是由于环境的影响。这里，孟子强调环境对人道德意识的后天影响，在他看来，人之本善与人不为善二者之间并不矛盾。

孟子认为，人可以失其本心，但另一方面，失掉的本心是可以通过人的主观努力再得到的。孟子说："求则得之，舍则失之，是求有益于得也，求在我者也。"（《孟子·尽心上》）这里，"求在我者"，"使孟子在道德选择问题上并没有因为道德（善）先验论而走向宿命论，恰恰相反，而是肯定了道德实践上的主观能动性，从而为他的道德修养论提供了前提条件"[1]。

---

1　朱贻庭：《中国传统伦理思想史》，华东师范大学出版社 2004 年版，第 104 页。

在孔子"修己"思想的基础上，孟子更强调"心性"的修养。孟子说："尽其心者，知其性也。知其性，则知天矣。存其心，养其性，所以事天也。夭寿不贰，修身以俟之，所以立命也。"(《孟子·尽心上》) 孟子认为，尽心、知性也就知天了，从而在道德意识中达到了"天人合一"的境界。能够达到这种"天人合一"境界的人，就是孟子心目中大中至正的"大丈夫"的人格典范。

### (三)以"礼"守中

中庸是最重要的"兼德"，但这些"兼德"如何才能得到中庸呢？孔子说："夫礼所以制中也。"[1]（《礼记·仲尼燕居》）荀子也认为中庸是美德，但是必须用礼义来节制人性，才能达到中的境界。因此荀子说："曷谓中？礼义是也。"（《荀子·儒效》）荀子以礼义来定义"中"。

《礼记·仲尼燕居》记载孔子曰："敬而不中礼谓之野，恭而不中礼谓之给，勇而不中礼谓之逆。"[2] 虽然内心恭敬但却不合乎礼的要求，那叫粗野；虽然外表恭顺但却不合乎礼的要求，那叫花言巧语；虽然勇敢但却不合乎礼的要求，那叫乱来。

周礼具有上下等级、尊卑长幼等明确而严格的秩序规定，通过这套礼仪，把人民组织、团结起来，按着一定的社会秩序和规范来进行生产和生活。但在春秋时期，礼崩乐坏，天下无道，礼乐文化已经名存实亡。在这种情况下，孔子主张恢复周礼。孔子认为因为日常生活有了礼，长幼就会有分别了；因为家门之内有

---

1 2  王文锦译解：《礼记译解》下，中华书局 2001 年版，第 4 页。

了礼，祖孙三代就能和睦相处了；因为朝廷之上有了礼，官职爵位及办事就会有条不紊了；因为田猎之时有了礼，军事训练就能娴熟了；因为军队之中有了礼，作战目的就能达到了。因为有了礼，所以官室的建造就合乎制度，量鼎的制造就不会失去分寸，五味就能各得其时与调和，乐曲的演奏就与身份、场合吻合，车辆的建造就能合乎规定，鬼神就会得到合乎要求的祭飨，丧事就会办得恰如其分，解说事情就不会离题千里，百官的职能就会互不混淆，各项政令就能得到施行；如果每个人都能够把礼拿来身体力行而且时时不忘，那么无论他干什么都会恰到好处。所以，孔子说："明乎郊社之义，尝禘之礼，治国其如指诸掌而已乎！"（《礼记·仲尼燕居》）孔子认为，只要居下位者"约之以礼"，就可以"弗畔"，不会出现犯上作乱之事；而居上位者若能"好礼"，就可以以身作则，率先垂范于天下，就会收到"民易使"或"民莫敢不敬"的效果。孔子的礼学就是在差别中求和谐："礼之用，和为贵。"（《论语·学而》）所以孔子说："克己复礼为仁。一日克己复礼，天下归仁焉。"（《论语·颜渊》）这里的"克己"是自觉地约束自己；"复礼"是一切言行要合于礼。孔子强调的是人的道德自觉。

　　《中庸》说："喜怒哀乐之未发谓之中，发而皆中节谓之和。中也者，天下之大本也；和也者，天下之达道也。致中和，天地位焉，万物育焉。"[1]这段话，把"中"定义为"喜怒哀乐之未发"。

---

1 《大学中庸译注》，第19页。

"喜怒哀乐"是人感情上的四种表现，这四种表现都不是"中"，都偏于某一方面，但是，当他们还没有表现出来的时候，无所偏倚，就叫作"中"。这里，作者以人的感情状况与控制，来阐发对中庸的认识。"未发"之情是自然状态的"性"，所以不偏不倚，无过而无不及，所以称之为中；而已发之情必须合乎法度，要符合"中和"之道。一旦达到"中和"的境界，就会产生"天地位焉，万物育焉"的效果。可见，以礼节性达于中和，就是"中庸"之德。

荀子对"礼"做了更进一步的阐释和发展。他不仅把"礼"看作是一切行为的最高原则，而且把"礼"看作是人道的极致，是道德的最高原则。他说："礼者，法之大分，类之纲纪也，故学至乎礼而止矣。夫是之谓道德之极。"[1]（《劝学》）他还说："礼者，人道之极也。"[2]（《礼论》）这样，礼就成为荀子道德规范体系中的核心。

荀子认为礼起源于人类社会生活的需要。他说："人生而有欲，欲而不得，则不能无求；求而无度量分界，则不能不争；争则乱，乱则穷。先王恶其乱也，故制礼义以分之，以养人之欲，给人之求，使欲必不穷乎物，物必不屈于欲，两者相持而长，是礼之所起也。"（《礼论》）在荀子看来，人的欲望是引起社会混乱的原因，礼的出现防止了人们的争夺，使人有所节制。

---

1 2 （清）王先谦撰：《荀子集解》，中华书局1988年版，第12页、第356页。

在此基础上，荀子提出了性恶论。荀子的性恶论与孟子的性善论大异旨趣。孟子讲性善，认为人的道德先验地存在于人性当中。而荀子讲性恶，否认有先验的道德，认为人的道德属性是后天环境陶冶而成的。因此，荀子的性恶论强调礼义法制的重要性。荀子说："人之性恶，其善者伪也。"（《性恶》）在荀子看来，人性的善不是出自人的本性，而是出自人为之"伪"。荀子所说的"伪"，"心虑而能为之动谓之伪。虑积焉、能习焉而后成谓之伪"（《正名》），指的是经过学习和人为加工，人为而成的。荀子强调"性伪之分"。他说："凡性者，天之就也，不可学，不可事；礼义者，圣人之所生也，人之所学而能，所事而成者也。不可学、不可事而在人者谓之性，可学而能、可事而成之在人者谓之伪。是性、伪之分也。"（《性恶》）荀子认为人的本性和一切道德原则相矛盾，如果顺从人性的自然发展，就要发生争夺，造成混乱，"然则从人之性，顺人之情，必出于争夺，合于犯分乱理而归于暴"，因此，荀子强调后天教育的决定意义。

荀子认为，人性恶，虽不可去，但是可以改造，这就是"化性起伪"。在荀子看来，尧舜禹等圣人的本性与小人本无区别，但圣人之所以为圣人，就在于他们能够"化性起伪"。"礼义"是圣人"化性起伪"的结果，不是圣人天性中就具备的。

荀子进一步指出，"涂之人可以为禹"（《性恶》）也就是人人都可以做到"化性起伪"。这与孟子所说的"人皆可以为尧舜"可谓殊途同归。成圣的大门向人人打开，关键在于人向不向礼义。

荀子非常看重"礼"对个人修身的意义,"夫礼者,所以正身也"(《修身》),因而礼是人所必须践履的,"礼者,人之所履也"(《大略》)。个人修身,使人成为君子,这仅仅是礼学的开始,荀子还把礼学的内容扩充到社会的各个领域。

"正名"是孔子以来儒家的传统思想,是"礼治"的一个重要组成部分。荀子时代,随着统一趋势的加强,为了维护统治者的秩序和法令,更需要"正名"来统一人民的思想。荀子在新的历史条件下发展了孔子的"正名"思想,"他的'正名'思想适应中央集权即将建立的形势,带有要求统一人民思想的显著特色"[1]。

荀子认为,人类社会之所以能够组成并按一定秩序运作,关键在于人类社会有礼制的规定,或者说,有各种社会名分的规定。"群而无分则争,争则乱"(《富国》),人类如果没有名分,就一定会陷入混乱。所以荀子特别注重"正名"。荀子说:"故王者之制名,名定而实辨,道行而志通,则慎率民而一焉。"[2]而礼制的作用就是明确社会中的贵贱、上下之等,长幼之序,明确每一个人在社会关系中的地位和名分。贫富贵贱的人伦制度,使每一个人的行为规范化,通过断长续短,使行为达到适中合礼的境界。荀子说:"礼者断长续短,损有余,益不足,达爱敬之文,而滋成行义之美者也。"(《礼论》)荀子认为礼的作用就是使社会中的差别得到平衡。

---

1　任继愈:《中国哲学发展史》先秦卷,人民出版社 1983 年版,第 696 页。

2　《荀子集解》下,第 414 页。

荀子非常重视礼的政治、社会作用。但是，荀子也看到纯以礼治教化的不足，"尧、舜者，天下之善教化者也，不能使嵬琐化"（《正论》），因此为政还必须有法有刑。所以荀子在坚持儒家礼制传统的基础上，同时也吸收了法家的法制思想，以法治充实礼治。他说："治之经，礼与刑，君子以修百姓宁。明德慎罚，国家既治四海平"（《成相》），"君人者，隆礼尊贤而王，重法爱民而霸，好利多诈而危"（《大略》）。不过，荀子将法治引入礼治，并没有喧宾夺主。对荀子来说，法治只是礼治的一种补充，礼是第一位的，法是第二位的，"礼者，法之大分，类之纲纪也"（《劝学》）。

荀子吸收法家"辟田野，实仓廪，便备用，上下一心，三军同力"（《富国》），发展强力的主张，但是他反对单纯诉诸强力，因为"以德兼人者王，以力兼人者弱"（《议兵》），他同时也继承和发展了儒家的"王道"思想。荀子非常重视民心的向背，他把君民的关系看作船和水的关系，认识是非常深刻的。他说"君者，舟也；庶人者，水也。水则载舟，水则覆舟"，因此要求统治者"平政爱民"（《王制》），从而实现社会秩序的和谐与稳定。

因此，中庸之至德就是依中而行，循礼守义，凡事都要合乎礼义的规定。

# 二、允执其中

## （一）过犹不及

孔子视"中庸"为"至德"。这种"至德"首先体现为公允地坚守中正的原则，以"无过无不及"为特征。所谓"过"与"不及"，都是相对于适中而言的偏颇。

《论语·先进》篇中记载，孔子的弟子子贡来问孔子，子张和子夏谁更好呢？孔子回答："师也过，商也不及。"孔子认为，子张太过，子夏不及。孔子在此承认了"过"与"不及"这两个极端的存在。听了这个话，子贡认为"过"比"不及"好，接着问难道是子张更好一些吗？孔子回答："过犹不及。""过"与"不及"是两个极端，其后果都是一样，皆不中道。"过犹不及"，通俗讲就是把握"度"的问题，也就是我们常说的"恰如其分"，"恰到好处"的问题，孔子称为"中行"。孔子说："不得中行而与之，必也狂狷乎！狂者进取，狷者有所不为也。"（《子路》）中行，就是依"中庸"而行，狂即狂妄，狷即拘谨。狂者流于冒进，盲目作为，这就是"过"；狷者流于退缩，不敢作为，这就成了"不及"。这两种对立的品质都有所偏，只有中行之道才是最高原则。所以，孔子大力提倡"允执其中""扣其两端"的思想方法，要求人们在思想上、言行上不能偏于极端，而要执其两端而用中，做到恰到好处。孔子整个思想体系中处处蕴含着中行的色彩。

在天道观上，孔子继承了西周以来传统的天命鬼神观念，把天看作是冥冥之中的最高主宰，他说："唯天为大"（《泰伯》），所以他认为"获罪于天，无所祷也"。孔子把推行自己主张的愿望寄托于天命，可是又到处碰壁，这就使他更加认为天命不可违。比如当子路受到公伯寮的诽谤而不能出仕时，孔子并不表示愤怒和怨恨，而是说："道之将行也与，命也；道之将废也与，命也。公伯寮其如命何！"孔子还说："不知命，无以为君子也。"这里，孔子强调安命俟时，不要轻举妄动。

虽然孔子认为天命不可违，但另一方面，孔子却认为天命要靠人为努力，强调在人事活动中去体任天命，因此孔子强调在人事的范围内不要消极无为。孔子说："人能弘道，非道弘人。"他这种强调在人事上积极有为的主张，激发人们去奋发进取。

关于鬼神的问题，孔子承认鬼神的存在，他推崇禹"菲饮食而致孝乎鬼神"，但是他并不提倡迷信鬼神，"未能事人，焉能事鬼"，"未知生，焉知死"，"敬鬼神而远之"（《雍也》）。孔子相信鬼神而又不提倡迷信，这成为儒家乃至中国理性主义、现实主义的传统。后来儒家虽然也提倡神道设教，但并不把谈论鬼神视为正道学问。

虽然回避了"鬼神"的问题，但孔子却十分重视鬼神祭祀的问题。他说："祭如在，祭神如神在"，"吾不与祭，如不祭"，"生，事之以礼；死，葬之以礼，祭之以礼"。在祭祀当中，孔子始终贯穿着一个"敬"字。孔子在祭祀问题上所关注的并不是鬼神是否真的能显灵，是否真的能给予祭祀者以帮助，而是关注祭祀者如何做才能真正使自己的情感得到安慰。

在伦理道德上，孔子认为不能走极端，无过而无不及。孔子本人就是"温而厉，威而不猛，恭而安"（《述而》）中庸之道的典范。孔子在阐述他的理想人格时，也总是把"中庸"看作一种美德。他说："质胜文则野，文胜质则史。文质彬彬，然后君子。"（《雍也》）这就是说君子即不粗野也不轻浮，而是合文质于一体。他还说："君子矜而不争，群而不党。"（《卫灵公》）君子既要合群，又不要结党营私。"君子惠而不费，劳而不怨，欲而不贪，泰而不骄，威而不猛"（《尧曰》），就是要求君子既要给人们恩惠，又不过于浪费；既要让百姓服役，又不让他们怨恨；既要有一点欲望，又不要贪得无厌；既要泰然安适，又不要骄傲；既要有威严，但又不凶猛。这就要求君子在文与质、矜与争、群与党、惠与费、劳与怨、欲与贪、泰与骄、威与温等诸对矛盾中，能够执其两端而用其中，保持适中的最佳状态。

在政治上，孔子虽然主张对百姓实行"仁政"，但是他也不反对对百姓实行刑法，他主张采取"宽猛相济"的政策。他认为施政宽和，百姓就怠慢，百姓怠慢就用严厉措施来纠正；施政严厉，百姓就会受到伤害，百姓受到伤害就用宽和的方法："宽以济猛，猛以济宽，宽猛相济，政是以和"[1]，政事因此而和谐，这样才能长治久安。

---

1 杨朝明：《孔子家语通解》，台北：万卷楼图书股份有限公司 2005 年版，第 488 页。

### （二）中立而不倚

在"过"与"不及"这两端，如何把握"中庸"呢？《中庸》认为"中庸"的基本特征就是"中立而不倚"。

《中庸》记载子路以"强"的问题请教孔子，孔子举例说南方人以宽容温和的态度待人，他人即使横暴无理，也不加以报复，这种性格过于软弱，是所谓的"不及"，不合"中庸之德"；北方人经常枕着刀枪、穿着铠甲睡觉，在战场上拼杀，死而无悔，这样的性格过于刚暴，是所谓的"过"，也不合"中庸之德"。在南方人与北方人这两种性格之间，取其中，既不过于软弱，又不过于刚暴；注重人际关系的和谐，而又不无原则地迁就，做到"和而不流"，"中立而不倚"，[1] 这就是"中庸之德"。

《周易》中早就提出了类似的思想。惠栋在《易例上》说："《易》尚中和。"钱基博在《四书解题及其读法》中说："《易》六十四卦，三百八十爻，一言以蔽之，曰'中'而已矣！"在《周易》象数体例系统中，最明显的特点就是"当位"和"得中"，将儒家一贯恪守的中庸之道的思想渗透到爻位等易象的外在形式之中。

首先，就象数体例而言，位就是爻位。一卦有六爻，由下向上有初、二、三、四、五、上等六位。位分阴阳，初、三、五为阳位，二、四、上为阴位，阳爻居阳位，阴爻居阴位，叫当位，又称为正位、得位；反之叫不当位，又称为失位、失正。当位好，

---

1 《大学中庸译注》，第 22 页。

不当位不好。当位与否，是《周易》一书的重要观念之一，它不仅成为断定人事吉凶的主要依据之一，而且还包含着深刻的学理意蕴。在《周易》看来，世界上的万事万物都应该有自己适当的位置，如果位置关系发生错乱，就会出现问题。《周易·系辞上》曰："天尊地卑，乾坤定矣。卑高以陈，贵贱位矣。"天地有其尊卑之序，落实到社会人生领域，则生命个体就有了贵贱之别。如《易纬·乾凿度》曾以推天道以明人事的视野来审视爻位，对每个爻位所代表的事物做了规定，曰："初为元士，二为大夫，三为三公，四为诸侯，五为天子，上为宗庙。"[1] 这里，"位"已不再仅仅是阴阳二爻所居之位，亦标志着社会各阶层的等级之分位。这无疑蕴涵着儒家的"正名"思想。

"当位"即是"名正"。如《既济》卦，六爻皆得位，《象》曰："'利贞'。刚柔正而位当也。"又如《家人》卦，二四与初三五得位，《象》曰："女正位乎内，男正位乎外。男女正，天地之大义也。"二、五爻分别为内、外卦体之中，六二以阴爻居阴位，阴爻表征女又处中正之位，因此，其处于所应居之位且能行中正之道，故曰"女正位乎内"。同理，九五爻以阳爻居阳位，阳爻表征男亦处中正之位，因此，其处于所应居之位且能行中正之道，故曰"男正位乎外"。男女各守其正道，乃合天地之大义。与之相对，《归妹》卦二、三、四、五爻均不当位，其《象》曰："'征凶'，位不当也。"在《周易》那里，导致人处在凶危之境的

---

1 萧洪恩：《易纬今注今译》，武汉大学出版社 2016 年版，第 37 页。

主要原因之一，就是没有居其所应居之位，言行没有同其所居之位相符。《周易》特别强调"居位以正"，主张"君子以思不出其位"，只有身居正确的位置，美德蕴于全身，才能达到至高的境界，即《坤》卦六五《文言》所说的"正位居体，美在其中而畅于四支，发于事业，美之至也"。

《周易》解释履卦的卦象说："上天下泽，《履》。君子以辨上下，定民志。"（《履》卦《象》）履卦上乾下兑，乾为天，兑为泽。《周易》认为，天在上，泽居下，就象征着社会上尊卑贵贱的等级制度。君子看到这种卦象，应该辨别上下之分，安分守己，不存非分之想。"履"就是践履，践履应该遵循礼的规范。《周易·序卦》说："物畜然后有礼，故受之以《履》。《履》者，礼也。"可见，履就是礼。这与孔子"克己复礼"的思想是一脉相承的。《周易·序卦》说："有天地然后有万物，有万物然后有男女，有男女然后有夫妇，有夫妇然后有父子，有父子然后有君臣，有君臣然后有上下，有上下然后礼义有所错。"另外从爻象上来看，阳爻表征刚性，阴爻表征柔性。刚者强硬坚毅、刚健有力；柔者恭敬谦和、柔贴顺承。因其特质的不同，二者又分别代表着不同的伦理道德范畴。《周易·说卦》说："立天之道曰阴与阳，立地之道曰柔与刚，立人之道曰仁与义。"天有阴阳，地有柔刚，人才有仁义。世俗的伦理准则，是从天地自然那里找到根据并推演出来的。《周易》给予儒家伦理一种形上的理论根据。

其次，中爻，就是处在中位之爻。《周易》有八卦，两两相重而得六十四卦，每卦六爻，而第二爻和第五爻的地位比较重要，因为第二爻居于下卦的中位，而第五爻居于上卦的中位，所以每卦都有双中。而在双中之中，第五爻则更为重要，因为"它居君位，一般是被认为代表天子诸侯的"[1]，所以又被称为大中。《周易·系辞下》有时也把居于二、三、四、五之位的爻称为中爻。《周易·系辞下》认为，中则无不正，所以中又被称为中正、正中、中道，它的意思为无过、无不及、无偏、无邪。在一般情况下，中爻往往与"吉"联系在一起，而凶则多与那些非中的卦爻联系在一起，所以《周易·系辞下》中有"六爻相杂，唯其时物也。其初难知，其上易知……二多誉，四多惧……三多凶，五多功"之说。其中作为大中的五爻更多与大吉相关联，如乾卦之九五"飞龙在天，利见大人"，坤卦之六五"黄裳，元吉"都是明显的例子。所以《周易·系辞下》对此归纳说："若夫杂物撰德，辩是与非，则非其中爻不备。"就是说，错杂阴阳，具列其性，分辨是非，没有中爻是不能完成的。《周易》以爻位居中为重的形式来宣扬中道思想。

《周易》将中道思想放在天人之际进行了论证。认为中正是天的属性之一，也是人的美好道德。"大哉乾乎！刚健中正，纯粹精也。"（《乾》卦《文言》）乾就是天，是万物化育之源，"中正"为天的属性。乾象为龙，指大人君子。乾、天、龙、大人君子共同

---

1　金景芳讲述，吕绍纲整理：《周易讲座》，广西师范大学出版社 2005 年版，第 21 页。

具有中正之德，于是"夫'大人'者，与天地合其德，与日月合其明，与四时合其序，与鬼神合其吉凶。先天而天弗违，后天而奉天时。天且弗违，而况于人乎？况于鬼神乎？"大人在天时之前行动，不违背天的法则，在天时之后作为，而是依照天的规律，"进退存亡而不失其正"，实现了天人合一的境界。中正是天人相通的纽带和灵魂。[1]

《中庸》认为，普通百姓往往偏离"中道"，不是失之太过，就是失之不及，只有圣人和君子才能"从容中道"。《中庸》记孔子的话说："道之不行也，我知之矣：知者过之，愚者不及也。道之不明也，我知之矣：贤者过之，不肖者不及也。"愚与不肖往往不及于正道，而贤、知者虽然能追求德行，但往往由于不知度而失之太过。《中庸》认为，要有舜一样的大智慧，才能真正把握"中道"。"舜其大知也与！舜好问而好察迩言，隐恶而扬善，执其两端，用其中于民，其斯以为舜乎！"这里所说的"执其两端，用其中"，就是中庸之道的思维方法。

### （三）执中有权

中立而不依，并不是一成不变的，"中庸"也是处在不断变化之中的。

《周易》认为"中"不是绝对的，而是相对的，是事物保持相对平衡和谐的度。因而，《周易》在强调"中"的同时，并没有否定事物的变动性。"变"是《周易》思想体系的另一个重要的

---

1　参见喻博文：《论〈周易〉的中道思想》，《孔子研究》1989 年第 4 期，第 13—19 页。

方面。《周易》的"易"字就包含着"变易"的思想,"生生之谓易",可见"变易"也是《周易》的核心内容之一。

《周易》认为,变化是一切事物固有的属性,世界上的万事万物都处在不停的变化之中。《周易》说:"天地革而四时成"(《革》卦《象》),"阖户谓之坤,辟户谓之乾,一阖一辟谓之变,往来不穷谓之通"(《系辞上》)。宇宙间的事物时时革新,时时变化。这种变化是循环的,"'无往不复',天地际也"(《泰》卦《象》),"终则有始,天行也"(《蛊》卦《象》),"日往则月来,月往则日来,日月相推而明生焉。寒往则暑来,暑往则寒来,寒暑相推而岁成焉。往者屈也,来者信也,屈信相感而利生焉"(《周易·系辞下》)。宇宙间的循环往复,日月寒暑等的循环往来,是事物变化的规律,所以说:"《复》,其见天地之心乎!"(《复》卦《象》)

易卦的变化与生成反映自然界中天地万物的变化与生成。《周易·系辞上》说:"在天成象,在地成形,变化见矣。是故刚柔相摩,八卦相荡,鼓之以雷霆,润之以风雨。日月运行,一寒一暑。"在《周易》看来,由乾坤两卦相生成的六十四卦,犹如天地交感而生成万物一样,都是变化发展的结果。

《周易》认为,万事万物发展到一定的程度,就会向它的反面转化。《丰》卦《象》曰:"日中则昃,月盈则食,天地盈虚,与时消息,而况于人乎,况于鬼神乎?"就像太阳,中午升到最高后,就开始向西落山;月亮满盈,那也就快亏缺了。整个天地与自然界，都有盈虚的变化。而盈虚都是"与时消息"的，"变化"的根本条件就是"时"，时间的不同，事物的变化也就不一样。《周易·系辞下》说："变通者，趣时者也。"由此也决定了人的行为方式也要因时而动，因时而变。既然任何事物都不会永远停留在一种状态上，那么，能否因时而变，应时而动，往往关系到事物的安危成败。所以《周易》强调："随之时义大矣哉"（《随》卦《彖》），"穷则变，变则通，通则久"。《周易》的这种随时而变的思想，无疑赋予儒家更灵活、善变的处事态度，为儒家学者的修身、处世开辟了更宽广的道路。

正是基于对"因时而变"的认识，《周易》还包含较为深沉的忧患思想。《周易》本身的目的就是引导人们防患于未然，化险为夷，趋吉避凶。《周易》说："《易》之为书也不可远，为道也屡迁，变动不居，周流六虚，上下无常，刚柔相易，不可为典要，唯变所适。其出入以度外内，使知惧。又明于忧患与故。"（《系辞下》）"明于忧患之故"就是忧患意识。忧患意识要求人们居安思危。《周易》说："危者，安其位者也；亡者，保其存者也；乱者，有其治者也。是故君子安而不忘危，存而不忘亡，治而不忘乱，是以身安而国家可保也。"（《系辞下》）现在处于危险境地的，都是以前曾经以为可以安居其位的；现在灭亡的，都是以前曾经以为可以永葆其存的；现在败乱的，都是以前曾经以为治理得宜的。因此，君子居安而不忘倾危，生存而不忘灭亡，勉治而不忘败乱。只有对自己的处境和现状时刻抱有警惕之心，才能使自身安全和国家常新。

但是，真正做到"居安思危"并不容易，要从细微处着眼，防微杜渐。"善不积不足以成名，恶不积不足以灭身。小人以小善为无益而弗为也，以小恶为无伤而弗去也，故恶积而不可掩，罪大而不可解。"(《系辞下》)事情虽小，但当量的积累达到一定程度时，也会引起事物的突变。因此，为了及时地因势利导，《周易》提出了"见几而作"的观点："几者，动之微，吉之先见者也。君子见几而作。不俟终日。"(《系辞下》)"几者，动之微"，表明"几"只是一种萌芽，一种征兆。"见几而作"，就是在出现变化征兆的时候，应当采取措施，只有这样才不会失败。可见"几"是非常重要的，所以《周易》特别强调"知几"，强调对"几"的洞察和重视。它说："夫《易》，圣人之所以极深而研几也。唯深也，故能通天下之志；唯几也，故能成天下之务。"(《系辞上》)"极深研几"，就是指对事物的认识既要直达其底蕴，又要研究其细微的先兆，注意引导事物朝着有利于人的方向发展。

在《周易》中，能否做到防患于未然，不仅仅是一个认识的问题，还是一个与道德修养相贯通的问题。《乾》卦九三爻辞说："君子终日乾乾，夕惕若。厉，无咎。"意思是说君子整日提高品德，治理事业，到晚上还惕惧反省，虽处危险境地，也不会有什么灾害降落到自己身上。可见，防患于未然的关键就是谨慎自守，提高自身的道德修养。

　　重视人的道德修养，也是《周易》的主要内容之一。纵观六十四卦有一个统一的基点，那就是重视道德。《乾》卦教人积极向上，刚健奋进，平易无私；《坤》卦教人包容一切，化育万物；《履》卦教人遵行礼义；《谦》卦教人谦虚、谨慎；《复》卦教人反省过失，回复到仁善的正路；《恒》卦教人守德持久如一；《损》卦教人克制欲念，克服缺点；《益》卦教人兴利除弊，施行仁善，帮助别人；《困》卦教人富贵志不屈，威武节不移；《井》卦教人恪守仁善，中正平和；《巽》卦教人行事要因势利导，顺理成章。《周易》从各个方面对人的道德修养提出许多方法和途径。

　　孔子非常重视"中"，但同时他也看到由于客观事物是不停地变化和发展的，倘若不能知情而变，则中也就不中了。因此孔子提出"权变"思想，他说："可与共学，未可与适道；可与适道，未可与立；可与立，未可与权。"（《论语·子罕》）持守中道要因时、因地制宜，随时间条件变化而变化，使中行在通权达变中得以贯彻。孔子曾评价伯夷、叔齐、虞仲、夷逸、朱张、柳下惠、少连等贤人各有所偏执而不知道通权达变，只有他自己才能做到"无可无不可"，也就是根据不同的情况采取不同的"中庸"标准。孔子把"权"看作需要很高修养才能达到的境界。

　　孔子的"权变"思想贯穿在他的日常言行、社会生活等方方面面。孔子一方面要求大家"笃信好学，守死善道"，另一方面又教育大家说："天下有道则见，无道则隐。"（《论语·泰伯》）即根据天下是否太平来决定自己是"出世"还是"入世"。他还把"权

变"思想应用于教育当中。在《论语》记载中,面对同样的问题,
针对不同学生的不同情况和性格,孔子会做出不同的回答,这种
事例在《论语》中比比皆是。比如,同样是问孝,孔子答孟懿子
以"无违",答孟武伯以"父母为其疾之忧",而答子游时则说:
"今之孝者,是谓能养。至于犬马,皆能有养;不敬,何以别乎。"
回答子夏时说:"色难。"(《论语·为政》)这是根据不同的对象进
行不同指导的灵活多变的教学方法。再比如孔子的弟子冉有胆小
退缩,孔子针对他的情况鼓励他勇于前进;子路好勇过人,孔子
则告诫他不要冒进。由此可知,只有"权变"才能真正达到中道。
因而孟子认为孔子集圣者之大成,其特征就在于"权变"的中庸
思想,孟子把它称为"时","孔子,圣之时者也"(《孟子·万
章下》)。

《中庸》也强调"权变",主张时中。《中庸》记载孔子的话:
"君子中庸,小人反中庸。君子之中庸也,君子而时中;小人之中
庸也,小人而无忌惮也。"君子、小人的区别就在于其行为能否符
合客观的准则,君子动而时中,小人则肆无忌惮地放纵自己动而不
时中。时中体现的正是灵活的用中要求。中庸虽然讲求灵活变通,
但这种时中的灵活变通不是随意的,而是有内在原则的,这个原则
就是"随时变易,以从道"[1]。如果不是"从道"出发"随时变易",
而是无原则地任意运用灵活性,那就会肆无忌惮,胡作非为。

---

1 《周易译注》,第2页。

孟子在孔子"权变"思想的基础上，提出"执中有权"说。他在《孟子·尽心上》中说："杨子取为我，拔一毛而利天下，不为也。墨子兼爱，摩顶放踵利天下，为之。子莫执中。执中为近之。执中无权，犹执一也。所恶执一者，为其贼道也，举一而废百也。"杨子就是杨朱，他主张贵生，提出"为我""利己"的观点，即使拔一根汗毛而有利于天下，他都不愿意去做。墨子的思想却与杨朱相反，主张"兼爱"，即便是摩秃头顶，摩伤脚跟，只要对天下有利，他都愿意做。在孟子看来，无论是杨朱的"为我"，还是墨子的"兼爱"，都"执一"，都走上了极端。子莫则不同于杨、墨，子莫执中，不走极端。主张中道本来是不错的，但中道不是既定的，要根据具体的情况和环境做调整，这就是"权"。如果死守中道，而不知权变，就是"执一"。"执一"即执着于一点，缺乏从权达变的灵活性，其结果就是"贼道"，对"道"的推行构成严重的损害，终不能将道进行到底，因为其只是取其一点而废弃了其他。由此可知，孟子对于"执中无权"的抨击，是深刻而尖锐的。孟子认为孔子是权变的典范，"可以仕则仕，可以止则止，可以久则久，可以速则速"（《孟子·公孙丑上》），无论是出仕、辞职、继续出仕，还是立即离开，都是审时度势、根据环境和条件来决定的。

孟子非常重视"时"的思想。孟子认为时机是决定事情成功与否的关键，有利的时机就能使事情事半功倍。孟子在分析齐国能够推行"仁政"的原因时，认为齐国除了国土的优势之外，还出现了人民厌恶兼并战争，希望过安定的生活的极为有利之势，这时候实行仁政，就是解民于倒悬，从而收到事半功倍的效果。

孟子还强调要相时而动，也就是要注重对时机的把握。环境、时机、情况的不同，采取的政策、方法和手段也应该有相应的变化。孟子虽然没有提出"具体情况具体分析"这样具有高度概括性的理论，但是他提出了与此类似的观点："彼一时，此一时也。"

孟子"执中有权"的思想，贯穿于孟子的整个思想体系。

孟子认为每个人都具有良知良能，所以从自己的本心出发就不会有错。《孟子》记载："淳于髡曰：'男女授受不亲，礼与？'孟子曰：'礼也。'曰：'嫂溺，则援之以手乎？'曰：'嫂溺不援，是豺狼也。男女授受不亲，礼也；嫂溺，援之以手者，权也。'"（《孟子·离娄上》）男女授受不亲是礼制的规定，但当嫂子不小心掉到井里的时候，就不能固守这个礼制规定而见死不救，否则就是豺狼行径了。这种权变表面上看，似乎不合礼制的规定，实则是由人的恻隐之心所必然生发出来的。这种至纯的情感，使得人们不惜违反一些礼制规范，做出一些变通，这也正是仁心的体现。因此，在特定情况下，越礼行权才会使仁心呈现出来。

孟子认为婚姻大事应当有父母之命、媒妁之言，否则就是不符合礼的规定，是不道德的，"不待父母之命、媒妁之言，钻穴隙相窥，踰墙相从，则父母国人皆贱之"（《孟子·滕文公下》）。但是，当万章问舜"不告而娶"的时候，孟子又认为舜的行为是没有错误的，因为"告则不得娶。男女居室，人之大伦也。如告，则废人之大伦，以怼父母，是以不告也"(《孟子·万章上》)。孟子认为舜之所以"不告而娶"是为了至孝，他说："不孝有三，无后为大。舜不告而娶，为无后也，君子以为犹告也。"(《孟子·离娄上》)

孟子极力主张君子必须讲诚信，他说："君子不亮，恶执乎？"(《孟子·告子下》)亮，同"谅"，指一般的诚信。这句话的意思是说，君子不讲诚信，如何能有操守？但是，他又认为在遵循"义"的前提下，一般的诚信可以不必遵守，他说："大人者，言不必信，行不必果，惟义所在。"(《孟子·离娄下》)

孟子主张"舍生取义"，但是他又说："可以死，可以无死，死伤勇。"(《孟子·离娄下》)可见，孟子对死亡采取了截然相反的态度，一方面是"舍生取义"，一方面是"死伤勇"。二者表面上看似矛盾，其实统一于"义"，体现了孟子"执中用权"的思想。在孟子看来，当面临的事情使得"所欲"之义比生命还要重要，那么就要从容就义，决不苟且偷生。但是，当面临的事情，没有必要"舍生取义"的时候，那么就要保全性命，如果再"舍生"，就是"伤勇"，与"义"无益。孟子举了一个例子，可以明确地说明这一点。曾子住在武城，越寇前来侵犯。有人说："越寇要来了，你何不离开一下？"曾子离开时说："不要让人住在这里，不要毁坏那里的树木。"越寇要退时，曾子就说："把我的墙屋修理一下，我将要回来了。"越寇退走后，曾子回到了武城。而子思住在卫国时，有齐寇来侵犯。有人说："齐寇要来了，你何不离开呢？"子思说："如果我离开了，谁和卫君一起来守城呢？"孟子认为曾子的"避寇去城"与子思的"与君共守"都是正当的做法，因为曾子与子思所处的地位不同，所担当的责任也不同。曾子在武城是老师，是父兄，所以不必担当守城的责任；而子思在卫国是臣子，所以"与君共守"是他"义所当为"之事，在这种情况下，子思明知可能要死也要留下来。由此可见，相同的事情，不同的情景，有着不同的行为，在孟子看来都是合理的，都不妨碍做这些事情的人成为圣贤。这就是孟子"执中有权"的思想。

### （四）与时屈伸

荀子提出"与时屈伸"的理论。他说："与时屈伸，柔从若蒲苇，非慑怯也；刚强猛毅，靡所不信，非骄暴也。以义变应，知当曲直故也。诗曰：'左之左之，君子宜之；右之右之，君子有之。'此言君子能以义屈信变应故也。"（《不苟》）如果能随时而屈伸，那么即使柔顺得像一条蒲苇编的席子那样卷曲，也不是懦弱害怕的表现；即使刚强勇猛而得以到处伸展，也不是骄横凶暴的表现。这是因为，懂得在什么情况下应当柔曲顺从，什么情况下应当刚强正直，完全按照"义"来应变。在这里，不管是此一时的"柔从若蒲苇"，还是彼一时的"刚强猛毅"，虽然都流于一偏，但是从整个过程来看，都是符合"时中"原则的。荀子认为："夫道者，体常而尽变，一隅不足以举之。"（《解蔽》）"道"就是指事物的本质及规律，"道"虽有"常"，但其表现形式却是千变万化的，只观一隅是不足以体"道"的，因此人们不能拘泥于"常"，而应该随着时间、环境的变化而变化。

荀子非常重视个体生命价值的存在，"人莫贵乎生，莫乐乎安"（《强国》）。因此，荀子要求人们身处乱世或与暴君相处时，应该善于权变。他说："迫胁于乱时，穷居于暴国，而无所避之，则崇其美，扬其善，违其恶，隐其败，言其所长，不称其所短，以为成俗。"荀子认为身处乱世，与暴君相处时，如果不能避开他，那么就不要违逆他，只说他的好，不提他的缺点，否则就会"灾及其身矣"。因此，荀子认为侍奉暴君也需要一定修身处世之术："调而不流，柔而不屈，宽容而不乱，晓然以至道而无不调和也，而能化易，时关内之，是事暴君之义也。"（《臣道》）

荀子的"与时屈伸"虽然与他的"从道不从君"的精神有所不同，但并不能称为见风使舵的"乡愿"。荀子提倡的是"君子能以义屈信变应"，也就是在"屈信变应"的过程中，是以"义"作为原则的，与那种无原则的好好先生有着本质的区别。

荀子还继承了孔子"允执其中"的思想，提出考虑两端的"兼权"之法，极力反对只知执一端、不知执两端的"偏伤之患"。他说："凡人之患，偏伤之也。见其可欲也，则不虑其可恶也者；见其可利也，则不顾其可害也者。是以动则必陷，为则必辱，是偏伤之患也。"（《不苟》）怎样才能做到不陷于"偏伤之患"呢？荀子认为，只有既见其可欲，又虑其可恶，既见其利，又虑其可害的"兼权"之法，才能从思想上保证不犯片面性的错误。

　　荀子认为，人们认识事物最大的弊病就是"蔽于一曲，而暗于大理"（《解蔽》）。一曲指局部，大理指全局或规律。只看到局部，就会妨碍对事物全面、规律的认识。他指出："欲为蔽，恶为蔽，始为蔽，终为蔽，远为蔽，近为蔽，博为蔽，浅为蔽，古为蔽，今为蔽。凡万物异则莫不相为蔽，此心术之公患也。"（《解蔽》）事物都处在矛盾之中，如欲恶、始终、远近、博浅、古今都属于对立统一范畴，如果只看到其中的一个方面，都会产生"蔽"，把认识引入歧途。荀子认为，只有全面地认识世间万物及现象，才能不为"一曲"所局限。他说："圣人知心术之患，见蔽塞之祸，故无欲无恶，无始无终，无近无远，无博无浅，无古无今，兼陈万物而中县衡焉。是故众异不得相蔽以乱其伦也。"（《解蔽》）这里所谓"无欲""无恶"等，是指去掉个人的好恶和偏见。"兼陈万物而中县衡焉"是指把有关的事物全部列举出来，全面占有材料，有根据地做出全面的、符合客观实际的分析，这样才能把握事物的规律。

# 三、致中和

　　先秦中庸思想的最高境界就是"和"，希望人与人之间、人与社会之间、人与自然之间都能够达到一种和谐的状态。

　　《周易》揭示了宇宙万物的生成及变化规律，在论述"天道"的同时又赋予了"人道"的意义，体现了"天道"与"人道"的和谐统一。《周易》认为，和谐是事物运动的最佳状态和终极目标，因此《周易》里有着丰富的关于和谐的思想。

"和谐"作为一种文化精神，最早出现在《周易》《乾》卦卦辞中。《乾》卦的卦辞是："元，亨，利，贞。"《周易·乾》的《文言》称这四个字为"君子四德"："'元'者善之长也，'亨'者嘉之会也，'利'者义之和也，'贞'者事之干也。君子体仁足以长人，嘉会足以合礼，利物足以和义，贞固足以干事。君子行此四德者，故曰：'乾，元、亨、利、贞。'""元"是众善的尊长，"亨"是美好的汇合，"利"是义的集中体现，"贞"是办事的根本。"君子四德"中就出现了"会和"与"和义"二义。

《论语·学而》中，孔子的学生有若对孔子"和"的思想做了精辟的概括："礼之用，和为贵。"礼的功用就是使人际关系和社会关系和谐有序。在人与人之间的关系中，孔子首先肯定了个体的价值和独立的人格。孔子说："三军可夺帅也，匹夫不可夺志也。"强调自我的意志是任何人都不能改变的，独立意志是独立人格的基本特征。由此可以反映出孔子对个体价值的确认。

孔子虽然肯定个体的价值和独立的人格，但是他不主张这一独立的意志需要在同他人的抗衡中得到体现。孔子以当时射箭比赛的情形来说明君子立身处世的风度："君子无所争。必也射乎！揖让而升，下而饮。其争也君子。"比赛开始的时候，相互作揖；比赛结束后，不论输赢，彼此对饮一杯。即使是在争，也始终保持着人文的礼貌。

但是，人与人之间的"争"总是存在的，是不可避免的，孔子对此的态度是，以自我的谦让来维护与他人的和谐关系，他说："躬自厚而薄责于人，则远怨矣。"对自身督责严，对人督责轻，便可以避远自心的怨望了。循着这个思路，儒家在人与人的关系上形成了"自卑而尊人"（《礼记·曲礼上》）的传统，这对于协调人与人之间的关系具有积极的作用。

孔子继承了春秋时期"和同之辩"的思想，但他是从理想人格角度，把"和"与"同"看成"君子"与"小人"相区别的标准。他说："君子和而不同，小人同而不和。"意思就是说，道德修养好的君子能以自己的思想协调各种矛盾，使一切事情做到恰到好处，处于谐和状态，不盲从附和。而道德修养差的小人却一味盲目附和，人云亦云，而不与人和谐相处。这不仅仅是一般哲理的阐述，而是上升到处世为人的最高准则。

孔子的"和"，首先是中庸之和。孔子曰："君子中庸，小人反中庸。"[1]孔子对君子和小人就举止、行为、风范、心理、品性等诸方面展开比较论述。"君子周而不比，小人比而不周"，"君子喻于义，小人喻于利"，"君子坦荡荡，小人长戚戚"，"君子泰而不骄，小人骄而不泰"。君子"和"以礼义，重义轻利；小人"同"以财利，追名逐利，二者是截然不同的。这集中反映了儒家不媚于世的君子风范。因此，孔子对于那些不辨是非、无原则的"乡愿"更是深恶痛绝，斥之为"德之贼也"。什么是乡愿呢？乡愿就

---

1 《大学中庸译注》，第19页。

是行事毫无原则，不问是非，只求取悦世俗的"好好先生"。从表面上看，这些人貌似执守中道，其实就是毫无原则地折中调和。这种人既不是真君子，也不是真小人，而是典型的"伪君子"，所以被孔子斥为"德之贼也"。

孔子虽然强调"和"的重要性，但他反对盲从他人的意见，主张要独立思考。他说："多闻阙疑，慎言其余，则寡尤；多见阙殆，慎行其余，则寡悔。"要广泛地听取别人的意见，多看别人做的事情，但不能轻信，经过自己独立思考以后，谨慎地说出自己的见解，这样就可以减少失误。因此，孔子在礼的应用与选择上，坚持自己的原则，绝不盲从。比如，用麻制成的礼帽，是合乎礼制的，但孔子时代的人都用黑丝绸制作，这样比较节省，所以孔子跟随大家戴黑丝绸制作的礼帽；臣拜见国君，首先要在堂下跪拜，然后再去堂上跪拜，这是符合礼制的，但孔子时代的人都直接在堂上跪拜，省去堂下跪拜的环节，孔子认为这是骄纵的表现，因此即使"违众"，孔子也坚持自己的见解，坚持做到"拜下"。

孔子认为自己虽然无力改变世俗的混浊，但是有力量在混浊的世俗中卓然而立。《论语·微子》记载，当孔子命子路向长沮、桀溺两位隐者问路的时候，这两位隐者希望子路加入他们避世的行列。孔子得知后说："天下有道，丘不与易也。"就是说，如果天下太平，我就不会和弟子们一道来改革它了。孔子在这里表明了自己的态度，那就是不能因为无力改变世俗的混浊而消极遁世。孔子的"知其不可而为之"的精神，集中体现了他的这种"和而不同"的人生态度。

孟子在孔子"和为贵"思想的基础上,更加突出了"人和"在人际关系和社会秩序和谐中的重要作用,他说:"天时不如地利,地利不如人和。"(《孟子·公孙丑下》)

先秦儒家不仅强调人与人、人与社会之间的和谐关系,而且十分重视人与自然之间的和谐关系。《周易》从整体上来认识和把握世界,把人和自然看作一个相互融合的有机整体。在《周易》看来,一年四季都是和谐有序的,万物在时空中生长、茂盛、成熟、收敛,年复一年。自然的发展是和谐有序的,由它产生的人类社会当然也是和谐有序的。《周易》《乾》卦《彖》曰:"乾道变化,各正性命,保合大和,乃利贞。首出庶物,万国咸宁。"意思是乾道象征天道,天道做有规律的变化,使万物在其变化中端正各自的性命,均衡会和,利于正确的循环发展。天道周流不息。天生万物,天下万国康宁。"保合大和,乃利贞",这是《周易》最重要的伦理思想之一。"保谓常存,合谓常和"(《周易程氏传》卷一),唯常存常和,万物始得利而贞正。

《周易》《咸》卦《彖》中有这样的说法:"天地感而万物化生,圣人感人心而天下和平。"天地间阴阳二气合和交感,万物才能生长变化;圣人与百姓之间心灵合和交感,天下才有和平昌盛。因此,总而言之是"一阴一阳之谓道",而分开来说,则是:"立天之道曰阴与阳,立地之道曰柔与刚,立人之道曰仁与义。兼三才而两之,故《易》六画而成卦。"(《说》卦)这里把仁义和阴阳、刚柔相配，主要是说明天、地、人是统一的，"三才"之道就是天、地、人之道。这是典型的"天人合一"之论。这样，阴阳范畴就成为贯穿天道、地道、人道的总规律。

《周易》认为天之体是阳，是刚健；地之体是阴，是柔顺。在生成万物的过程中，天起着创始、施与、主动和领导的作用，而地则起着完成、接受、被动和服从的作用。联系到社会现象，阴就是"地道也，妻道也，臣道也"（《坤》卦《文言》），与三相对，阳应该是天道、夫道、君道。那么在刚柔之间，刚居于支配的地位。《周易》说："'牝马'地类，行地无疆，柔顺'利贞'。'君子'攸行，'先迷'失道，'后'顺'得'常。"（《坤》卦《象》）这是说，《坤》卦的卦象为牝马，只有柔顺才能利贞。如果坤不安于柔而在前面领导，就会迷失道路，只有从后面顺从跟随，才能回到正道上来。《周易》认为，柔如果凌驾于刚之上而居于支配的地位，就会导致不吉利的后果。所以，《周易》说："'无攸利'，柔乘刚也。"（《归妹》卦《象》）"六二之难，乘刚也。"（《屯》卦《象》）如果柔安于自己被支配的地位，就合乎正中之道，后果就会很吉利。它说："柔皆顺乎刚，是以'小亨，利有攸往，利见大人'。"（《巽》卦《象》）

但是，《周易》并不否认柔的作用，刚要与柔相应，合乎正中之道，保持谦逊的美德，在必要时，可以居于柔下，损刚益柔，以贵下贱。它说："天道下济而光明，地道卑而上行。天道亏盈而益谦，地道变盈而流谦，鬼神害盈而福谦，人道恶盈而好谦。谦，

尊而光，卑而不可逾，'君子'之'终'也。"(《谦》卦《彖》)
"以贵下贱，大得民也。"(《屯》卦《象》)《周易》把这种刚柔相
济、协同配合的状态叫作"太和"。"太和"就是最高的和谐。保
持这种最高的和谐，是事物终始循环、恒久不已的必要条件。

《周易》认为，人经常会碰到各式各样穷通否泰、吉凶悔吝等
不和谐的复杂情况。但是，不管是顺境还是逆境，人们都要谦虚
谨慎，自强不息，积极行动以促进事物向着和谐的方向发展。它
说："天行健，君子以自强不息。"《周易》中的人道，不仅仅是
一种与天道同一的道或生命，更重要的是建构在主体的能动精神
上的道与生命。在一定意义上，天人之间没有间隔，而是统一的，
二者统一在刚健雄强的基础之上。

"天行健"的"健"，是天道所固有的自然本性。"自强不息"，
却并不是君子的本然之性，而是君子从天道所得到的启迪，并且
只有经过长期的艰难修养之后，所能得到的人道。这也就是说，
"自强不息"并不是天赋的、与生俱来的，而是后天经过不懈努
力，培养出来的人道。

自强不息，首先就要努力进取，持之以恒。《家人》卦《象》
云："君子以言有物而行有恒。"由此可见，君子的品质特征之一，
就是做事要有恒心。《周易》还专门以《恒》卦从正反两方面论述
了君子有恒的重要性：君子若能持之以恒，就会亨通顺利、没有
坏处，即"亨。无咎。利贞。利有攸往"。如果不能保持恒久，或
损害恒常之道，或在坚持的过程中有所动摇，都会有凶险或蒙受

耻辱，即"浚恒，贞凶，无攸利""不恒其德，或承之羞，贞吝"
"振恒，凶"。因此，要求"君子以立不易方"[1]，即君子要坚定不
移，树立不可改变的原则。

其次，坚强勇敢。《困》卦的《彖》曰："困……险以说，困
而不失其所'亨'，其惟君子乎？"意思是说君子面对困难时不
是垂头丧气，而是能保持一种和悦的心态，勇敢地面对困难，甚
至为了实现目标，达成志愿，而不惜牺牲生命。如果君子能保
持这样的心态和坚定性，无论在任何困境下，其最终结果都会
是"吉"。

《蹇》卦进一步论述了君子面对困难时采取的态度和措施。其
《象》云："山上有水，蹇。君子以反身修德。"告诫我们在遇到艰
难险阻时，要反省自身，加强修养，以求得克服困难的办法。《明
夷》卦《象》中举了文王和箕子这两个君子在面临逆境时所表现
出的坚强。曰："明入地中，明夷。内文明而外柔顺，以蒙大难，
文王以之。'利艰贞'，晦其明也，内难而能正其志，箕子以之。"
周文王在蒙受大难和箕子在面临困境时表现出了一种外柔内刚、
坚贞不渝而守其志的品格。因此，《周易》认为君子是独立勇敢、
无所畏惧的人。

《周易》在强调人要效法天道、自强不息、刚健有为的同时，
还强调人应该效法地道，诚心宽厚，胸怀博大。《坤》卦《象》
说："地势坤。君子以厚德载物。"地总是顺从万物的不同需要。

---

1 《周易译注》，第114—115页。

君子应该效法，做到"厚德载物"，即用深厚的德泽待人宽，待物宽；容人，容物；成人，成物。

《师》卦《象》曰："地中有水，师。君子以容民畜众。"强调君子要有天地的胸襟，怀徕四方，体恤民众。在《咸》卦中，《周易》取"山上有泽"的卦象，要求"君子以虚受人"，即以虚怀若谷的态度对待他人。在《解》卦中，《周易》取雷雨作而百果草木更新的自然之象，要求"君子赦过宥罪"，即待人宽容大度，给人以新生的机会。这都是在强调人应该效法地道"厚德载物"的宽容精神。

综上所述，《周易》把自然与社会、天与人、主体与客体放在一起加以考察，反映出人们求统一的整体性思维方法。"与天地相似，故不违。知周乎万物，而道济天下，故不过。旁行而不流，乐天知命，故不忧。安土敦乎仁，故能爱。"[1]

这种"不违""不过""不流""不忧"而"能爱"的天人和谐的境界，正是《周易》所追求的目标。只有通过人的主观活动，不断进行调控，使万事万物"各正性命"，使阴阳刚柔协调并济，才能使宇宙和谐、社会太平，才能达到"与天地合其德，与日月合其明，与四时合其序，与鬼神合其吉凶，先天而天弗违，后天而奉天时"[2]的"大人"境界。《泰》卦《象》说："天地交，泰，后以财成天地之道，辅相天地之宜，以左右民。""天地交，泰"是指自然界生长万物的和谐规律，"财成""辅相"是裁成、制定，

---

1 2 《周易译解》，第 233 页、第 9 页。

辅佐指人类制定符合自然的和谐规律来参天地之化育，并且谋求一种和谐社会发展前景。

孔子认为人是自然中的人，自然是与人的生命道德息息相通的，因此他十分注重寻找自然的乐趣与人格的和谐对应。"知者乐水，仁者乐山。知者动，仁者静。知者乐，仁者寿"（《论语·雍也》）这句话，不但说明人们在山水之间获得的精神愉悦，而且也表示山的沉静和坚毅正是一个仁厚君子品德的象征，水的川流不息正是智者活泼多变的明证。孔子还认为松树象征着坚毅不屈的精神，而对它大加赞扬："岁寒，然后知松柏之后凋也。"孔子之后，其后继者将自然人格化成为儒家表示自己人格理想的重要方式，中国人也为特定的山水花鸟赋予了独特的道德属性。比如松、梅、竹，不畏严寒霜雪而被称为"岁寒三友"，而梅、兰、竹、菊因为其高雅的形态而被称为花草中的"四君子"。

《论语·先进》篇详细记载了孔子的学生子路、冉有、公西华侍坐在孔子旁边谈论自己的理想的场景，这里面蕴含了孔子的理想境界。曾点的理想是，春天来了，换上春装，和成人五六人、十几岁的少年六七人，到沂水里去洗洗澡，然后唱唱歌，跳跳舞，大家优哉游哉高兴地玩，尽兴之后，快快活活唱着歌回家去。曾点为我们描述了一幅和谐的理想画面和完美的人生憧憬：在安定和谐社会中、和睦地生活在一起的人们，气定神闲地享受着自然赐予的乐趣。这正是孔子心目中最高的理想，因此，孔子"喟然叹曰：吾与点也！"

孟子则提出了"仁民爱物"的思想。孟子基于其"人皆有不忍人之心"的性善论，由亲亲推至于仁民，然后，由仁民而进于爱物。"亲亲而仁民，仁民而爱物。"（《孟子·尽心上》）"仁民爱物"就是以自己的道德为基础，将自己的德性层层向外扩展，由父母、亲人、百姓及万物，最终实现人与人、人与自然的和谐发展。

那么如何将"爱物"的理念贯彻到人类实际生活当中去呢？孟子的基本主张就是"时养"。"时养"思想是中国先民在长期的农业生产和生活实践中逐渐形成的一种朴素的生产观。许多古代文献中都有关于保护生物资源、促其再生以资利用的论述与记载。"网开三面"和"里革断罟"等典故人们早已耳熟能详，对此孟子也有着深刻的见解，他说："不违农时，谷不可胜食也；数罟不入洿池，鱼鳖不可胜食也；斧斤以时入山林，材木不可胜用也。"这里的"时"既指万物生长的客观规律，又指人们必须依循从事相关生产实践活动的客观规律。他反复劝诫说："鸡豚狗彘之畜，无失其时，七十者可以食肉矣。百亩之田，勿夺其时，数口之家可以无饥矣。"（《孟子·梁惠王上》）孟子要求人类节制自己的物欲，将利用自然与保护自然结合起来。

孟子在主张"时"的同时，又强调了"养"。他说："苟得其养，无物不长；苟失其养，无物不消。"（《孟子·告子上》）他认为山无草木之美，不是山的本性，而是"失养"的结果。自然万物如果得到滋养，没有不生长的；如果得不到滋养，没有不消亡的。因此，孟子既呼吁保护好原有的自然资源，又号召在原有基础上人为改善，要求人们广植多畜，兼利物我。他还说："今有场师，舍其梧槚，养其樲棘，则为贱场师焉。"（《孟子·告子上》）可见，孟子不仅注意到了植树的重要性，还注意到了植树的科学性。

孟子认为，人固有一种爱护生命的恻隐之心，这种恻隐之心"恩足以及禽兽"。动物临死前的哀鸣，足以引起人们的同情，所谓"君子之于禽兽也，见其生，不忍见其死；闻其声，不忍食其肉。是以君子远庖厨也"[1]，这正是由仁而滋生的真挚的爱物之意。

孟子"仁民爱物"的思想，实际上就是要求人类应该节制欲望，"爱物""重物""节物"，让万物各按其规律生生息息；要懂得合理地开发利用自然资源，使自然资源的生产和消费进入良性循环状态。只有这样，人类才有取之不尽、用之不竭的生活资源，社会才能安定、和谐、进步。

在人与自然的关系方面，孟子提倡"天时不如地利，地利不如人和"，把"人和"放在首位，极为重视人的因素，培植了儒家在人事方面积极进取的精神。荀子发扬了这种精神，提出"明于天人之分"的思想，并把"上得天时，下得地利，中得人和"，作为区分"天""人"的必要条件。

首先，荀子看到天与人之间的不同。在荀子看来，人虽是天

---

1 《孟子译注》，第15页。

地所生，但人却"最为天下贵"。他说："水火有气而无生，草木有生而无知，禽兽有知而无义，人有气、有生、有知，亦且有义，故最为天下贵也。"（《王制》）"气""生""知"是人分别与水火、草木、禽兽共同具有的自然属性，但是"义"却超越了各自然属性，表现为人之为人的社会道德意识，由此，人与水火、草木、禽兽等就有了本质的区别。

荀子看到了人与自然的不同，提出"明于天人之分"的观念。所谓"明于天人之分"，就是要明白"天道"与"人道"也就是人事与自然的不同和区别。"天有其时，地有其财，人有其治。"（《天论》）从这一观点出发，荀子从根本上否定了天和人之间存在着主宰和被主宰的关系，认为社会的治乱与天无关，只是人事作用的结果。他说："治乱天邪？曰：日月、星辰、瑞历，是禹、桀之所同也，禹以治，桀以乱，治乱非天也。时邪？曰：繁启蕃长于春夏，畜积收臧于秋冬，是又禹、桀之所同也，禹以治，桀以乱，治乱非时也。地邪？曰：得地则生，失地则死，是又禹、桀之所同也，禹以治，桀以乱，治乱非地也。"[1]这说明治乱与自然现象无关，自然现象不决定社会政治的好坏。

荀子认为，天虽然没有意志，但却有不随人的意志而转移的客观规律，"天有常道矣，地有常数矣"，"天行有常，不为尧存，不为桀亡"。天的这种客观规律虽然不能有意识地主宰人事，但是人如何对待它，却对吉凶祸福有着直接的决定意义："应之以治则

---

1 《荀子集解》下，第 311 页。

吉,应之以乱则凶。"

荀子还提出了"制天命而用之"的思想。他说:"大天而思之,孰与物畜而制之?从天而颂之,孰与制天命而用之?望时而待之,孰与应时而使之?因物而多之,孰与骋能而化之?思物而物之,孰与理物而勿失之也?愿于物之所以生,孰与有物之所以成?故错人而思天,则失万物之情。"[1]荀子的"制天命而用之"的思想,被很多学者理解为"人定胜天"的光辉典范,但是王钧林先生认为"这段话,认真分析起来,其意义并不在于认识、征服、改造自然,而是要人蓄养万物,利用天命,顺应四时,顺从自然,依然局限在人对物的实际利用上"[2],是很有道理的。

荀子把天自然化的同时,也把天排除在人的认知对象之外,"唯圣人不求知天"(《天论》),并且反复申明君子"其于天地万物也,不务说其所以然而致善用其材"(《君道》)。所以荀子对自然的认识仅仅停留在遵循其客观规律上,而对其"所以然"的原因却缺乏进一步探索的兴趣。这也是儒家重人事、轻自然这一传统的一贯表现。但是,荀子却对如何利用自然表现出了充分的自信,在他看来,人的特长就在于"善假于物",即人能制造和利用工具,支配自然为自己服务。人能"善假于物",但是并不意味着人对物就可以任意支配或改造,而要遵循自然规律。他说:"山林泽梁以时禁发而不税。"(《王制》)所谓"以时禁发",就是根据季

---

1 《荀子集解》下,第 317 页。

2 王钧林:《中国儒学史》先秦卷,广东教育出版社 1998 年版,第 266 页。

节的交替来管理、开发和利用，"春耕、夏耘、秋收、冬藏四者不失时，故五谷不绝而百姓有余食也。污池、渊沼、川泽谨其时禁，故鱼鳖优多而百姓有余用也；斩伐养长不失其时，故山林不童而百姓有余材也"（《王制》），只有做到这些，才能达到"万物皆得其宜，六畜皆得其长，群生皆得其命。故养长时则六畜育，杀生时则草木殖"的天人和谐的理想境界。

从上可知，先秦儒家的中庸伦理思想是一套全面而系统的思想体系，以后的历代儒者们继承并发展了中庸伦理思想，使之成为中华民族所特有的主要伦理思想。

第四章

# 中庸思想的应用与发展

　　汉代思想结束了先秦百家争鸣、诸子蜂起的局面，以更高的形态，融合吸收了先秦各派思想，从而为以后中国思想史的发展，奠定了方向与基础。儒学在这一时期，由百家之一演变成为一家独尊，而中庸观也随之进行了第一次转型。

　　两汉的儒家学者在吸收阴阳、道、法诸家思想的基础上，创建"阴阳中和观"。他们以阴阳中和作为宇宙万物产生与发展的根本之道，提出了"以中和理天下"的思想。中庸思想就成为汉儒治国乃至养身的根本指导性原则。

## 一、以中和理天下

　　汉初，陆贾、贾谊等儒家学者，通过对秦王朝政治失败的检讨，认为法家片面强调法治，而儒家把道德和功利对立起来，二者都有偏颇，因而他们试图把二者调和起来，主张法治和仁义道德都是为政治服务的手段，两者不可偏废。

陆贾率先提出"中和"的观念,"君子尚宽舒以褒其身,行中和以致疏远",他所谓的"中和"乃是融合了法家思想或法治内容的德治思想,也就是儒法融合。

陆贾总结秦代覆灭的历史教训,提出汉朝建立后,应根据新的形势,以儒家的仁义德教作为治国的指导思想。陆贾认为,秦朝的灭亡,是由于废弃仁义,片面崇尚法治造成的。法令只能诛恶,不能劝善。只有仁义才是政治的根本,"天地,危而不倾,佚而不乱者,仁义之所治也"[1](《道基》),只有行使仁义,才能使"民畏其威而从其化,怀其德而归其境,美其治而不敢违其政"[2](《无为》)。

陆贾强调仁义,但也并不完全否定法治的作用。因而,陆贾所论述的"仁义",已经融合法家思想于其中,陆贾称这种思想为"中和"。用这种思想治民,"民不罚而畏,不赏而劝,渐渍于道德,而被服于中和之所致也"[3](《无为》)。

西汉政论家贾谊和陆贾的观点基本一致,认为在打天下时,法术诈力是必要的,但政权建立之后,就应该以仁义为本。他认为秦统一天下后,仍然以法治诈力为其统治的指导思想,而不知更改,从而导致其二世而亡。贾谊向汉朝统治者提出,要"轻赋少事,以佐百姓之急;约法省刑,以持其后,使天下之人皆得自

---

1 王利器撰:《新语校注》,中华书局1986年版,第25页。
23 见上书,第64页。

新……塞万民之望，而以盛德与天下"[1]。贾谊也同样认为刑和法是可用的，但它只是末而不是本，本是仁义。如果刑法与仁义"序得其道"，对巩固统治是极有功效的。

贾谊虽然没有像陆贾一样明确提出"中和"的观念，但其思想实质是相同的，就是在原始儒家和法家之间，取其"中"，提出"亲爱利子谓之慈，反慈为嚚。……爱利出中谓之忠，反忠为倍"[2]（《道术》）。他认为爱和利是对立统一的、不可偏废的。贾谊与陆贾一样，表现出融合儒法为一的新儒家的思想特点。

汉初统治者接受秦亡的教训，与民生息，采取黄老之治。但《史记·儒林列传》就记载汉文帝"本好刑名之言"，这说明，汉初的统治者并没有放弃用"法"治国。

汉武帝即位后，为适应当时社会形势变化的需要，采取董仲舒的建议，独尊儒术。董仲舒以《春秋》"公羊学"为骨干，广泛汲取先秦诸子其他学派的思想与理论，并把儒学与当时社会需要结合起来，系统提出"大一统"和"天人感应"学说，创建了与原始儒学不同的新儒学。因而徐复观先生认为"汉代思想的特性，是由董仲舒所塑造的"[3]。

董仲舒把当时流行的阴阳五行学说与"天命论"结合起来，创制了一个以阴阳五行为框架的宇宙生成模式。董仲舒在《春秋

---

1 2 （汉）贾谊撰，阎振益、钟夏校注：《新书校注》，中华书局 2000 年版，第 14 页、第 303 页。

3 徐复观：《两汉思想史》第 2 卷，华东师范大学出版社 2001 年版，第 182 页。

繁露·五行相生》中说："天地之气，合而为一，分为阴阳，判为四时，列为五行。"[1]董仲舒认为，天地之气，相合为一，分而为阴阳二气，剖判为四季，排列为五行。阴阳二气和五行的运行是有规律的。他说："天之道，有序而时，有度而节，变而有常，反而有相奉，微而至远，踔而至精，一而少积蓄，广而实，虚而盈。"（《天容》）董仲舒所论述的是自然之天。天道的实际内容是指阴阳有规律地运行，其特点是"一而不二"。他说："天之常道，相反之物也，不得两起，故谓之一。一而不二者，天之行也。阴与阳，相反之物也，故或出或入，或右或左。春俱南，秋俱北，夏交于前，冬交于后，并行而不同路，交会而各代理，此其文与！天之道，有一出一入，一休一伏，其度一也。"（《天道无二》）作为性质相反的阴阳之气，或左或右，或出或入，不能同时并起，说明"天道无二"，天道是统一的。"天之道，终而复始。故北方者，天之所终始也，阴阳之所合别也。冬至之后，阴俛而西入，阳仰而东出，出入之处常相反也。多少调和之适，常相顺也。有多而无溢，有少而无绝。春夏阳多而阴少，秋冬阳少而阴多。多少无常，未尝不分而相散也。以出入相损益，以多少相溉济也。"（《阴阳终结》）天道的运行，周而复始互为消长，阳盛而阴衰，阴盛而阳衰，但又互济互补，保持阴阳之间的平衡。"天道大数，相反之物也，不得俱出，阴阳是也。春，出阳而入阴；秋，出阴而入

---

1　引文均见张世亮、钟肇鹏、周桂钿译注：《春秋繁露》，中华书局 2012 年版。

阳；夏，右阳而左阴；冬，右阴而左阳。阴出则阳入，阳入则阴出；阴右则阳左，阴左则阳右，是故春俱南，秋俱北，而不同道；夏交于前，冬交于后，而不同理。并行而不相乱，浇滑而各持分，此之谓天之意。"(《阴阳出入》)由此可见，天道运行的常规，是"相反之物"的阴与阳不能同时出现，但它们并行却不互相扰乱，互有交错，而又各自保持自己的职分，有序、有度、有节、有时、"变而有常"。

董仲舒认为，虽然天道有常，但大意难以看出，天道难以明察，因而要辨明五行来观察天道："辨五行之本末、顺逆、小大、广狭，所以观天道也。"(《天地阴阳》)同时他又认为"五行"是与阴阳为基础的五种自然势力的运行规律相联系的。万物正是在这阴阳的运行、四时的代谢、"五行"的有规律的运动中，生生灭灭。这就是董仲舒所揭示的宇宙的生成模式，是他对世界统一性的理性思考。这种元气和"五行"的深化、生成宇宙的模式，实质上是属于朴素唯物论和辩证法的。

在此基础上，董仲舒十分重视中庸。他提出了"德莫大于和，而道莫正于中"的观点，他把"中"与"和"看作天地的常道，也是人类应当效法的准则。董仲舒强调阴阳的统一与和谐是宇宙的常态。他认为宇宙的根本精神是"中和"。他在《循天之道》中说："天有两和，以成二中，岁立其中，用之无穷。是北方之中用合阴，而物始动于下；南方之中用合阳，而养始美于上。其动于下者，不得东方之和不能生，中春是也。其养于上者，不得西方之和不能成，中秋是也。然则天地之美恶在？两和之处，二中之所来归，而遂其为也。"天有东、西两种和，形成南、北两种中，每年都在这两和与两中中循环无尽。天地的美妙就在于两和所在之处，在于两中所要趋向之地，从而完成其所为。因而他说："天之序，必先和然后发德，必先平然后发威。……德生于和，威生于平也。不和无德，不平无威，无之道也。"(《威德所生》)无疑，"中和"之道是天地之道，是宇宙生成之道。"中和"论构成了董仲舒宇宙生成论的根本精神，他说："中者，天地之所终始也；而和者，天地之所生成也。夫德莫大于和，而道莫正于中。中者，天地之美达理也，圣人之所保守也。"(《循天之道》)中是天地的终结与开始，和是天地的生长和成熟。没有比和更大的德，没有比中更正的道。中与和是天下之常理，也是圣人要遵守的。

以此，董仲舒把"中和"之道引入社会实践领域，提出"以中和理天下"的原则，这是一个最高的原则。董仲舒是以巩固中央集权、维护刘汉王朝的政治统治为出发点和归宿的，但他又认为"以中和理天下"的原则，必须借助于"天人感应"的形式来实现。

在天与君主的关系上，董仲舒首先强调"君权神授"说。"受命之君，天意之所予也，故号为天子者，宜视天如父，事天以孝道也。"(《深察名号》)君主的地位，是上天所授予的，因此"天子"应把天当作父亲一样看待，用"孝"来事奉天。同时，董仲舒还吸收了道家与法家的思想，要求人主知天法地，把人主的行为纳入他所主张的与天道相配合的君道之中。他说："夫王者不可以不知天……天意难见也，其道难理。是故明阳阴入出、实虚之处，所以观天之志；辨五行之本末、顺逆、小大、广狭，所以观天道也。天志仁，其道也义。为人主者，予夺生杀，各当其义，若四时；列官置吏，必以其能，若五行；好仁恶戾，任德远刑，若阴阳。此之谓能配天。"(《天地阴阳》)他要求人主法天以成君道。"人主立于生杀之位，与天共持变化之势。"因为人取法于天，天道表现与人道相同："明王正喜以当春，正怒以当秋，正乐以当夏，正哀以当冬。上下法此，以取天之道……是故春喜、夏乐、秋忧、冬悲。悲死而乐生。以夏养春，以冬藏秋，大人之志也。是故先爱而后严，乐生而哀终，天之常也。而人资诸天，天固有此，然而无所之，如其身而已矣。"

在董仲舒的"以中和理天下"的政治思想中，占核心地位的是仁的思想。他说："治其道以出法，治其志而归之于仁。仁之美者在于天，天仁也……人之受命于天也，取仁于天而仁也。……天常以爱利为意，以养长为事，春夏秋冬皆其用也。"(《王道通三》)政归之于仁，这是王道的根本，离开仁，就违反了天意，也就离开了"中和"之道。董仲舒把"中和"之道运用到治理国家的政策中，提出了"调均"的主张。他说："孔子曰：'不患贫而患不均。'故有所积重，则有所空虚矣。大富则骄，大贫则忧。忧则为盗，骄则为暴。此众人之情也。圣者则于众人之情，见乱之所从生，故其制人道而差上下也，使富者足以示贵而不至于骄，贫者足以养生而不至于忧，以此为度而调均之。是以财不匮而上下相安，故易治也。"（《制度》）董仲舒从汉王朝的长治久安着眼，以"中和"为出发点，试图用"调均"来缩小社会贫富之间的差别，以缓解社会的矛盾。

董仲舒仁德思想的理论基础之一是"民本"思想。在《春秋繁露》中，他一再指出："'天之生民，非为王也；而天立王，以为民也。'故其德足以安乐民者，天予之，其恶足以贼害民者，天夺之。"（《尧舜不擅移，汤武不专杀》）

从这里看，董仲舒的儒学已经不是原始儒学，中庸思想也有所改进，他从其他各家各派的思想中吸取了许多新的内容作为补充，以适应统治阶级的需要。

汉武帝在重视德治的时候，也十分重视刑法的作用。汉武帝除了增订汉初的法律外，还制定了一些严刑峻法，比如《腹诽法》《沈命法》等，并且督责严格执法。在汉武帝的严刑峻法和繁重的赋税压力之下，民不堪命，另外，北伐匈奴之事受挫，更加剧了当时的社会矛盾。于是从天汉二年起，百姓蜂起。此时，汉武帝开始意识到政策上的偏颇，于征和四年颁布了《轮台诏》，这是中国历史上第一个罪己诏。在该诏书中，武帝宣布改变政策，那就是从严刑峻法转向宽松的德治，从横征暴敛转向轻徭薄赋，德、刑之用开始趋中。

汉宣帝少时游历长安三辅，体察民情，了解百姓疾苦和吏治得失，这对他施政治国深有影响。一方面，他重视儒学，他幼时就学习《诗经》《论语》《孝经》，即位后，诏书中也常引用儒家的经典。甘露三年三月诏诸儒于石渠阁讲五经同异，并亲自裁定评判，增立梁丘《易》、大小夏侯《尚书》、榖梁《春秋》为博士，增设博士至十四人，对之后社会、政治、文化的发展产生一系列影响。此外，随着察举、征辟制度的推行，儒生参政的通道也开始通畅起来。宣帝还实行德治，召集流亡，把公田"假于"贫民，将其重新安置在土地上从事生产，同时，还平反诏狱，减轻赋税，安定人民生活。但另一方面，汉宣帝反对专任儒术，治国时，他更重视刑法的威慑作用。比如他任用酷吏打击地方豪强，继承汉初传统迁徙关东豪族与富人于关中地区，对违法的霍光家族严厉惩处，等等。汉宣帝统治时期，不仅"吏称其职，民安其业"，而且"单于慕义，稽首称藩"，汉宣帝成为一代中兴之主。

汉元帝柔仁好儒，作为太子的他见宣帝所用多文法吏，以刑名绳下，大臣杨恽、盖宽饶等坐刺讥辞语为罪而诛，因而建言："'陛下持刑太深，宜用儒生。'宣帝作色曰：'汉家自有制度，本以霸王道杂之，奈何纯任德教，用周政乎？'"（《汉书·元帝纪》）一语道破汉代统治的天机。"霸王道杂之"就是外儒内法的治国方案，其内涵就是德主刑辅，反映了儒法合流的政治现实。但汉元帝继任后，"纯任德教"，最终导致威权旁落，汉政权迅速衰亡，宦官外戚竞相专权，纲纪紊乱，国势衰微。

## 二、中和之发，在于哲民情

扬雄有以儒家正统传承人自居的抱负和追求，执着于"用世有为"；同时又喜好道家，以老庄安顿自己的心灵。儒、道两个方面的影响，奇妙地统一在扬雄身上。

扬雄对"中和"多有发挥。他在《法言》中表达了"中道"既是自然万物的运行之道，也是人类社会的致治之道。在《法言·序》中说："苍苍天道，昔在圣考，过则失中，不及则不至，不可奸罔。"扬雄继承了孔子"过犹不及"的思想，认为过了"中"就要警惕谨慎，不及"中"则要努力上进，"龙之潜亢，不获其中矣。是以过中则惕，不及中则跃，其近于中乎！"。"圣人之道，譬犹日之中矣，不及则未，过则昃。"圣人之道，如日中天，不及则不够明亮，过了则昏昧不明。在政治方面，他崇尚中和政治："立政鼓众，动化天下，莫尚于中和。中和之发，在于哲民情。"（《先知》）[1]

扬雄作《太玄》的目的是把他所认识的关于宇宙的根本原理进行全面阐述。扬雄在《太玄》中，从宇宙论的高度揭示出"中和"之道的普遍性。

《太玄》的核心范畴是"玄"。扬雄的"太玄"虽有"玄者，

---

1　引文均见韩敬译注：《法言》，中华书局 2012 年版。

幽摛万类而不见形者也",体现为精神性的一面,但从根本上而言,"玄"是具有物质性的元气。"太玄"是《易》中的"太极",是阴阳二气未分混一的元气。《太玄》八十一首中,是以"中"为始的,亦以"中"为尊。在其每首九赞中,最为尊贵吉祥的"五"赞即代表了"中和"之道,"中和莫盛于五"[1](《玄图》)。因而,"中"实质上在扬雄的《太玄》中居于核心的地位。

从《太玄》各首赞中,更能看到扬雄对"中和"之道的推崇。如"永"首第五赞,赞辞是:"三纲得于中极,天永厥福。"意思是三纲得其中正,天便能永葆其福禄。又如"法"首第二赞,其赞辞是:"摹法以中,克。测曰:摹法以中,众人所共也。"其意为君主制法适中,"无过无不及",众人就能共同施行。"戾"首的第八赞,其赞辞是:"杀生相午,中和其道。"

在人们的日常言行中,扬雄也提倡以"中和"之道为准则。如"务"首指出,"黄中免于祸贞。测曰:黄中免祸,和以正也"。"黄中"就是"中"。君子只要做到"中正","虽祸不害"。"达"首第五赞,其赞辞是:"达于中衢,小大无迷。测曰:达于中衢,道四通也。"中衢即中道。其意是说,只要遵循中道,就能畅行无阻。扬雄非常重视圣人之德。他认为必须遵循中道才能达到圣人之德。"拟行于德,行得其中。拟言于法,言得其正。言正则无择,行中则无爽,水顺则无败。无败故可久也,无爽故可观也,

---

1　引文均见(汉)杨雄撰,(宋)司马光集注,刘韶军点校:《太玄集注》,中华书局1998年版。

无择故可听也。可听者，圣人之极也，可观者，圣人之德也。可
久者，天地之道也。"

　　扬雄在《太玄·玄莹》中，提出了道的因革论，而这一因革
论是建立在"中道"论的基础之上的。扬雄提出了"革而化之，
与时宜之"的命题，要达到"革而化之"的目的，就必须选择恰
当的"时"。"夫道有因有循，有革有化。因而循之，与道神之。
革而化之，与时宜之。"做到"与时宜之"，这无疑是一种"时中"
论。"时中"是事物变化的必然根据，"故因而能革，天道乃得。
革而能因，天道乃驯"。

　　扬雄在《法言·问神》中，提出了"夫道非天然，应时而造
者，损益可知也"，在《法言·问道》中提出"新则袭之，敝则益
损之"的观点。这同其"革而化之，与时宜之"的观点是一致的。
扬雄认为儒家的经和圣人之言，是可以损益的。他指出，《周易》
开始只有八卦，而文王增至六十四卦，其益可知也。《诗》《书》
《礼》《春秋》，有的是承袭旧文，有的是新的创作，而成于仲尼，
其益可知也。所以"道非天然，应时而造者，损益可知也"。"道"
不是天生就这样的，而是顺应时代而创造出来的。扬雄的因革论
和损益论都有"时中"的精神渗透其中，一切事物的合理性或存
在的根据，都取决于是否合于"时"而适于"中"而已。

　　《法言》思想极有价值的贡献，就是对"智"的重视，并由此
而显示出的理性精神。有人认为历史上很多人不会利用智慧，从

而丧失了性命。但扬雄认为，历史上有像皋陶和箕子那样有智慧的人。皋陶用其智慧编制《皋陶谟》，箕子用其智慧陈说《洪范》，既成就了自己的事业，也保全了自己的性命。因而，扬雄认为人们应该利用自己的智慧，判断时势是否适宜自己的升潜进退，以趋吉避凶，保全自己，他说："治则现，乱则隐。""时未可而潜，不亦贞乎？时可而升，不亦利乎？潜升在己，用之以时，不亦亨乎？"由此可见，在其"中和"思想中，扬雄之所以重"智"的因素，就在于在"致中和"的过程中，"智"能理性地认知和把握事物。在《法言·先知》中，他说："立政鼓众，动化天下，莫尚于中和。中和之发，在于哲民情。"扬雄肯定"中和之道"是"立政鼓众，动化天下"的最佳"治道"，而要达到和实现"中和"的最佳"治道"，就"在于哲民情"。这里的"哲"，就是"明"，即通晓、了解百姓的实际情况。为了说明这个观点，扬雄写了《先知》这一篇。扬雄把"中和"与理性地认知事物的"哲"联系在一起，这是对《易传》"时中"观重视知性认知思想的继承。

因为扬雄的"中和"思想涵容在晦涩的"太玄"之中，严重影响了人们对他的"中和"思想的理解和把握，因此扬雄的"中和"论没能在后世产生太大的影响，但是却仍起到启迪后世的作用。

第五章

# 三教融合的中庸思想

## 一、居中得中，任其自然

汉末魏晋时期，社会处于分裂割据状态。随着统治阶级内部斗争的激化，传统伦理道德规范出现虚伪化和形式化的趋势，已经起不到纲纪天下的作用，因此，社会思想出现巨大转变。以正始时期为标志，理论上有何晏、王弼的倡导，行为上有"竹林七贤"的风范，身处乱世的士大夫们，以玄谈论道、养生安心为中心，以《老子》《庄子》和《周易》这"三玄"作为资料，发展出魏晋玄学。"三玄"当中，《老子》《庄子》属于道家著作，而《周易》则是儒家五经之一。因此，玄学是儒、道两家学说的结合。在此基础之上，这个时期的中庸思想表现出儒道融合的特征。

王弼把"无"看作天地万物的本源，所以"天地万物皆以无为本"[1]。他所推崇的"无"，有时又称为"道"，也就是"中"或"中和"。"至和之调，五味不形；大成之乐，五声不分；中和备质，五材无名也。"[2]（《论语释疑皇疏》）在王弼看来，本体之"无"，"唯不阴不阳，然后为阴阳之宗；不柔不刚，然后为刚柔之主。故无方无体，非阳非阴，始得谓之道"[3]。"中和"便是"无"或"道"。他指出，"中"便是自然，"居中得正，极于地质。任其自然，而物自生"[4]（《坤》卦《象》）。所谓"居中得正"，便是"任其自然"，使万物按自然本性产生、发展。

王弼认为，人人固守"中和"的道德本体，于物无私，就会达到上下尊卑的和谐。他对统治者提出，要"居尊以柔，处大以中，无私于物，上下应之"[5]（《大有》卦）。统治者居于尊位，应该上守其尊，下安其卑，"自然之质，各定其分，短者不为不足，长者不为有余"[6]（《损》卦），王弼认为万物遵循"中和"之道，事物就会顺利发展。他在其《周易略例》中特别强调："夫古今虽殊，军国异容，中之为用，故未可远也。"[7]

王弼的"中和"思想中"贵无""任自然"的观点明显带有道家的色彩，但他又肯定仁义等，他的"中和"思想，体现了儒道的融合特色。

郭象在《庄子注》中，首先承认一切事物是在变化着的："变

---

1 2 3　楼宇烈校释：《王弼集校释》，中华书局 1980 年版，第 647 页、第 625 页、第 649 页。
4 5 6　楼宇烈校释：《周易注校释》，中华书局 2012 年版，第 13 页、第 59 页、第 152 页。
7　《王弼集校释》，第 269 页。

化日新，未尝守故。"[1]（《秋水注》）这种变化，是不仅所有的物都在变化，而且无时不在变化。郭象认为这种变化日新，都是自然产生的，老、庄之所以会屡称"无"，就是因为"明生物者无物，而物自生耳"（《在宥注》）。他在《齐物论》注中说："无既无矣，则不能生有。有之未生，又不能为生。然则生生者谁哉？块然而自生耳。"郭象认为在万物本身之外，并没有造物主存在，也不能把"无"当成万有本体，他提出了"造物者无主，而物各自造。物各自造而无所待焉，此天地之正也"的论点，这就否定了"道"和"无"生化万物的观点，肯定了万有的实在性。在此基础上，他进一步阐述道不能生成万物，万物乃是自己生长起来的："道，无能也。此言得之于道，乃所以明其自得耳。……然则凡得之者，外不资于道，内不由于己，掘然自得而独化也。"（《大宗师注》）一切事物都是自己自然地生成起来的，万物的生长"外不资于道，内不由于己"。

由此郭象认为，社会区分尊卑贵贱、君臣上下，是一种自然之理，如同自然界的事物，各有自己的"性分"而万殊不齐一样。"天性所受，各有本分，不可逃，亦不可加。"（《养生主注》）"性各有分，故知者守知以待终，而愚者抱愚以至死。岂有能中易其性者也！"（《齐物论注》）郭象的"性分"是自然的，也是名教的。这同他"自然即名教"的观点是一致的。而这种性分论也是

---

1 引文均见（晋）郭象注，（唐）成玄英疏：《庄子注疏》，中华书局2011年版。

郭象的"中和"论。

"性分"这个范畴，一是指"物各有性"，二是指"性各有分"。郭象由此观点出发，认为社会中的人也各有"性分"；而人的性分表现也是多方面的，其中重要的就在于人伦道德。郭象从儒家的人性论出发，指出"仁义者"，"夫仁义自是人之性情"（《骈拇注》），仁义是人性中所固有的特性。不仅如此，人还有各自特定的社会身份。因此，人和万物一样按照各自的自然"性分"，各尽其性，各守其分。他指出，这种等级的区分是自然的，"夫时之所贤者为君，才不应世者为臣。若天之自高，地之自卑，首自在上，足自居下，岂有递哉！虽无错于当，而必自当也"（《齐物论注》）。只有如此，才能构筑社会整体的"中和"景象，社会就会有序，就会和谐和安宁。

郭象认为"自然之分尽则和也"（《寓言注》），人尽其性，各守其分，"无过无不及"，便是"中"或中庸。"苟得中而冥（宜）度，则事事无不可也。"做到各尽"性分"，便可以达到事事无不可的境地，天人物我，达到高度的融洽与和谐，从而，"顺中以为常也"（《养生主注》）。郭象不仅把"有"与"无"结合在一起，并且把个体与整体的和谐紧密地联系在一起。郭象认为，自然界的失序、社会的动乱使社会和谐遭到破坏，是人们丧失了自己的自然本性，"志过其分"，纷纷追求"性分"以外的东西所造成的。"志过其分"，即失"中"，失"中"即不和，"适性为治，失和为乱"（《秋水》）。但郭象又认为，自然界的失序和社会的动乱，并不是由一般的民众所造成的，而是由上层统治者所引起的，他说："夫物之形性，何为而失哉！皆由人君挠之，以至斯患耳！"（《则阳注》）"在上者不能无为，上之所为而民皆赴之，故有诱慕好欲，而民性淫矣。"（《在宥注》）

郭象的"自然之分尽则和也"的"性分"中和论，从自然"性分"的角度揭示了"中和"的实质和"致中"的途径，"这是对儒家中和哲学的新发展"[1]。

## 二、千变万化，五常守中

隋唐时期，繁荣的经济、稳定的政治、开放的社会，促进了文化的发展。这一时期儒、释、道三教冲突融合，兼容并蓄，而此时思想家也多把中庸思想运用到如何解决儒、释、道三教融通的问题之上。

关于王通的中庸思想，北宋阮逸在其《文中子中说》序中阐释说："大哉，中之为义！在《易》为二五，在《春秋》为权衡，在《书》为皇极，在《礼》为中庸。谓乎无形，非中也；谓乎有象，非中也。上不荡于虚无，下不局于器用，惟变所适，惟义所在，此中之大略也。《中说》者，如是而已。"[2]阮逸在序中认为王通所谓的"中"与儒家经典《易》《春秋》《书》《礼》所阐述的

---

1 董根洪：《儒家中和哲学通论》，齐鲁书社 2001 年版，第 237 页。
2 引文均见张沛撰：《中说校注》，中华书局 2013 年版。

"中"的涵义是相通和一致的。说它是"无",却不是流于虚无,说它是"有",却不拘泥于具体的事物。这虽是阮逸的概括,也切中了王通关于"中"的思想。

晋宋以来,佛教、道教势力日增,儒学却失去了独尊的地位。儒学面临着佛教、道教的严重挑战,在这历史条件下,王通已把中道思想运用到对待儒、释、道三教的问题上。他认为,儒、释、道三教各有其长,亦各有其短,必须在儒学的基础上,发挥各家的长处,而不可固执于一家之说。"子读《洪范谠义》,曰:'三教于是乎可一矣。'"(《问易篇》)《洪范谠义》即《皇极谠义》,为王通之祖父安康献公王一所作,该书发挥了《尚书·洪范》的内容,《洪范》五'皇极'者,义贵中道尔",由此可知,《皇极谠义》阐述的是中和三道。王通受《皇极谠义》的启发,提出了"三教可一"的主张。这里的"三教可一"之"一",应该是以儒家去"一"其他二教,也就是以儒学为主,以佛、道二教为辅,构成一个统一的思想体系。

王通认为"中道"或"大中之道"是儒学的核心内容。王通把重新确立"大中之道"在儒学中的核心地位,作为创新儒学的重要一环,因此,"大中之道"也就成为王通思想的核心。王通以继承这一大道为己任,"千载而下,有绍宣尼之业者,吾不得而让也"(《天地篇》)。王通的"吾不得而让"这一宣言,表明他以孔子的继承者而自居。

王通对王道礼制所具有的中道性质,也给予了肯定。他说:

"礼其皇极之门乎？圣人所以向明而节天下也。其得中道乎？故能辩上下，定民志。"(《礼乐篇》)王通还提出了中道化的"帝制"论，他认为，帝制广大，无所不包，"其有大制，制天下而不割乎？其上湛然，其下恬然。天下之危，与天下安之；天下之失，与天下正之"，千变万化，但只要"吾常守中"，"其卓然不可动乎！其感而无不通乎！此之谓帝制矣"(《周公篇》)。王通的"帝制"论建立在"中道"的基础之上，或者说，"中道"是帝制的根本原则。中道下的帝制，是无所不容的"大制"，能做到天下危而"安之"，天下失而"正之"。"中道"之下的帝制，"其上湛然，其下恬然"；其上与天地万物浑然一体，其下使社会百姓生活安定。这是王通所追求的理想。

王通认为为政要抓住根本，纲举才能目张。王通认为为政的根本是"中道"，而这个"中道"就是仁、义、礼、智、信五常的统一，也就是王通在《中说·述史篇》中所说的："五常一也。"

王通对如何治政，提出了具体的看法。他认为推行暴政，不若对百姓施恩，法急不若法缓，刑繁不若刑简，君臣之间相互猜忌不若相互施以信义。但如何才能做到呢？那就是要"执其中"，真正能"执其中"者，是圣人。

王通的"中道"政治思想就是王道政治思想，他对现实社会的暴政予以抨击。他说："古之为政者，先德后刑，故其人悦以恕；今之为政者，任刑而弃德，故其人怨以诈。""古之仕也，以行其道；今之仕也，以逞其欲。难矣乎！""古之从仕者养人，今之从仕者养己。"(《事君篇》)王通认为，古代出仕为官，是为了行道、养人，因而为政时先德而后刑，百姓喜悦而宽厚；今之出仕为政，往往是为了实现自己的欲望、养己，因而先刑而弃德，故百姓心怀怨恨而变得狡诈。王通对今人为政的批判，也是对王道政治的一种企盼。故而，王通对王道在现实社会中不能得以施行，有清醒的认知。他说："甚矣，王道难行也！""道之不胜时，久矣。吾将若之何？"(《王道篇》)虽然如此，王通对王道政治的实现并不悲观，"五常之典，三王之诰，两汉之制，粲然可观矣"(《问易篇》)。他认为夏、商、周以及儒家的典籍，汉代的制度保存下来，粲然可观，如果能从中汲取经验，是完全可以重建王道政治的。

王道得以实现的基础，就是"五常"。《中说·述史篇》记载王通的弟子薛收问仁。王通回答说："五常之始也。"问性，王通回答说："五常之本也。"问道，王通回答说："五常一也。"五常是儒家的五项基本道德范畴，即仁、义、礼、智、信，这五种品德又是常行不变的。王通认为，五常的始端是仁，根源来自"性"，而五常的实现和统一则为"道"。这样就将仁、性、道三者贯通起来，这与《中庸》"天命之谓性，率性之谓道，修道之谓教"，是一脉相承的。

王通提出了道德修养的目标是达到中庸之道，他肯定了"允执厥中"就是儒家的"道"，并将《虞书·大禹谟》中的"人心惟危，道心惟微，惟精惟一，允执厥中"这十六个字抽出，作为道德修养理论的根据。这样做，在历史上尚属第一人。由此，中庸之道便成为王通道德修养的最高目标。

王通把通变视为"中道"的本质内容和中心原则，他说："通变之谓道，执方之谓器。"又说："通其变，天下无弊法；执其方，天下无善教。"王通把事物本身所具有的变化、变革视为道，这种通变之道也就是"时中"的原则。然而，他又说："千变万化，吾常守中焉。"（《周公篇》）实际上，王通的通变思想乃是主张不变之中有变，而变中又有不变，保持事物的求新、变革，又常守"中"。因而，王通提出了权义之中道的观点。他说："《元经》有常也，所以正道，于是乎见义。《元经》有变，所行有适，于是乎见权。权、义举而皇极立。"（《魏相篇》）这实际上就是中国传统思想中关于"经权"的认识。儒家十分重视对道德规范和道德原则的执行与贯彻，这种规范和原则是不可改变的，所以叫作"经"。然而现实的具体情况复杂多变，固有的规范和原则不能完全适应复杂多变的状况，必须具备一定的灵活性，即不被经所拘而随机应变，这就叫作"权"。在王通看来，"中道"存在于有常有变、有道有适、有义有权的对立统一之中，"中道"有"常"，是为"正道"，然而有"常"仅是"中道"的一个方面；另一个方面便是有"权"，达到"所行有适"，如此"中道"才能立，这就强调了"中道"的变通性。孔子虽然主张权变应时，但他却认为权变比坚持道还要困难，是一种很难达到的境界。《论语·子罕》中孔子说："可与共学，未可与适道；可与适道，未可与立；可与立，未可与权。"为了解决这一难点，王通主张"反经合道"，他认为"权"虽是对"经"的背离，但其最终目的又是对"经"的维护，因此"权、义举而皇极立矣"。王通关于通变的思想得到朱熹的赞扬。"其间论文史时事世变，煞好，合浙间英迈之士皆宗之。"[1]这就道出了王通的思想对宋代理学的影响。

柳宗元信守儒家的伦理道德，"致大康于民"是其人生目标，他把"兴尧舜孔子之道"当作自己的最高理想。在仕途坎坷之时，他仍然坚持"苟守先圣之道，由大中以出，虽万受摈弃，不更乎其内"[2]。谪居永州期间，他参加并推动古文运动的发展，提出"文以明道"的主张，所谓"明道"，就是指明儒家圣人之道。柳宗元认为，当时的儒学已经丧失其原始精神，以至于"道不明于天下"[3]，因而振兴儒学、恢复儒学的基本品格和精神就成了柳宗元的责任。

在柳宗元看来，儒学的核心就是中庸之道。他提出了"中道""大中之道"的概念。所谓"中道"，乃先圣之道，而先圣之道"由大中以出"。他在《时令论》下中说："圣人之为教，立中道以示于后，曰仁、曰义、曰礼、曰智、曰信，谓之五常，言可以常行者也。""中道"的具体内容为"五常"，柳宗元认为"五

---

1 （宋）黎靖德编，王星贤点校：《朱子语类》，中华书局1986年版，3267页。

2 （唐）柳宗元：《答周君巢饵药久寿书》，《全唐文》卷574第6册，中华书局1983年版，第5805页。

3 （唐）柳宗元：《与吕道州温论非国语书》，《全唐文》卷574第6册，第5801页。

常"可以常行，是人类社会生活最基本的行为原则，所以圣人立之为人道。而在"五常"之中，又以仁与义为核心，他说："圣人之所以立天下，曰仁义，仁主恩，义主断，恩者亲之，断者宜之，而理道毕矣。蹈之斯为道，得之斯为德，履之斯为礼，诚之斯为信，皆由其所之而异名。"[1] 他又指出，"道德与五常存乎人者也"。所谓"存乎人"，应有两种解释，其一是说，道德与"五常"存在于人的生命之中；其二是说，儒家的纲常名教是为人所用的，是用来维护社会生活的。所以又将其视为"人之道"。柳宗元认为，儒家的三纲五常之道是一种守常执中之道，择乎中庸，乃是坚持三纲五常的原则。

在《时令论》下中，柳宗元还指出："立大中去大惑，舍是而曰圣人之道，吾未之信也。"[2] 在柳宗元的观念中，"大中之道"与"大惑"是对立的。而柳宗元时代的"大惑"，主要是惑于"天命""天人感应"的迷信内容。他在《与吕道州温论非国语书》中，就对"好怪而妄言，推天引神，以为灵奇"的情况进行了抨击，认为是与"大中之道"相背离："近世之言理道者众矣，率由大中而出者咸无焉。其言本儒术，则迁回茫洋，而不知其适。"[3] 北宋初，范奉礼曾说："人自人，天自天，天人不相与，断然以行乎

---

1 （唐）柳宗元：《四维论》，《全唐文》卷 582 第 6 册，第 5874 页。

2 （唐）柳宗元：《时令论》下，《全唐文》卷 574 第 6 册，第 5879 页。

3 （唐）柳宗元：《与吕道州温论非国语书》，《全唐文》卷 574 第 6 册，第 5801 页。

大中之道，行之则有福，异之则有祸，非由感应也。"[1] 人的祸福，从根本上说取决于人本身是否行"大中之道"，而与天人感应无关系。他这种认识就是因袭了柳宗元的观点。

柳宗元在解释"中"或"大中"时说："圣人所贵乎中者，能时其时也，苟不适其道，则肆与佞同。"[2] "当也者，大中之道也"[3]。其义在于，所谓"中"，就是要适应时事，通达权变，这就是"中"，也就是"当"。这是传统权变观念的发展。

"经权"是中国传统思想中标志规范原则和随机权变的一对范畴。儒家学者十分重视道德规范、道德原则，并认为这种规范和原则是不可改变的，所以叫作"经"。然而，现实的情况又是复杂多变的，固有的规范和原则很难适应客观世界的多变性，因此，在特殊情况下，又必须具有一定的灵活性，即不拘泥于经而随机应变，这就叫"权"。在传统的"权变"观念中，"权"被置于"经"的从属地位，"权"是不得已的变通，是"经"的补充。

柳宗元在《断刑论》下中，对"经权"有精彩的论述，同时也可以了解他对"当"的理解含义。当有人对"赏以春、夏而刑以秋、冬"这一基于"天命"论的规定给以辩解，认为"非常之罪，不时可以杀，人之权也；当刑者必顺时而杀，人之经也"，

---

1 （宋）石介著，陈植锷点校：《与范十三奉礼书》，《徂徕石先生文集》，中华书局1984年版，第184页。

2 （唐）柳宗元：《与杨诲之疏解车议第二书》，《全唐文》卷575，第5810页。

3 （唐）柳宗元：《断刑论》下，《全唐文》卷582，第5880页。

"谓之至理"的时候，柳宗元认为是"伪也"，并给予了批驳，说："果以为仁必知经，智必知权，是又未尽于经权之道也。何也？经也者，常也；权也者，达经者也。皆仁智之事也，离之滋惑矣。经非权则泥，权非经则悖，是二者强名也，曰当斯尽之矣。当也者，大中之道也。"柳宗元详细地论述了"经""权"合一而为"当"的观点。因为"权"是"达经"的，因而也是实现"圣人之道"的必要途径。在其所强名为"当"的概念中，"经"和"权"完全达到了统一。柳宗元反对"经"和"权"的"偏守"和"偏知"，认为只有二者的统一才符合事物发展的规律，"合之于一而不疑者，信于道而已矣"。柳宗元是运用"经权"的思想来充实和完善"大中之道"。

柳宗元企图"统合儒释"，以释济儒。柳宗元不同意韩愈攘斥佛教的态度，批驳韩愈对佛教是"忿其外而遗其中，是知石而不知韫玉也"。柳宗元认为佛教这块顽石中有着"与《易》《论语》合""不与孔子异道"的内容。因此，"虽圣人复生，不可得而斥也"[1]。

柳宗元所讲"大中之道"，受到了佛教天台宗教义的深刻影响。北齐时，天台宗的慧文法师曾说："诸法无非因缘所生，而此因缘，有不定有，空不定空，空、有不二，名为中道。"[2]柳宗元就把天台宗的中道观与儒家的中庸思想调和起来，章士钊在其《柳文指要》上《体要之部》卷七中指出："大中者，为子厚说教之关

---

1 （唐）柳宗元：《送僧浩初序》，《全唐文》卷 579 第 6 册，第 5852 页。

2 （宋）志磐：《佛祖统纪》卷 6。

目，儒释相通，斯为奥秘。"柳宗元的"统合儒释"，就是从中道出发，符合大中之道的。

柳宗元所主张的"统合儒释"，并非不加区别，而是有标准的。"悉取向之所以异者，通而同之，搜择融液，与道大适，咸伸其所长，而黜其奇衺。要之与孔子同道，皆有以会其趣。"[1]而对于佛教"髡而缁，无夫妇父子，不为耕农蚕桑而活乎人"[2]的情况，则是坚决反对的。柳宗元是以儒家圣人之道为根本，努力从佛教中寻求可以"佐世"的精华。他这种以儒统佛、借佛复兴儒学的思想，对后世儒学影响重大。宋代理学家就走了一条以儒统佛之路。

刘禹锡与柳宗元二人是挚友，又有相通的理论见解，世界观基本一致。刘禹锡从小已习《诗》《书》《礼》，尤精通"大中之道"，知圣人之德。然而，他在遭受了种种人生挫折之后，精神上感到苦闷，于是晚年推崇佛教。也正是在熟知佛学的情况下，他才感悟到传统儒家的"中道"的局限性。

《中庸》第二十章说："诚者，不勉而中，不思而得，从容中道，圣人也。"所谓不待勉而自中，指的是仁性的自然发挥，即所谓的"诚"；而不待思而自得，指的则是知性的自然发挥，即所谓的"明"。这就是《中庸》所阐述的圣人之道，即从容中道，亦可谓天道。然而对这样的圣人之德，刘禹锡感到"学以至于无

---

1 （唐）柳宗元：《送元十八山人南游序》，《全唐文》第 6 册，第 5850 页。

2 （唐）柳宗元：《送僧浩初序》，《全唐文》第 6 册，第 5852 页。

学"，因为"未易得也"。刘禹锡晚年读了佛书之后，反而觉得佛学"突奥于《中庸》"，这就使得刘禹锡在学习佛学中开了眼界，对儒家的"大中之道"有了新的认识。

在《袁州萍乡县杨岐山故广禅师碑》中，刘禹锡对儒家的"大中之道"有了进一步的阐释，他认为，天生人，但不能使人的情欲有所节制；君制百姓，而又不能不以威势理天下。天与君的作用，都有一定的限制。在这种情况之下，就有人乘其"隙"，以弥补天与君的不足，使人改变心性。孔子与释迦就起到这种作用。孔子的思想要点是"大中"，释氏的要点是"正觉"。自从有了天地，圣人之道就存在于天地之间了。但是，儒家用"中道"教人，不多讲性命之学。因而在世衰的时候，儒学便逐渐地衰落了；佛教以大悲普救众生，宣传因果，所以世道越衰落，人们就越向佛教寻求精神寄托，佛教的地位益尊。佛教在无形之中进行教化，不仅普及于人，而且普及于天。在天地生成之外，还有一种陶冶。

刘禹锡指出，儒与佛的区别在于，"儒以中道御群生"，但这一"中道"存在很大的缺陷——"罕言性命"[1]，即不谈心性之学。佛教却能讲生死轮回、因果报应，分析众生生死苦乐的因缘，在心性的层面上给苦难中的人生指点一条超脱精神之路，这也正是众生信仰佛教的原因，也是刘禹锡晚年在思想上接近佛教的原因。同时，也为儒家的"中道"思想的发展指出了方向。至宋，鸿儒

---

1 （唐）刘禹锡：《袁州萍乡县杨岐山故广禅师碑》,《全唐文》第 6 册，第 6162—6163 页。

辈出，他们转求"中道"之心性学说以建理学，实现了刘禹锡的
断言。

韩愈一生以复兴儒学、攘斥佛老为己任，"以兴起名教弘奖仁
义为事"[1]。韩愈说："博爱之谓仁，行而宜之之谓义，由是而之焉
之谓道，足乎己而无待乎外之谓德。"[2]先王之道在理论上将齐家、
治国、平天下的原则与个人的道德修养联系在一起，用"将以有
为"的仁义道德，贯通内外两个方面，融二者为一体。也就是儒
家的仁义道德，向外通向天下国家；向内通向自身生命，置自身
生命于其内，提高个人的理想人格。外在的天下国家与内在的自
身生命共同融于仁义道德之中，这就是韩愈所追求的，也是《中
庸》所谓的"成己成物"的"合内外之道"。

韩愈在弘扬《大学》《中庸》上是有功劳的。《大学》《中庸》
两篇收在《礼记》之中，长期未曾引起应有的重视。隋代大儒王
通著《中说》，虽论述了"中道"的重要，但对中庸却并未做深入
阐释。韩愈把《大学》《中庸》从《礼记》中抉出，对"正心诚
意"和中庸之至德做了论述。这就为南宋朱熹将《大学》《中庸》
与《论语》《孟子》合而成为四书提供了思路和创造了条件。

韩愈在《省试颜子不贰过论》一文中，阐释了中庸思想："夫
圣人抱诚明之正性，根中庸之至德，苟发诸中，形诸外者，不
由思虑，莫匪规矩。不善之心，无自入焉；可择之行，无自加

---

1 （后晋）刘昫等撰：《旧唐书·韩愈传》卷 160，中华书局，1975 年版，第 4203 页。

2 （唐）韩愈：《原道》，《全唐文》卷 558 第 6 册，第 5648 页。

焉。"[1]这是说，圣人具备了纯正的品性，和不偏不倚的美德，不论是思考问题，或者付诸行动，都不会超越"规矩"而犯错误，不善之心，是无法侵入的。韩愈又指出："《中庸》曰：'自诚明谓之性，自明诚谓之教。'自诚明者，不勉而中，不思而得，从容中道，圣人也，无过者也；自明诚者，'择善而固执之者也'，不勉则不中，不思则不得，不贰过者也。故夫子之言曰：'回之为人也，择乎中庸，得一善，则拳拳服膺而不失之矣。'"[2]《中庸》实际谈到了两种人，一种是"自诚明者"，他们是天生的圣人，他们不待勉而中，不待思而得，其行为符合"规矩"，这种人具有理想人格，是人类中的极少数；另一种是"自明诚者"，他们是不贰过的贤人。但他们是"不勉则不中，不思则不得"，须通过教育，使之掌握中庸要义，得一善之后，坚守勿失，这种人具有高尚人格。颜回则属于这种人。韩愈这样阐释中庸，未束缚于章句之学，而重视发挥义理，为宋儒研治经典开启了一条道路。

韩愈在《原道》中指出："夫所谓先王之教者……其为道易明，而其为教易行也。是故以之为己，则顺其祥；以之为人，则爱而公；以之为心，则和而平；以之为天下、国家，无所处而不当。"[3]在此，韩愈提出了"当"的问题。关于"当"，孟子、荀子、董仲舒都曾有过论述。"当"即恰当、恰好，指行为举措上恰到好处，"无过无不及"，这实际上就是"中""大中之道"。韩愈

---

1 2 （唐）韩愈：《省试颜子不贰过论》，《全唐文》第 6 册，第 5638 页。

3 （唐）韩愈：《原道》，《全唐文》第 6 册，第 5650 页。

所论述的"道"，亦即圣人之道，与柳宗元所力倡的"中道"或"大中之道"是一致的。这个道，"以之为天下、国家，无所处而不当"。这也是韩愈一生追求不已的最高理想境界。

李翱与韩愈的关系在师友之间，其持论亦颇为一致。同韩愈一样，李翱以复兴儒学为己任。李翱提倡"中道"，他说："天地之大，亦必有中焉。居之中，则长短、大小、高下虽不一，其为中则一也。"因而，他主张人们的言行都应以"中道"为准的，说："出言居乎中者，圣人之文也；倚乎中者，希圣人之文也；近乎中者，贤人之文也；背而走者，盖庸人之文也。"[1]

李翱在儒学上的重要贡献，就在于其心性理论。李翱写了《复性书》上、中、下三篇。他以《中庸》《大学》《易传》为立论的根据，并大量引用了《中庸》《大学》《易传》中的论述，在此基础上，提出了"复性说"。关于"性"，李翱同《中庸》的观点一样，"天命之谓性"，人的本性是天赋的，并普遍存在于每个人的生命之中，百姓之性与圣人之性没有不同，是任何人都能达到"不惑"而成圣的内在根据。他在《中庸》"性"论的基础上，创造性地对"情"进行了发挥。他说"情"是"性之动"，是"性"的外在表现，"性"与"情"是统一的。李翱所论"性"与"情"的关系，乃是以"性"为体，以"情"为用。正如他所说："性与情不相无也。虽然，无性则情无所生矣，是情由性而生。情不自

---

1 （唐）李翱：《杂说》上，《全唐文》卷 637 第 7 册，第 6428 页。

情，因性而情；性不自性，由情以明。"[1]

任何人都可以通过修养而成为圣人。然而现实中的人却很难实现，究其原因，"非性之过也"，而是因为人性受到了迷惑。迷惑人性的即喜、怒、哀、惧、爱、恶、欲七种感情。"情既昏，性斯匿矣"，"七者循环而交来，故性不能充也"。李翱并不反对顺应人性之情，他认为"动而中礼"之"情"是善的；那种"溺之而不能知其本"，"交相攻伐"的"情"则是不善的，是"邪情"。为了复本性，就得灭邪情，邪情不灭，本性难复。李翱的理论建立在《中庸》的基础上，以"去情复性"为旨归。

灭情复性的方法，李翱以为有两种。一是"弗思弗虑"，以达到"动静皆离，寂然不动"的境界，杜绝邪情的产生；一是必须遵循礼乐原则，礼是指社会的礼制和礼俗，乐是指社会生活的和谐。每个人要"动而中礼"，"安于和乐"，就能消弭"性"与"情"的矛盾对立而复其性，乃至达到"至于圣"的境界。李翱认为，这种境界就是《中庸》所说的"至诚"的境界。

李翱在《复性书》上中也提出了关于儒家中庸之道相传的问题。他指出："道者，至诚而不息者也。""此尽性命之道也。""圣人传于颜子，颜子得之，拳拳不失。不远而复其心，三月不违仁。"然而，颜回之所以未能达到圣人的境界，"非力不能也，短命而死故也"。"子思，仲尼之孙，得其祖之道，述《中庸》

---

1 （唐）李翱：《复性书》上，《全唐文》卷 637 第 7 册，第 6433 页。

四十七篇，以传于孟轲。轲曰：'我四十不动心。'轲之门人达者公孙丑、万章之徒，盖传之矣。遭秦灭书，《中庸》之不焚者一篇存焉。于是此道废缺。……性命之源，则吾弗能知其所传矣。"在这里，李翱很明确地指出了儒家尽性命之道亦即儒家的中庸之道，由孔子传给颜回，后子思将孔子之道撰成《中庸》，传于孟轲之后因遭秦火，《中庸》被焚，于是儒家中庸之道便不得而传。然而，由谁来兴亡继绝呢？李翱说："道之极于剥也必复，吾岂复之时耶！"[1]韩愈曾说过："使其道由愈而粗传，虽灭死万万无恨。"[2]李翱与其老师韩愈的话何其相似！李翱虽然未曾明说儒家中庸之道自孟轲后就传到他身上，但他确实有志于传儒家之道，以孟轲继承者自任。他说："吾自六岁读书，但为词句之学，志于道者四年矣。与人言之，未尝有是我者也。南观涛江入于越，而吴郡陆修存焉。与之言之，陆修曰：'子之言，尼父之心也。东方如有圣人焉，不出乎此也。南方如有圣人焉，亦不出乎此也。惟子行之不息而已矣。于戏！性命之书虽存，学者莫能明，是故皆入于庄、列、老、释。不知者谓夫子之徒不足以穷性命之道，信之者皆是也。有问于我，我以吾之所知而传焉，遂书于书，以开诚明之源，而缺绝废弃不扬之道，几可以传于时。"[3]

李翱在《复性书》上所说的是关于儒家的"至诚之道"或

---

1 （唐）李翱：《复性书》上，《全唐文》卷637第7册，第6433—6434页。

2 （唐）韩愈：《与孟尚书书》，《全唐文》卷553第6册，第5602页。

3 （唐）李翱：《复性书》上，《全唐文》卷637第7册，第6434—6435页。

"尽性命之道"的传承问题，实际上仍包含着儒家道统的传承问题。李翱明确地以儒家道统传承的担承者自居。

李翱与韩愈一起奠定了宋代理学的基础，他们制造了一个儒家的道统，他们都以《中庸》《大学》作为理学的基本经典。他的复性说为宋儒的心性论做了前述，李翱的思想成为宋代理学的先声。

第六章

# 中庸思想的理学化进程

从北宋开始，民族矛盾异常尖锐。虽然北宋、南宋和明朝都建立了统一的中央集权政权，但同时又存在着几个民族政权并立的局面。北宋与辽、夏、吐蕃并立；南宋与金对峙；明朝时期，蒙古、满族先后与明朝发生战争，最终满族建立了清政权。宋明时期，中国境内存在着复杂和尖锐的民族矛盾。这个时期的知识分子，十分关心家国的存亡和命运，于是在政治上产生了"主战派"与"主和派"、改革派和守旧派的斗争。正是在这种复杂的历史背景中，为了维护官僚大地主统治地位的需要，宋明理学应运而生。

这个时期，儒学家们对中庸理论更为重视，《中庸》《大学》《论语》《孟子》并列为"四书"，成为官方钦定的最高经典。理学家们对中庸做了新的解释与发挥，创制了心性中庸之学，成为理学一个重要范畴。

## 一、性取中而后行

北宋时期，党争相互表里。作为理学先驱的孙复、石介和胡瑗，号称"宋初三先生"，强调以经书中的道理治家治国，重视尊王攘夷，维护中央政府的绝对统治。这和北宋初期的政治要求相吻合。

作为"宋初三先生"之一的胡瑗，努力推进儒家的中道思想在社会中的地位及作用。胡瑗继承和发展了隋唐儒家的"大中之道"。他把《尚书·洪范》篇中的"建用皇极"的"皇极"解释为"大中"，"皇，大；极，中也；言圣人之治天下，建立万事，当用大中之道"。之所以在中道之前冠以"大"字，是因为"无限极之辞也"，因此用"大"来形容中和之道的绝对性、至上性、普遍性，这是胡瑗对儒家中和之道的新贡献。

胡瑗把皇极中道当作是万事万物的标准和原则："欲一民无不得其所，欲一物无不受其赐，舍中道何以哉？"他把中道作为最高的做人、治国之道，"由中道而治天下"。[1]

在这一思想的指导下，胡瑗认为安民之道，一在求贤、用贤，二在养民、教民。他认为，君主再贤明能干，如果没有贤臣良将辅佐，就会"倡而无知，令而无从"[2]，虽然有仁义爱民的欲望，也

---

1　以上引文见（宋）胡瑗：《洪范口义》，中华书局1985年版。

2　赵学法：《泰山文化举要》上，吉林人民出版社2016年版，第204页。

没有办法施行仁政于天下。因此，胡瑗主张广纳天下贤臣，倡导
以培养通经致用的人才作为教育的根本目的。胡瑗认为圣人之道，
有体、有文、有用。历世不可变的君臣父子、仁义礼乐，是其体
也；举而措之天下，能润泽万民，是其用。显然，这里的"体"
是指古代社会的基本道德标准，即皇极中道；"用"是指掌握运用
这个基本道德标准，去治理国家。所以，胡瑗主张大兴地方官学，
广设庠序之教，它不仅可以使人才辈出，更为重要的是可以端正
民心，维护统治秩序，以达到太平盛世之目的。

　　但胡瑗并不把"中道"看作是一成不变的。胡瑗非常重视
《周易》中"变易"的思想。他说："大易之作，专取变易之义。
盖变易之道，天人之理也。"[1]在教学过程中，他十分注重对"变
易"思想的运用。他对学生既严格要求，又注重言传身教。他规
定师生之间的礼节，并常常以身先之，甚至在盛夏之季，他也公
服端坐堂上，决不稍懈。他的学生徐积初次见胡瑗时，头稍稍有
些偏了，胡瑗就对他直呼"头容直"。徐积从这一呼中受到教育，
从此时刻警示自己不仅要仪态端庄，更应该注意自己的心也要正
直。但另一方面，胡瑗强调弟子要有一个好的身体作为学习的基
础。他经常教导弟子饭后立即伏案读书，不利于身体健康。他要
求弟子适当参加体育锻炼，学会射箭、投壶和其他当时流行的各
项游乐活动。胡瑗反对闭门死读书，主张了解社会，浏览名山大

---

1　（宋）胡瑗：《周易口义·发题》，吉林出版集团有限责任公司 2005 年版，第 2—3 页。

川，以开阔胸襟视野，让书本知识与实践相结合。因此，他除重视书本教育外，还组织学生到各地游历名山大川。他曾亲率诸弟子自湖州至关中，环游数千里，慨然说："此可以言山川矣，学者其可不见之哉！"[1]

胡瑗虽然重视"变易"，但他认为变易也应该有所"节"。什么是"节"？胡瑗认为"中正"就是"节"，"所为节制，得其中，又得其正。得其中则无过与不及之事，得其正则不入于私邪，是中正所为之道，可以通行万世，使天下得尽所以为节制之义也"[2]。

怎样才能达到"中正"的境界呢？胡瑗特别强调"立己""治己"的重要性，他认为人并非是生而知之的，必须经圣贤之人的教化，才能在嗜欲未形、利害未作前"正其心，而不陷于邪恶"[3]。胡瑗"立己""正己"的思想是以他的心性学说为基础的。在人性论上，胡瑗推崇孟子而反对荀子，强调人性善。他认为天所赋予的正性，如果受外物的引诱，就会产生邪情。他认为避免邪情的主要方法就是要"性取中而后行"，他说："然则谓之中道者如何？如王者由五常之性取中而后行者也。"[4]胡瑗认为在"行中"之前必须"五常之性取中"，显示了心性功夫的倾向，使得胡瑗的伦理思想具有了浓厚的"内圣型"色彩。

---

1 （宋）王铚、（宋）王栐撰，朱杰人点校：《默记　燕翼诒谋录》，中华书局1981年版，第51页。
2 3 杨军主编：《十八名家解周易》第五辑，长春出版社2009年版，第410页、第392页。
4 《儒家中和哲学通论》，第262页。

　　"宋初三先生"的石介也非常重视中和之道。他对抗佛老，推崇韩愈以来的"道统"。石介认为道的极致就是"中和"："和之至谓道；中谓之大德。中和而天下之理得矣。"[1]"中和"就是孔子所说的天下至德。石介进一步认为，喜、怒、哀、乐未发时的状态，是合于中道的。当其刚刚发动而未明显时，就可知它是否合于中道。如果合于中道，就顺着去做；如果不合于中道，则应把它抛弃掉。如此，人的行为才能达到"发而皆中节"的至善至美的境界，才能够行"大中之道"。

　　石介的性格深受其思想的影响。纵观石介一生，他的性格最突出的特点便是刚正。石介也引为自豪，说自己有一种"刚正直烈之气"。他在《赠张绩禹功诗》中曾这样描摹过自己："容貌不动人，心胆无有比。不度蹄涔微，直欲触鲸鲤。"[2]对于别人评价他"好为奇异"，石介是不服气的，他认为自己有异于众人的地方，是"今天下为佛老，其徒嚣嚣乎声，附合响应，仆独挺然自持吾圣人之道；今天下为杨亿，其徒哓哓乎口，一倡百和"，但他不仅不为，而且还常常力摈斥之，独自坚守圣人之经，这才是他异于众人的地方。[3]由此可见，石介的"好为奇异"，正是石介的卫道精神，是石介的刚正之处。石介坚持自己的主张，能做到"不量敌众寡，奋笔如挥戈"，"虽败衄亩不忘天下之忧"，"功利施于天下，

１２３《徂徕石先生文集》，第206页、第17页、第175页。

不必出乎己，吾言不用，虽获祸咎，至死而不悔"[1]。

石介虽然认为"道"是不可易的，但同时他并没有否定事物在变动、变化的思想，而且还认为变通是"中"的本质内涵，"通其变，使民不倦者，道之中也"[2]。"中"就是通变，其实质就在于"使民不倦"，而能从容地生存。他指出，能行大中之道，就是为善，人以善感天，天以福应善，就会降福人间。人不能行大中之道，就是为恶，为恶就会降祸，天就以祸应恶也。这就是所谓"感应"[3]。石介认为这就是"甚可畏"的"天人相与之际"的观点。这主要是针对统治者而提出来的，希望他们实行仁政，减轻对人民的剥削。由此可见，石介的中和论带有某种神秘的色彩。

## 二、以礼制中

李觏出身寒微，自称"南城小民"。他站在中小地主阶级的立场上，主张抑制兼并，以缓和阶级矛盾，具有明显的功利主义倾向。由于李觏重视经世致用，所以他特别推崇礼学，以礼为根本大道并统摄其他条目，他说："夫礼，人道之准，世教之主也。圣人治天下国家，修身正心，无他，一于礼而已矣。"礼是人道、世教的根本准则和主导内容，是修身治国的根本大法。李觏认为"礼"之所以是根本大法，就在于礼具有"中和"的本质和"致中和"的功能。李觏的礼论继承了先秦儒家"礼义谓中"和

---

1 2 3 《徂徕石先生文集》，第260页、第224页、第184页。

"以礼制中"的思想，他认为正因为"礼无不中"，所以"以礼制中"，只有做到"一于礼"，才可能"政无不和"，从而实现"天下大和"。

李觏依据自己的人性理论，强调教育的促善作用。他认为绝大多数人是可善可恶的，只要圣人、君子施以教化，就会促其由恶变善，去恶为善，从而提出了教化成善的道德学说。程朱理学认为"天理"是善，"人欲"为恶。而李觏则认为人非利不生，"欲者人之情"，批评孟子"何必言利"的观点，指出"焉有仁义而不利者乎"。李觏重视义理与功利的结合，批判社会现实，力图革新改良，谋求国强民富。他的这些思想，对当时的王安石、陈亮、叶适、辛弃疾等都产生过一定影响。

李觏虽然认为能尽"中和之道"的"礼"是人类的道德规范和行为准则，但同时也认为"礼"具有"常"与"权"两种属性。

所谓"常"，乃事物本身所固有的决定性和规定性，反映了事物的客观现实性，是天之常道，地之常理，万物之常情。"常"对于天地万物都是非常重要的，李觏认为，"天有常，所以四时行；地有常，所以万物生；人有常，所以德行成"。自然、社会都是有规律的，人不能随心所欲违反常规，即使是圣人也要如此，"天地万物之常而圣人顺之"。所以，李觏礼论思想的展开是以仁、义、礼、智、信、乐、刑、政为架构基础的，仁、义、智、信是圣人的内在本性，是"常"，而"礼"则是这种内在本性的外化表现，是圣人"率性"的结果。所以"礼"的真正本质就在于其规范性，只有在"礼"的作用下，人们的物质欲求才能满足，社会秩序才会稳定，天下才会太平。

"礼"作为外化表现是虚的，"礼者，虚称也，法制之总名也"，它必须依赖于具体的乐、刑、政才能实现其功能。外化之"礼"一旦通过乐、刑、政确立后，其中就渗透仁、义、智、信之内在本性，这些内在本性依赖于外化之"礼"而存在，否则就不能得以彰显。依此看来，李觏之"礼"既体现了仁、义、智、信之内在德性，又包含了乐、刑、政之现实法制与规范。这样，李觏以"礼"统合了仁、义、智、信之"内圣"和乐、刑、政之"外王"，从个体修身的角度来说，它把人内在的德性和外在的知性统一起来；从社会治理的角度来说，它又试图把价值理性和工具理性整合于一体，作为社会治理的准则，这无疑具有十分重要的现实意义。

同时，在李觏看来，"权"也是非常重要的。所谓"权"就是权变，变通性，它是由于事物本身不断的变化、发展所决定的，反映了事物"事变势异"的客观情况。他指出，事或有变，势或有异，不能总是以"常"待之。他在说明怎样对待"势异""事变""弊端"的问题时，提出了"量时制宜"和"通变"等原则，因此李觏非常重视"通变"的思想，并且明确把变通视为中和之道的本质，他说："予命之曰中道。夫道者，通也，无不通也。孰能通之，中之谓也。"李觏对中庸思想的继承和发展，就在于他把"通变"理论运用于社会，主张"救弊之术，莫大乎通变"，显然，"中"具有了救弊的变革功能，这一主张表现出一个社会改革家的精神面貌。[1]

# 三、仁义中正

北宋理学的创始人周敦颐，上承李翱，继续发挥和丰富了《中庸》的思想。

周敦颐提出了关于宇宙万物起源的学说，认为宇宙的本源是太极，太极"动"和"静"产生阴阳，由阴阳而立天地。在周敦颐所建立的宇宙本体里，糅合着中和生成论的内容。实际上，"太极"在理学家那里就是"中"。朱熹和陆九渊虽然对"无极而太极"一语的理解有分歧，但他们都持"太极"即"中"的观点，这是符合周敦颐的本意的。"这种'太极'即'中'的思想显然是以《周易》为'媒介'的结果，因为《周易》的'太极'范畴内涵的正是天地未分之前、阴阳元气混而为一的中和状态。"[2]

周敦颐的中和宇宙论是为其历史和人生观服务的逻辑前提。在周敦颐看来，圣人在有善有恶的万事之中，定出中正仁义的规范："圣人定之以中正仁义，而主静，立人极焉。"[3]在这里，周敦

---

1 以上引文均见（宋）李觏撰，王国轩校点：《李觏集》，中华书局 1981 年版。

2 《儒家中和哲学通论》，第 286 页。

3 （宋）周敦颐撰，徐洪兴导读：《周子通书》，上海古籍出版社 2002 年版，第 48 页。

颐提出"立人极"的观点，认为圣人是通过"中正仁义"的中和之道而实现天人合一的。这样，他就把"太极"变成了儒家仁义道德的理论依据，使得天地法则、宇宙起源和儒家伦理的准则、境界、修养方法统一起来。

周敦颐认为太极之理"纯粹至善"，所以人性本来也就是善的，从而把中庸思想引向了心性之路。他把人性分为刚善、刚恶、柔善、柔恶和"中"五个品级，认为尽管人的本性是"纯粹至善"的，但是在显露出来的时候，往往表现为"过"或者"不及"，流为极端。他认为刚善为义，为直，为断，为严毅，为干固；刚恶为猛，为隘，为强梁；柔善为慈，为顺，为巽；柔恶为懦弱，为无断，为邪佞。因此，在他看来，只有"中和之性"才是最完美、最理想的道德原则，"惟中也者，和也，中节也，天下之达道也，圣人之事也"。而"诚者圣人之本"，由此，周敦颐把"纯粹至善"的"中和之性"归结为"诚"。

作为宇宙本体的完全体现，周敦颐认为"诚"就是人的最高存在，它是"寂然不动"的，只能"感而遂通"，"至正而明达"。在静无的时候，是至正中和而不偏不倚的，动有的时候，明照一切。因此，"诚"不能离"心"而存在。周敦颐把《易传》与《中庸》熔为一炉，以《易》《庸》互训的手法，论证了"诚"为天道的本质属性，在大道和性命之间架起一条沟通的桥梁，为儒家的道德本体论建立起一个天道自然的哲学基础，并且奠定了宋明理学由宇宙观到伦理学的逻辑结构。

不仅如此，周敦颐"以诚为本"的道德观，还体现在"诚"与具体德行的关系上。他说："圣，诚而已矣。诚，五常之本，百行之源也。"[1]"五常"即仁、义、礼、智、信五德，"百行"指一切有关伦理的行为。周敦颐已经把"诚"视为五常百行的根基，也就是说只有"诚"，才能具备各种德行，并从事一切道德行为。因此，他认为"诚则无事矣"，有了诚，就无须在培养具体德行上用力了。这个"诚"，是道德极致，所以说"圣，诚而已矣"。实际上，这个作为"五常之本""百行之源"的"诚"，不过是对古代伦理纲常的神秘化。只有心中不存任何的妄念，对道德伦理绝对诚实，才能践行名教纲常。周敦颐明确指出"无妄，则诚矣"，用朱熹的解释说，就是"不待思勉，而从容中道矣"，这就是周敦颐提出"以诚为本"的宗旨和实质。

作为人伦道德的理想境界，必须经过道德修养的途径和功夫才能达到，这表现为道德修养上的"主静"说。既然"诚"是一种"寂然不动"的本然状态，"无欲""无为"，所以在道德修养中必须"惩忿窒欲"而"主静"。周敦颐认为"无欲故静"，"无欲"成为"主静"的主要内容，这就把伦理道德与物质的欲望对立起来了。"主静"的最终目的是为了投身社会，治理天下。周敦颐认为，心纯则贤才辅，贤才辅则天下治，这显然是吸收了佛、道心性修养的方法，以重建儒家修养论的重要步骤。在周敦颐那里，

---

1 《周子通书》，第 32 页。

"静"虽然是"无欲""无为",但并不是佛道中的"无"和"虚无",而是"中正仁义"之性。

对每个人来说,要达到"无欲"的状态,应从养心寡欲做起。在此基础上,周敦颐主张"慎动"和"中正"。他说:"动而正曰道,用而和曰德。匪仁、匪义、匪礼、匪智、匪信,悉邪矣。邪动,辱也;甚焉,害也。故君子慎动。"[1]慎动,就是谨慎从事,只有合乎正道、合乎正德的事才动,并保持公正的态度。"圣人之道,仁义中正而已矣"[2],中正,就是以仁义中正作为圣人之道,行之,守之,而使自己的行为像天地一样公正无私。他要求人效法天地,以自然为榜样,在至公无私的修养中去追求美满的人生。他说:"圣人之道,至公而已矣。"[3]他提倡以公义战胜私欲,将"公"德推广开去,带动全社会的人们克己奉公。

周敦颐本人做官后,就廉洁奉公,一心为百姓着想。他任洪州南昌知府的时候,曾生了一场大病。他的朋友潘兴嗣去探望他,看到周敦颐家中,所有的钱财加起来不足一百文,便吃了一惊。因为此时周敦颐任知府已经几年,而且俸禄并不低。但周敦颐领到俸禄后,要么送给同宗的亲戚,要么用来接济困难的朋友,只要有人向周敦颐求助,他总是毫不犹豫地慷慨解囊,因此生活才会过得如此清贫。但周敦颐性情旷达,自得其乐,他曾作诗表达这种情怀:"老子生来骨性寒,宦情不改旧儒

---

1 2 《周子通书》,第33页。

3 见上书,第42页。

酸。停杯厌饮香醪味，举箸常餐淡菜盘。事冗不知筋力倦，官清赢得梦魂安。故人欲问吾何况，为道春陵只一般。"诗中表现出来的不图私利、一心为公的精神，深得人们的赞许。

但是周敦颐认为在特定的条件下，不仅需要内在的道德修养，还需要外在的礼乐制度的约束。他说："礼，理也；乐，和也。"[1]这就将"礼"与万物之"理"直接联系起来。同时，他认为"乐"的作用是使天下的人心得到宣达，"乐者，本乎政也。政善民安，则天下之心和"，"以宣八风之气，以平天下之情"[2]，所以"圣人作乐，以宣畅其和心，达于天地"[3]。在此基础之上，圣人的乐，还能使"天地和"，万物顺，以至"神祇格，鸟兽驯"，从而达到"天地之气感而大和焉，天地和则万物顺"[4]的境界。

制礼作乐，就不可避免地涉及刑罚诸事。万民的政养刑肃，意味着万民的仁育义正。周敦颐十分重视刑狱，他吸取《讼》卦《象》"《讼》：'有孚，窒、惕，中吉。'刚来而得中也。'终凶'，讼不可成也。'利见大人'，尚中正也"[5]的思想，认为刑狱之事"非中正明达果断者，不能治也"，因此要慎用刑罚。

周敦颐对待刑罚时就非常谨慎。他做分宁县的主簿时，该县有一件久而未决的案子。周敦颐到任后，审讯一次就弄清楚了来龙去脉。后来，周敦颐被调任南安军司理参军，当时有个按律不

---

1 2 《周子通书》，第 36 页、第 37 页。
3 （宋）周敦颐：《周子全书》，商务印书馆 1937 年版，第 163 页。
4 5 《周子通书》，第 37 页、第 42 页。

当判死刑的囚犯，但是转运使王逵想重判他。王逵是个强势的官吏，大家都不敢跟他争执，只有周敦颐一人与他据理力争，但王逵不听。周敦颐打算弃官而去，王逵才最终免了这个囚犯一死。这是周敦颐舍官相救的结果。

周敦颐开创了心性中和理论，虽然没有确立一个首尾相贯、全面系统的体系，但是却对以后七百年的学术史和伦理思想史产生了广泛而深刻的影响。

# 四、不思不勉，从容中道

## （一）从容中道

张载虽然不赞成王安石变法，但也不像其他旧党那样与变法势不两立。他关心现实，有一定程度的改良要求，反映在其思想上则与周敦颐的唯心思想有所不同，他是一位杰出的唯物主义者。

张载认为要实现"为万世开太平"的政治夙愿，就要积极进行社会变革，进行变革必须注重"化民"，取得人民的广泛支持才能成功。因此，张载在任职云岩县令等地方官职时，以"敦本善俗"为先，推行德政，提倡尊老爱幼的社会风尚。同时，作为温和的政治实践者，张载提出恢复"井田"以均贫富，重建"封建"适当分权，推行"礼治"变法求新的社会改革思想。

张载否定了佛教"太虚"空无说，指出其本身就是气，并非空无一物，认为"太虚"没有任何具体的形态，不是身体感官可以直接接触到的，但又是实实在在存在的"气"。张载认为，"太虚"与"气"本质上是一致的，它们之间没有主从之别、先后之分。如果认为"气"是由"太虚"产生的，就割裂了"太虚"与"气"的有机联系，这又否定了老子"有生于无"的观点。张载认为佛、老"体虚空为性""有生于无"之所以是错误的，都是因为它们背离了儒家圣人的"大中之道"。

张载虽然承认事物对立面的排斥与斗争，但"和合"才是绝对的本质和必然的根本原因，因而他认为阴阳二气的关系是"相兼相制"的。"有象斯有对，对必反其为，有反斯有仇，仇必和而解。"[1]张载把这个纷纭复杂、气象万千而又归于"中和"的世界，称为"太和"。"太和"一词，来源于《易·乾》中的"保合太和"，张载对此做了新的解释，并把"太和"推崇为理想境界。他说："散殊而可象为气，清通而不可象为神。不如野马、细缊，不足谓之太和。"[2]"野马"见于《庄子·逍遥游》："野马，尘埃兮。"指的是滚动翻腾、变化万千的气团。由此可见，"太和"就是太虚与万物共存，并通过阴阳二气的"中和"变化而达到的"中和"境界。所以张载说："大中，天地之道也。得大中，阴阳鬼神莫不尽之矣。"[3]把"大中""太和"看作天地人间万物生成变化必须遵循的根本规律。

张载和其他理学家一样，花费很大的精力来建构本体论，其

1 （宋）张载著，林乐昌编校：《张子全书》，西北大学出版社 2015 年版，第 3 页。
2 3 （宋）张载著，章锡琛点校：《张载集》，中华书局 1978 年版，第 7 页、第 274 页。

最终目的，无非就是力图沟通天人，从本体论中寻找伦理道德合理性的依据。张载虽然主张人性起源于"气"，但当他具体阐明人性的善恶时，却陷入了"合虚与气，有性之名"的二元论之中。"虚"就是指"太虚"，也就是气的本然状态，也就是中和之性；"气"指的是阴阳二气。本然之气与阴阳二气相结合，便构成了所谓的人性。人人都具有"太虚"的本性，就是中和的"天地之性"；但每个人由于禀受的阴阳二气不同，从而具有不同的特殊的"性"，就是"气质之性"。"天地之性"与"气质之性"虽然都出于"气"，但是"天地之性"是中和的、至善的，而"气质之性"则是或善或恶的。张载认为"天地之性"是不偏的湛然纯一的纯善。它不会被"气"的昏暗或明亮而遮蔽，它不偏不倚，是任何人都具有的先天的善性。张载的"天地之性"是对孟子"性善论"的继承，而"气质之性"则是对荀子"性恶论"的发展。因此，张载认为只有排除"气质之性"的闭塞，才能返回中和的"天地之性"。

如何回到中和的"天地之性"？他提出"变化气质"的思想："为学大益，在自求变化气质。"[1]在张载看来，"变化气质"必须"知礼"，能知礼才能"变化气质"，最后才能"成性"。"变化气质"是修养的关键，"知礼"是修养的途径，"成性"也就是要成就"中和"的"天地之性"，而达到圣人的境界，这是修养的目标。

---

1 《张载集》，第321页。

张载认为："变，言其著。化，言其渐。"[1]"变化气质"就是要逐渐祛除人性之中的恶，使人性本善全然呈现。他很重视"礼"在其中的作用，要求大家"以礼性之"。他说："故知礼成性而道义出，如天地设位而易行。"[2]"以礼成性"就是以礼持性，也就是用"礼"来使人的中和的"天地之性"充分发展。张载的"礼"的外延很广，在他看来，礼就是天地之德，"除了礼，天下更无道矣"[3]，可见，所谓"以礼持性"，就是要求人们严格遵守全部伦理道德和统治秩序。

张载认为"性"无不善，"情"则有善有恶，发而合于"性"，则为善，反之则为恶，因此"情"有"中节不中节"的区别。"情"只有符合中节才是善的，所以他提出"心统性情"的命题，说："心统性情者也。有形则有体，有性则有情。发于性则见于情，发于情则见于色，以类而应也。"[4]张载主张以"性"主"情"，以"情"顺"性"，"情"之所发必须合于道德理性。在此基础上，他正式提出天理、人欲的关系问题，为"理欲论"奠定了基础。

张载所谓天理，或曰"天之道""天之理"，是指性命之理，也就是"中和"的天地之性，它是普遍的、超越的道德原则。所谓人欲与气质之性相联系，也称为"攻取之性"，因为它与人的情绪、感受等活动分不开，与外物相感而存在，从而产生"饮食男女"等情欲。张载认为人的欲望在一定范围内是合理的，但

1 2 3 4 《张载集》，第 70 页、第 37 页、第 264 页、第 374 页。

是，徇物丧心，过分地追求欲望的满足，就会伤害"天理"，甚至灭"天理"[1]。所以，为了保持"天理"的纯洁，人们必须"寡欲"，"当今之人，灭天理而穷人欲，今复返归其天理"[2]。这样就把"天理"和"人欲"对立起来了。但是，张载并不主张通过牺牲个人的感性欲望，消灭人欲，来实现所谓"天理"。他反对的是"穷人欲"，并不是不要人欲，在一定程度上承认天理和人欲的统一，从而达到"中心安人，无欲而好仁，无畏而恶不仁"[3]的"中心"状态。

人们穷尽了"天理"，然后穷尽人所禀赋的道德品性，以达到与"天性"的合一，对"天命"的体悟，人的精神世界就会发生根本变化，排除"意、必、固、我"，进入一个上与"天性"统一、下与万物通贯的最高境界。这个境界，张载称之为"中正"。他说："中正然后贯天下之道，此君子之所以大居正也。盖得正则得所止，得所止则可以弘而至于大。"[4]他根据孔子"三十而立，四十而不惑，五十而知天命，六十而耳顺，七十而从心所欲，不逾矩"的修养过程，在道德践履和修养上安排了一个程序："三十器于礼，非强立之谓也；四十精义致用，时措而不疑；五十穷理尽性，至天之命，然不可自谓之至，故曰知；六十尽人物之性，声入心通。七十与天同德，不思不勉，从容中道。"[5]可见，"从容中道"是张载的最高理想，也是张载宇宙本体论的最终目的。

---

1 2 3 4 5 《张载集》，第18页、第273页、第29页、第26页、第40页。

### （二）民胞物与

张载从天人合一的角度出发，提出了"大其心则能体天下之物"的命题。张载认为即使能够接触天下所有的事物，也未必就能穷尽"天理"，因为以耳目感官接触事物所获得的知识，叫"见闻之知"。"见闻之知"范围狭小，所见所识十分有限，因而不能穷尽"天理"。因此他提出"大心"的命题，主张扩充自己主观思维，打破人形体的限制，消弭主客体的界限，从"大我"上看，"天下无一物非我"，通过"大我"之"心"即可以达到天地万物一体的境界，"大其心则能体天下之物"[1]。"大心"就是与天德合一之心，与天德合一之心自然就能体验到万物的生命价值。据此，张载在《西铭》中提出其著名的"民胞物与"思想，他说："民吾同胞，物吾与也。"[2]"民胞物与"是天地万物一体的境界，是通过大其心而实现人与人、人与社会、人与自然之间的和谐境界。

张载用"民胞物与"释"仁"，认为仁的真义是以爱己之心爱物、爱人。人不仅要爱人，而且应泛爱万物，视人为自己的兄弟，爱如手足，抚孤济贫、扶疾助寡；视物为自己的同伴，厚生利用，养成助长。儒家有所谓"居仁""安仁""敦仁"之说，就是要时时处处实行仁德，时时处处爱人爱物，"安所遇而敦仁，故其爱有常心，有常心则物被常爱也"[3]，爱心常在，无论在什么环境下，都能爱护一切生命，这样就能保持有序的自然和谐，人的情感也得到最大的满足，享受到自然之乐。这不仅蕴含着伟大的人道主

123 《张载集》，第24页、第62页、第34页。

义精神，也蕴含有宝贵的保护生态环境的伦理学思想。

张载具有一种很强烈的忧患意识，他把忧患作为仁的主要内容。他说："圣人则有忧患，不得似天。天地设位，圣人成能。圣人主天地之物，又智周乎万物而道济天下，必也为之经营，不可以有忧付之无忧。"[1]张载要求人们必须要有切实的责任感，并使之变成可操作的实际措施，最后成为实际行动，才能实现人与自然的和谐统一。

# 五、天理即中

## （一）天理即中

在北宋变法与反变法的斗争中，程颢、程颐坚决反对王安石的新法，表现在学术思想上，则认为"荆公新学"为异端。

因此二程与张载的思想观点不同，他们认为，真正的本体是"理"而不是"气"，"理"不是指客观事物的规律，而是创造宇宙万物的精神本体。在"理""气"关系上，他们主张"理"先"气"后，有"理"则有"气"，有"气"则有"数"。行鬼神者，就是"数"，是"气"之用。[2]进而，二程从抽象和具体的立场出发，将"理""气"关系归结为形而上和形而下的关系。他

---

1 《张载集》，第 185 页。

2 （宋）程颢、程颐撰，（宋）朱熹编，潘富恩导读：《二程遗书》，上海古籍出版社 2000 年版，第 106—108 页。

们指出，阴阳就是"气"，"气"是形而下者；"理"是形而上者。[1]"理"本"气"末，作为形而上的"理"决定和支配"气"的运动变化，这与张载"气"为万物本原的观点形成鲜明的对照。

"天理"是二程理学的最高范畴，二程认为，"天下只有一个理"[2]，万理都是来源于"天理"。二程认为万物皆一体，这是因为"所以谓万物一体者，皆有此理，只为从那里来"[3]。万物都是从"天理"那里产生出来的，并且受"天理"的支配。每一物都具备了完全的"理"，都是绝对"天理"的体现。在二程那里，"天理"是自然的创造者，全部自然生活和精神生活的发展都体现了"天理"："天者，理也；神者，妙万物而为言者也；帝者，以主宰事而名。"[4]这里，"天理""天""帝"都是同一内涵。二程正是从本体论的意义上，着重论述了"天理"与万物的关系。

二程建构新的宇宙本体，不仅是为了探讨宇宙万物的本体，更重要的是为伦理道德规范寻求哲学依据，以论证其永恒性与合理性。在二程看来，"天人本无二，不必言合"[5]，"道未始有天人之别"[6]，"天道"和"人道"原是"一本"，本来就是"一理"，都是"天理"，"人伦者，天理也"[7]，其本质就是对伦理纲常的抽象。所以二程认为，作为国君，就要尽到国君责任；作为臣子，就应尽到臣子的责任。如果不能尽到自己应尽的责任，那就是无

---

1 2 3 4 5 6 7 《二程遗书》，第 208 页、第 245 页、第 84 页、第 178 页、第 132 页、第 337 页、第 188 页。

理。[1]在他们看来，伦理道德就是活脱脱的天理。根本就不存在由道德根源到道德表现的发生与发展过程，由此，伦理道德规范获得了一种合理性和永恒性的理论认定，从而使其具有了真正的生命力。

在二程看来，"天理"就是"中庸"，"中庸，天理也"，"斯天理，中而已"[2]。二程继承了《中庸》的思想，认为："不偏之谓中，不易之谓庸。中者，天下之正道；庸者，天下之正理。"[3]在二程看来，"中之理，至矣"[4]，中庸是"天理"的极致体现，"天理固然高明……中庸乃高明之极"[5]。由于中庸极其高明，因而才能成为天地之大本。在二程看来，"中"就是"不偏之正道"，"庸"就是"不易之定理"。程颢说："中则不偏，常则不易，惟中不足以尽之，故曰中庸。"[6]程颐说："中者，只是不偏，偏则不是中；庸只是常。犹言中者是大中也，庸者是定理也。定理者，天下不易之理也。"[7]二程把不偏之正道、不易之定理作为中庸的真谛。

二程还以未发之中为"心"之体，已发之和为"心"之用，这样就把"中和"思想与他们的"心"之体用说联系起来了。程颐说："赤子之心，发而未远于中，若便谓之中，是不识大体也。……赤子之心可谓之和，不可谓之中。"[8]二程站在孟子学说

---

1 2 （宋）程颢、程颐著，王孝鱼点校：《二程集》，中华书局1981年版，第394页、第1182页。

3 4 《二程遗书》，第148页、第169页。

5 《二程集》，第1181页。

6 7 《二程遗书》，第169页、第207页。

8 《二程集》，第1183页。

的立场上，认为喜、怒、哀、乐之未发为赤子之心，"凡言心者，皆指已发而言"[1]，心在任何状态下都是已发，赤子之心作为已发，可以谓之"和"，不可以谓之"中"，否则就是不识大体。

这个说法明显与《中庸》的原义不一致，因为从《中庸》上下文的语境来看，"中"本来是指情感未发时的心理状态。对此，他们引用了《易传》的"寂感"说来加以解释："心一也，有指体而言者，寂然不动是也；有指用而言者，感而遂通天下之故是也。"[2]在二程看来，心有已发与未发两个状态，寂然不动的时候是"心"之体，感而遂通天下的时候是"心"之用。因此，他们认为，凡是人的心理活动，都是已发。而未发并不是未知觉、未思虑、未有感情活动时的心理状态，是形而上的本体状态。虽然程颐并没有明确说明"心之体"是"性"还是"心"的本然状态，但这种看法已经很接近张载的"心统性情"说了。

### （二）体用为中

从先秦到北宋，儒家的代表人物虽然对"中庸"思想有所阐释，但是从体用一源的思想高度对它进行全面论述，则开始于宋代的二程。

二程在"理"本体论的前提下，对体用关系做了辩证的分析，提出"体用一源，显微无间"[3]的命题，也就是"理"是体，象是用，有其体便有其用，体用不可分离。二程主张"体用无先后"，

---

1 2 3 《二程集》，第609页、第1183页、第430页。

反对唐代孔颖达先有道体、后有器用的思想。

在"理"本体论的前提下，二程不同意张载把动静看作"气"之动静，认为动静是"理"之动静。二程还进一步提出"动静无端"或"动静相因"的命题。他说："动静无端，阴阳无始。非知道者，孰能始之？"[1]又说："动静相因，动则有静，静则有动。"[2]认为动静相互包含，互为因果，不可分离。他们认为"静"有入佛的嫌疑，才说"静，便入于释氏之说"[3]。因此，他们不用"静"字，只用"敬"字。倡导"主敬"，"敬"本身就包含了"静"的修养内容，"敬则自虚静"[4]，又包含了"静"所不能涵摄的动态活动修为，"静时修养，动时省察"。从而改变了单纯从"静"中求识本体的佛、道路径，使动静保持在"中道"的范围。他们指出，未发之中的功夫全在一个"敬"字，"敬而无失"是"所以中"的最好途径。敬而无失，便是"喜、怒、哀、乐之未发谓之中"。"敬"不可谓之"中"，但"敬"而无失，即所以"中"也，就是天下之大本。

### （三）中无定体，用其时中

二程继承了《中庸》和《易传》的中庸观。

吕大临与程颐辩论时，曾引《尚书·大禹谟》"允执厥中"一句说明未发之旨，在他看来，《中庸》"喜、怒、哀、乐之未发谓之中"即《尚书》"允执厥中"之"中"。可是，程颐却不同意这

---

1 2 3 4 《二程集》，第 1181 页、第 907 页、第 189 页、第 157 页。

种看法，他区别了"中"的两种用法。

第一，喜、怒、哀、乐未发谓之"中"，是言"在中"之义。所谓"在中"之义，就是说喜、怒、哀、乐未发时，是内在的"中"的性理，而"性"即"理"。"理""性"虽无形体，但既然谓之"中"，便有一个"形象""体段"。因此，"喜、怒、哀、乐之未发谓之中"的"中"，是形容"性"无所偏倚的本然状态。第二，"中之道"之"中"是"时中"之义，形容道无时而不"中"的状态。二程认为中庸只是一个抽象性原则，必须从变化中具体灵活地识"中"、用"中"，这始终就是"可以仕则仕，可以止则止，可以久则久，可以速则速"[1]的灵活处世态度，他们认为："君子而时中，无时不中"[2]，"君子而时中，谓即时而中"[3]。他们评论杨氏的为我、墨氏的兼爱，说子莫与此二者以执其"中"，"则中者适未足为中也"[4]。只有当人们将"中"付诸行动之后，达到切合时宜，恰当不偏，才可以叫作"时中"。他们举例说，初寒时节用薄裘为"中"，如果在寒冬腊月里，再用初寒之薄裘，就不是"中"了。

在二程看来，"时"中具有变革现实、打破常规的精神。二程认为，世间一切事物都处在不断的运动变化之中，变革是天地间万事万物的根本法则，存在于一切事物发展的始终。"推革之道，

---

1 2 3 《二程集》，第 391 页、第 365 页、第 393 页。

4 《二程遗书》，第 86 页。

极乎天地变易，时运终始也。"[1]二程从天地阴阳的推迁改易到社会人事的变革，认为要做到"与天地合其序"[2]，那么人类社会也应该随时变革。"观四时而顺变革，则与天地合其序也。"[3]变革就是革故鼎新，去除事物发展的弊病，从而有利于事物的进一步发展。所以必须"弊坏而后革之，革之所以致其通也，故革之而可以大亨"[4]。因此二程认为"执中而不变通，与执一无异"[5]，所以执中就必须变通。二程的"时中"思想中，包含了一种权变的思想，"中无定体，惟达权然后能执中"[6]。

### （四）求中于未发之前

二程认为，如何解决"天理"和"人欲"的关系，是如何达到中和之道的主要问题之一。二程解释宇宙本体论的目的，就是要发现人生价值的根源。二程把"理"确立为宇宙本体和价值本体的最高范畴，是阴阳和合以化万物的最终根据；据此，二程认为把"理"落实到人心则为"性"，"心"和"性"是合一的，而"性"就是"理"。在二程的思想体系中，"心"既包括形而下之知觉，又包括形而上之"性"。二程认为天下无"性"外之物，也就是无"心"外之物，一切都是由"心""性"所派生的。"天地本一物，地亦天也。只是人为天地心，是心之动，则分了天为上，

---

1 2 3 （宋）程颐，（宋）郑汝谐：《伊川易传　易翼传》，上海古籍出版社1989年版，第192页。

4 见上书，第191页。

5 《二程遗书》，第264页。

6 《二程集》，第1182页。

地为下。"[1]天地万物都在我心中，离开我的心也就没有天地万物的存在。这从根本上否定了张载的气本论的思想体系。

尽管二程与张载在"理气"之辨上，有原则性的区别，但他们都从"理气"关系来讨论人性的问题。二程往往"缘气以论性"，把"气"作为"天理"流行与分殊的必要条件。这样，"气"就成为"理"本体论中一个重要范畴，无"理"则无"气"，而无"气"亦无"理"。二程在论述"理"的本体作用时，对"气"的重要性也十分注意。他们说："阴阳，气也"[2]，"五行，气也"[3]，"气行满天地间"[4]，天地间普遍存在着阴阳五行之"气"。在程颐看来，天地万物都是禀阴阳之气的运动变化，"万物之始，气化而已"[5]。所以，程颐认为"气"是构成万物的要素，"理"不能直接生物，必须通过"气"产生万物，"生育万物者，乃天之气也"[6]。这样，二程就通过心性合一，天人合一，由天至人，使之成为人类社会现实的礼仪规范、等级秩序和社会制度。他们一方面将伦理纲常本体化、天道化，倡扬最高的绝对理念——"天理"；另一方面，为了防止陷入"天理皆虚"的佛学境界，防止"天理"流于虚无，他们沿用了古代物质性范畴"气"，缘气以论性，使"性之分殊"与"气化生物"珠联璧合，相融无间。

1 2 《二程遗书》，第 106 页、第 208 页。

3 《二程集》，第 464 页。

4 《二程遗书》，第 86 页。

5 6 《二程集》，第 1263 页、第 1226 页。

二程"缘气以论性"也表现在他们的人性论上。二程强调人性中"性""气"两者的结合，这种结合又构成以"性"为本、以"气"为禀的人性的二重性，并由此产生了以"性"为中介的"天人合一"论。

二程通过"理"与"气"关系的探讨，深化了由张载提出的"天命之性"与"气质之性"的思想。"天命之性"即"性之本""性之理"；"气质之性"是"天理"通过"气化流行"，将"理"与"气"相结合的结果。因此，"理"虽具有超验的、必然的本性，但是必须通过"气禀"才能成为现实具体的人性，而在"气禀"的过程中，各人根据自己不同的阴阳五气禀赋，接受依附于五气上的五性之理。由于各人所受五行之气有异，与五气搭配之五性亦有差异。这就是"气化流行"与"理一分殊"结合中的必然性与偶然性结果，也是人性"善""恶"有别的原因。[1]

二程从天人"一理"的观点，提出了"理性命，一而已"[2]的命题。他们指出，在天为"命"，在人为"性"，论其所主为"心"，其实只是一个"道"。[3]在二程的学说里，"性""心""理"与"命"是一个东西。由于"性即是理"，乃天之禀命，所以又称"性"为"天命之性"或"理性"。

天命之性配合阴阳五行之气而构成人的本质，这就使"性"

---

1　《二程遗书》，第 370 页。

2　《二程集》，第 410 页。

3　《二程遗书》，第 254 页。

与"气"相结合，构成人所谓的"气质之性"。所以，"气质之性"是"理"与"气"的混合物。因此程颢说："性即气，气即性。""性""气"不离，交相结合，他们认为，气有善与不善，但是性则无不善，之所以有的人自幼而善，有的人自幼而恶，都是气禀不同造成的。[1]正是这种载"理"之气的偶然性，才使"性""情"各异。

二程认为，"天命之性"具备了"理"的内在德性结构，仁、义、礼、智、信五者，就是性。"仁者，全体；四者，四支。仁，体也；义，宜也；礼，别也；智，知也；信，实也。"[2]可见，二程所谓的"天命之性"，既是先验的道德本体，又是先天的道德理性。

应该指出的是，二程把人性分为"天命之性"与"气质之性"，与张载的"天地之性"和"气质之性"一样，都是人性二重说。但是，他们在解释这"二重"人性的来源上却有着原则性的分歧。张载以"气"一元论为根据，而二程则以"理"一元论为基础，二者的理论出发点是不同的。

二程认为"天命之性"就是"天理"，而"气质之性"就是"人欲"。他们从主体意识的角度去解释"天理"和"人欲"，以"道心"为天理，以"人心"为"人欲"，他们明确提出天理是"公心"，人欲是"私心"，而"天理""人欲"之分，就成为公、私之分，成为截然对立的社会群体利益和个体利益的关系。因此，二程认为"天理""人欲"是"难一"的，"大抵人有身，便

---

1 2 《二程遗书》，第 61 页、第 64 页。

有自私之理，宜其与道难一"[1]。他们认为有了"欲"，就会忘德灭"理"，因此必须"窒欲"。"窒欲"就是"灭欲"。张载并没有提出"灭人欲"，而是反对"穷人欲"，主张"节欲"。但是，二程因为"人心莫不有知，惟蔽于人欲，则忘天理也"[2]，不仅反对"穷人欲"，而且还主张"窒欲""灭人欲"，从而把"理""欲"引向了绝对的对立；并认为，两者不能同时并存，"大凡出义则入利，出利则入义"[3]，公开主张"存天理，灭人欲"，用群体意识代替个体意识。

在此前提下，二程还把义与利的关系明确为公与私的关系，"义利云者，公与私之异也"[4]。二程认为，如何处理义利的关系，将直接决定人们接物处事的行为方针。二程用"诚"来沟通"天理"与人的关系，明确把"诚"看作天人内外合一的境界。在二程看来，"天理"即是"诚"，"诚"即是"天理"，"至诚者，天之道也。天之化育万物，生生不穷，各正性命，乃无妄也"[5]，"诚"即实理，是宇宙规律，也是人的认识。"诚"作为天人合一的重要范畴，是人所达到的一种自觉的认识。为此，二程提出了"诚"和"心"的关系问题："维心亨，维其心诚一，故能亨通。"[6]"心诚"是主体精神所达到的一种境界，也是同宇宙本体合一的认识境界，因此才能无所不通。"至诚动天地"，说明"诚"能产生巨

---

1 2 《二程遗书》，第118页、第170页。

3 《二程集》，第1172页。

4 《二程遗书》，第171页。

5 6 《伊川易传 易翼传》，第96页、第111页。

大的精神和物质力量。所以二程说："万物皆备于我，反身而诚，乐莫大焉。不诚则逆于物而不顺也。"[1] "至诚"就是人和自然规律的完全合一。只有如此才能"参赞"化育，与天地并立，才达到"中和"的至高境界。

为了"去人欲，存天理"，达到"与理为一"的圣人境界，也就是在自我中达到"天人合一"，二程提出了"格物致知"的修养方法。所谓"物"，包括一切客观事物以及人们所从事的活动，"物则事也"，"凡遇事皆物也"。"格物"则是穷致事物之理，"格犹穷也，物犹理也。若曰穷其理云耳。穷理然后足以致知，不穷则不能致也"[2]。"格"除了"穷"的意思之外，还有"至"的意思，"格，至也，如'祖考来格'之格。凡一物上有一理，须是穷致其理"[3]。"格"的两个意思"穷""至"是相同的，都是穷致事物之"理"。二程认为，穷理致知，虽不是必须尽了天下万物之理，但也不是穷得一理便可得到的，而是一个"积习"或"积累"的过程。"积习既多，然后脱然自有贯通处。"[4] "贯通"，有直接顿悟的性质。这实际上就是把佛教的"渐修"和"顿悟"相结合的理学形态。

但是，二程所谓"穷理"，并不是研究事物本身的客观规律，而是借助于"格物"这一媒介，去认识人心所固有的"天理"，"格物"的目的是为了"明善"或"止于至善"。"明善在乎格物

---

1 《二程遗书》，第 166 页。

2 《二程集》，第 1197 页。

3 4 《二程遗书》，第 237 页。

穷理"[1]，"格物之理，不若察之于身，其得犹切"[2]。"致知"，就是知"止于至善"，知为人子止于孝、为人父止于慈之类的道德伦理，这些都不需到外面去寻找，只务观物理，"泛然正如游骑无所归也"[3]，这就变成了向内反思的道德认识。因此，二程把"格物""致知"看作是排除物欲引诱、恢复人心天理的过程。只要通过"格物"以恢复失去的天理，"自格物而充之，然后可以至圣人"[4]。把"格物""致知"看成修身养性，是达到圣人境界的必要手段。二程在格物穷理的对象上，既要探索"外物"，更要格"性分中物"，从而实现内外合一，天人合一。由此可见，二程思想的核心内涵及价值重点落在了"明于庶物，察于人伦。知尽性至命，必本于孝悌；穷神知化，由通于礼乐"[5]。

在二程看来，作为儒学核心的"仁"，自古以来还没有人做出过正确的解释。以往的学者们一般都把儒家的"孝""博爱""恻隐之心"或"博施济众"等视为"仁"，这实际上仅仅涉及了"仁"的"用"，并没有触及"仁"的"体"。二程认为"仁"之"体"是一种境界，这种境界就是"浑然与物同体"[6]，"仁者以天地万物为一体"[7]。不难看出，这是从他们天下一"理"的哲学立场出发所得出的必然结论。

---

1 2 3 《二程遗书》，第190页、第223页、第148页。

4 5 《二程集》，第1197页、第638页。

6 《二程遗书》，第66页。

7 《二程集》，第1179页。

二程从宇宙本体论的高度提出了"生生"之谓"仁"，而"仁"之体即"生生"之"理"，"天地之大德曰生"[1]。只有人能够从万物的生生不息之中，体验到天地万物的一体之仁，这是因为人能"推"。所谓"推"，除了自觉认识之外，还有由内而外的实践过程，包括推己及物、推己及人。这一实践过程被称作"忠恕之道"："以己及物，仁也。推己及物，恕也。忠恕一以贯之。忠者天理，恕者人道。忠者无妄，恕者所以行乎忠也。忠者体，恕者用，大本达道也。"[2]"忠"是从本体说的，"以己及物"就是人物一理，以仁为体。"恕"是从作用上说的，"推己及物"，是实现仁的方法。"恕"正所以行其"忠"，所以被称为"一贯"。忠恕一贯就是体用一贯，天人一贯。

"生生"之"仁"体现为"公"，因为天地生生不息就是无私的；因而对人来说，要实现"仁"，就必须克除"己私"。所以"公"虽不能等同于"仁"，但却是"仁理"的显现。总之，在二程看来，"仁"就是"理"，就是"人之道"："仁，理也。人，物也。以仁合在人身言之，乃是人之道也。"[3]从宇宙论上说，"生生"之理为"天道"，其实现于人者则为"人道"，所以"道一也"[4]。由此，"仁"，就成为其他伦理道德范畴的"体"，它们之间的关系就是一种体与用的关系："仁、义、礼、智、信五者，性也。仁者，全体；四者，四支。仁，体也。义，宜也。礼，别也。

---

1 2 3 4 《二程集》，第 120 页、第 124 页、第 391 页、第 182 页。

智，知也。信，实也。"[1]二程通过其思辨的论证，把仁、义、礼、智、信等传统儒家的伦理价值，与天道相沟通，从理论上解决了天道与人道的关系，消解了它们之间的对峙。根据他们的观点，天道中本就蕴含了人道的内容。"天理"作为最高范畴，通贯天人，统摄宇宙本体和价值本体，从而为传统儒家思想提供了一个既超越又现世的形而上的依据，完成了理学体系的一元论的理论建构，这是他们对中国古代哲学发展的一个重大推进。

# 六、中和在我，天人无间

## （一）"中"即"理"

朱熹生活的南宋时期，社会矛盾又有所激化。南宋初年，爆发了钟相、杨幺起义，提出"等贵贱，均贫富"的口号，在一定程度上反映了农民在政治上要求平等、经济上主张平均的愿望。与此同时，南宋开国初期，便开始了与金对峙的局面。南宋政权内部，则是以宋高宗、秦桧为代表的投降派和以岳飞为首的主战派之间的斗争。面对复杂的社会矛盾，朱熹站在维护统治阶级整体利益的角度，遵循儒家正统观点，主张调和阶级矛盾。

首先，朱熹对"中庸"进行了阐释。他说："中者，不偏不倚，无过无不及之名。"[2]朱熹将二程对"中庸"的解释进行了修正

---

1 《二程集》，第 14 页。

2 《朱子语类》，第 1481 页。

和发挥，用"无过无不及"来解释中庸。二程认为，"中者天下之正道，庸者天下之定理"[1]，这样就把"中庸"和"理"联系起来。二程的解释实际上已经有了发展的意味，但是二程并没有解释清楚作为"正道"之"中"与"定理"之"中"，二者之间的矛盾是如何调和的。

朱熹对此进行了解释，他把"庸"看作"平常之理"。朱熹用"言常则不易在其中矣"来调和"以不易为庸"和"以常为庸"两种说法的矛盾，在他看来，只要说到"平常"，则"不易"便自然在其中了。他指出，最高明的必是最平常的，最深奥的必是最简易的。朱熹试图将"平常无奇"纳入他的义理架构。朱熹把"中庸"语义的核心放置在"平常"上："中，即平常也，不如此，便非中，便不是平常。"[2]以"常"训"庸"，乃是朱熹的发明，朱熹之所以强化"平常"作为"中庸"的本义，就在于他对于儒、佛义理冲突的深刻认识。他指出："高明，释氏诚有之，只缘其无道中庸一截。"[3]朱熹此处所说的"高明"，实际上暗指佛教理论的"奇怪"或"不平常"。事实上，正是在平常性上，朱熹发现了儒、佛义理的根本冲突，所以他自觉地标举儒学的"平常性"，试图以此对抗佛教"非常可怪之论"对儒学的干扰。佛教宣扬的理论，看似高妙，但由于不能落实到日常生活中来，因而只能保持其形而

---

1 《二程遗书》，第148页。

2 3 《朱子语类》，第1481页、第1483页。

上的玄虚状态，从而造成理念世界与现实世界的脱节。而儒学优于佛教的根本之处，正是在于其由"平常"而得的"义理"，是可理解、可传达的，而不是佛教的神秘化的"空寂"。因此，透过"中庸"，朱熹表达了融合"平常性""合理性""实用性"的理，并将其视为儒学的真髓，试图以此来摒斥佛、老之学脱离现实的空寂和神秘。

朱熹把自己思想体系中的最高范畴——"理"与"中"相贯通，提出了"中"即是"理"的命题。

"理"或"天理"是朱熹理学思想体系的核心范畴和逻辑起点。朱熹认为，"理"或"天理"是宇宙的根源，"合天地万物而言，只是一个理"[1]。他指出，未有天地之先，也只是"理"；有此"理"，便有此天地。[2]天地万物都由根本的"理"所囊括、产生和承担。朱熹认为，作为宇宙万物的本体，"理"不"同于一物"，它只是个净洁空阔的世界，没有形迹，无情意，无计度，无造作。由此，朱熹既反对了有意志的天命说，也避免了把某一事物作为万物本原的局限性。但同时他认为"理"是"有"和"无"的统一，"以理言之，则不可不谓之有；以物言之，则不可谓之无"[3]。朱熹认为如果只承认本体之"无"而否定其"有"，在理论上必然导致否定本体之"理"的实在性，而使"大本"不立。因此，他反对道家的"无"，佛家的"空"，主张"理是实理"。

---

123《朱子语类》，第2页、第1页、第2366页。

朱熹认为,"理"是有层次的。万事万物各有其"理",但天地万物之"理"合为一"理",这就是太极。在朱熹看来,"总天地万物之理,便是太极"[1],太极就是众理的全体,万理的总名。太极是不可分割的总体,又是普遍的、超越的绝对,与之相对的是阴阳二气。阴阳二气并不是构成万物的基本元素,而是"气"的最基本的状态。因此,太极和阴阳二气也是"理气"的关系,但那是更高层次上的关系。朱熹之所以提出这对范畴,是为了解决宇宙论的根本问题,为他的整个体系确立一个最高的原则。

在此基础上,朱熹继承和发展了二程的"理一分殊"说。朱熹认为,"太极"是众理之总名,万理之全体。"太极"同万物的关系而言,"盖体统是一太极,然又一物各具太极"[2]。"太极"在每一物中,也就是"物物各具一太极",万物之理都是"太极"的一定之"分"。朱熹认为,万物各有其理,万物之理各有不同,但"总天地万物之理,便是太极"[3]。朱熹把天地万物看作统一的整体,太极便是天地万物之总理。这一个整体又是由不同部分构成的,而各个部分,都各自有其理。"一理"与"万理"不是各个孤立存在的,"一理"中有"万理","万理"中有"一理"。"万殊便是这一本,一本便是那万殊。"[4]朱熹在处理"理"返回到"物"的问题时,吸取了中国哲学史上"气"这一范畴,改造了张载的气论,把"气"作为"理"派生万物的中介。

---

1 2 3 4 《朱子语类》,第 2375 页、第 2409 页、第 58 页、第 677 页。

朱熹从这个观点出发，进一步全面阐述了"理"和"气"的关系。他认为"理气"是统一的，二者缺一不可，认为"天下未有无理之气，亦未有无气之理"[1]。"理""气"是互相对恃、互相依存的，无理则无气，无气则无理，"二者常相依而未尝相离也"[2]。在朱熹那里，"理"是本体，"气"就是"理"的表现或作用，"天地之间，有理有气。理也者，形而上之道也，生物之本也。气也者，形而下之器也，生物之具也"[3]，天地之间有"理"有"气"，而以"理"为本。"理"是形而上之"道"，生物之本；"气"是形而下之器，生物之具，道器之分甚明。

朱子认为，"气"与本体"理"相较，其最大的特点就是，"气"是既能"造作"又能"凝聚"的生气勃勃的东西。这样一来，"气"不仅把"理"和"物"联系起来，使"理"借助于"气"而派生万物，而且使"理"有了"挂搭"和"附著"之处。朱子说："无是气，则是理无挂搭处"[4]，"若气不结聚时，理亦无所附著"[5]，"无那气质，则此理无安顿处"[6]。由于"理"找到了它借以"挂搭""附著"的"气"，因此便推演出日月星辰、人物禽兽等现实世界的场景。因此，朱熹认为，事物之所以千差万别，主要是由于气质不同，"同者理也，不同者气也"[7]。朱熹认为，

---

1 2 《朱子语类》，第 2376 页、第 2367 页。

3  郭齐、尹波点校：《朱熹集》第 5 册，四川教育出版社 1996 年版，第 2947 页。

4 5 《朱子语类》，第 3 页。

6 7 见上书，第 1896 页、第 9 页。

由于事物所禀受的气质不同，它们的理也就有了差异。他说："论万物之一原，则理同而气异；观万物之异体，则气犹相近而理绝不同。气之异者，粹驳之不齐；理之异者，偏全之或异。"[1]从本源上看，万物之理都是一个，但当"气"结合万物各有了自己的形体之后，它们的"理"就不相同了。朱熹认为："但以其分之殊，则其理之在是者不能不异。"[2]朱熹认为，不殊之理也都各自固定，不可移易。他说："马则为马之性，不做牛之性；牛则为牛之性，又不做马底性。物物各有个理。"[3]这样，原来是无差别境界，由于有了气的参与，就变成有差别境界了。

朱熹认为，尽管万物之理各不相同，但都是"太极"的完整体现。朱熹还曾以天上下雨为例来说明这个问题：下雨了，大洼坑便有大洼坑的水，小洼坑便有小洼坑的水，木上有木上水，草上有草上水。它们虽所在的地方不同，但水的本质都是完整的，正所谓"人人有一太极，物物有一太极"[4]。朱熹认为，即使是微观世界，所包含的"理"的本质也还是完整的，"自其微者而观之，则冲漠无朕而动静阴阳之理已悉具于其中矣"[5]。朱熹认为世界上的万事万物都有统一的一面，又有不同的一面，同中有异，异中有同。朱熹用"理同而气异"说明万物只有一个本原，用

---

1 《朱子语类》，第 57 页。

2 《朱熹集》，第 3067 页。

3 4 《朱子语类》，第 1491 页、第 2371 页。

5 （宋）朱熹、吕祖谦编撰，（清）江永注：《近思录集注》卷 1，上海书店 1987 年版，第 1 页。

"气同而理异"说明万物何以相异。

既然万物之异是由"气"所决定的，这就承认了"气"的能动作用，其成为规定事物具体性质和规律的重要条件。朱熹的"理一分殊"说明了总体与部分、宇宙与万物之间的关系，说明了整个理"太极"与万物各具的"理"之间的关系。

在朱熹思想体系中，"理"与"中"是统一的，都是天地之大本，是天、地、人、万物存在发展的本体。他说："道者，天理之当然，中而已矣。"[1]"天理浑然，无过不及。"[2]朱熹为什么会把"中"看作天地之大本呢？他说："天命之性，浑然而已。以其体而言之，则曰中；以其用而言之，则曰和。中者，天地之所以立也，故曰大本。和者，化育之所以行也，故曰达道。此天命之全也。人之所受，盖亦莫非此理之全。"[3]又说："大本者，天命之性，天下之理皆由此出，道之体也。达道者，循性之谓，天下古今之所共由，道之用也。"[4]这就是说，"中"是万事万物存在的根据，所以叫作大本；"和"是万事万物存在的条件，所以叫作达道。当世界处于"中和"状态时，则正常存在和运行，"天地位，万物育"[5]。如果不能达到"中和"，"则山崩川竭者有矣，天地安得

1 （宋）朱熹：《中庸章句》，《四书章句集注》，中华书局1983年版，第19页。
2 （宋）朱熹撰，朱杰人、严佐之等主编：《朱子全书》第6册，上海古籍出版社、安徽教育出版社2002年版，第568页。
3 《朱熹集》，第3528页。
4 《近思录集注》卷1，第3页。
5 《朱子语类》，第1598页。

而位？胎天失所者有矣，万物安得而育？"[1]。朱熹把中庸抬高到无以复加的地位，看成是承自尧、舜、禹、汤、文、武、周公，传于颜、曾、思、孟而被周敦颐、张载、二程接续的道统所在，是儒家学说的全部精髓和最高境界，"天下之理，岂有以加于此哉"[2]。

朱熹继承发挥二程"中"有二义的思想指出："夫所谓'只一个中字'者，中字之义未尝不同，亦曰不偏不倚、无过不及而已矣；然'用不同'者，则有所谓'在中之义'者，有所谓'中之道'者是也。盖所谓'在中之义'者，言喜怒哀乐之未发，浑然在中，亭亭当当，未有个偏倚过不及处。其谓之中者，盖所以状性之体段也。有所谓'中之道'者，乃即事即物自有个恰好底道理，不偏不倚，无过不及。其谓之中者，则所以形道之实也。只此亦便可见来教所谓状性、形道之不同者。但又见得中字只是一般道理，以此状性之体段，则为未发之中；以此形道，则为无过不及之中耳。"[3]因而，朱熹认为"中"有体用二义。体中有用，用中有体，体用不离。他明确肯定，体是第一性存在，用是由体派生的，"见在底便是体，后来生底便是用"[4]，这就是朱熹"体用一源"的思想。在此基础上，朱熹指出："中，一名而有二义，程子固言之矣。今以其说推之，不偏不倚云者，程子所谓在中之义，未发之前无所偏倚之名也；无过不及者，程子所谓中之道也，见

---

1 《朱子语类》，第 1519 页。

2 《四书章句集注》，第 14 页。

3 《朱子全书》第 21 册，第 1338—1339 页。

4 《朱子语类》，第 101 页。

诸行事各得其中之名也。盖不偏不倚，犹立而不近四旁，心之体、地之中也。无过不及，犹行而不先不后，理之当、事之中也。故于未发之大本，则取不偏不倚之名；于已发而时中，则取无过不及之义。"[1] 其实，朱熹一直在强调中庸的二义，实际上是要说"不偏不倚之体天下之大本，无过不及之用天下之达道"。

我们知道，在朱熹那里，世界本体不过一理，世间万物的存在变化不过是"理"的流行发用。不偏不倚之体就是"理"，无过不及之用就是其流行发用的理想状态。因此，"理"是天下之大本，是万事万物存在的根据；"理"之用是天下之达道，是万事万物存在的条件。朱熹的中庸思想，成为其理学体系建构的开始，也成为其道德伦理学说建构的发端。

### （二）中之所贵者权

朱熹发展了二程的思想，认为"一发之中"也叫"随时之中"。朱熹解释说："君子之所以为中庸者，以其有君子之德，而又能随时以处中也……盖中无定体，随时而在，是乃平常之理也。君子知其在我，故能戒谨不睹，恐惧不闻，而无时不中。"[2] 这表述的就是孟子的"时中"思想。"中"不是一个僵死的概念和教条，它视不同的时间、地点、事物而有不同的标准。朱熹认为"道之所贵中，中之所贵者权"[3]。显然，朱熹认为"执中"的根本在于"知变""知权"，反对死板僵化、固定地"执中""用中"。因此，朱熹说："执中而无权，则胶于一定之中而不知变，是亦执一

---

1 《朱子全书》第 6 册，第 548 页。

2 3 《四书章句集注》，第 19 页、第 357 页。

而已矣。"[1]朱熹认为"权"是"时中","权是时中,不中,则无以为权"[2],权变是应该符合中道、实现中道的。

朱熹的"中庸之道",不是折半以取中的意思,而是"恰到好处"的意思。他说:"在中者,未动时恰好处;时中者,已动时恰好处。"[3]朱熹进一步解释说:"盖凡物皆有两端,如大小厚薄之类,于善之中又执其两端,而量度以取中,然后用之。"[4]凡物皆有大小、厚薄之类的两端,应当执其两端,"将两端来量度取一个恰好处",这就是取"中",用"中",就是使其"恰好处"。

朱熹在与其门人陈文蔚讨论"执其两端,用其中于民"[5]时,进一步表明了其非折中主义的立场。陈文蔚认为,所谓"两端",指的是众论不同之极致。比如众人议论有十分厚的,有一分薄的,取极厚极薄这二说而中折之,这就是"中"。朱熹对此提出了批评,认为这是"子莫执中",不是中庸之"中"。他认为"两端"只是"起止"二字,就像这头至那头。自极厚以至极薄,自极大以至极小,自极重以至极轻,于此厚薄、大小、轻重之中,选择其对的而用之,这就是所谓"中"。但以极厚极薄为两端,而中折其中间以为"中",中间如何见得就一定是"中"?"盖或极厚者说的是,则用极厚之说;极薄之说是,则用极薄之说;厚薄之中者说的是,则用厚薄之中者之说。至于轻重大小,莫不皆然。且

1 《四书章句集注》,第357页。

2 3 《朱子语类》,第1201页、第1510页。

4 《四书章句集注》,第20页。

5 《朱子语类》,第1145页。

如人有功当赏，或说合赏万金，或说合赏千金，或有说当赏百金，或又有说合赏十金。万金者，其至厚也；十金，其至薄也。则把其两头自至厚以至至薄，而精权其轻重之中。若合赏万金便赏万金，合赏十金也只得赏十金，合赏千金便赏千金，合赏百金便赏百金。不是弃万金十金至厚至薄之说，而折取其中以赏之也。若但欲去其两头，而只取中间，则或这头重，那头轻，这头偏多，那头偏少，是乃所谓不中矣。"[1] 在这里，朱熹对"中庸"的说明，具有普遍的方法论意义。可见衡量一切事物的基本尺度，则是因时而中，这就是"理"。

朱熹认为，所谓中庸，不是满足于基本"适中"，做到差不多就可以了，必须追求"极中"，做到无丝毫不"中"，无半点过不及，才是真正达到了中庸的境界。他说："然人说中，亦只是大纲如此说，比之大段不中者，亦可谓之中，非能极其中。如人射箭，期于中红心，射在贴上亦可谓中，终不若他射中红心者。至如和，亦有大纲唤作和者，比之大段乖戾者，谓之和则可，非能极其和。且如喜怒，合喜三分，自家喜了四分；合怒三分，自家怒了四分，便非和矣。"[2] 所以，朱熹在这里强调，中庸要做到极致，才能达到极中的境界。朱熹认为"两端未是不中"，"当厚则厚，即厚上是中，当薄则薄，即薄上是中"[3]，"极厚"与"极薄"都可以"时中"，都可以被执用。朱熹"极中"思想不仅仅是 种哲学方法

---

1 2 3 《朱子语类》，第 1526 页、第 1512 页、第 1526 页。

论，而且更是一种人生价值观。他极力反对"安常习故，同流合污，小人无忌惮之中庸"[1]。因此，朱熹更欣赏"志极高而行不掩"的"狂者"人格，而不喜欢"知未及而守有余"[2]的"狷者"，体现着儒家的"中立而不倚，和而不流"的刚强而灵活的中庸品格。

### （三）中和在我，天人无间

"心统性情"虽由张载提出，但真正发挥并赋予其确定涵义的是朱熹。所谓"心统性情"就是指"心"主宰、统摄、包含性情。

一方面，朱子对"心""性""情"三者做了区分，尤其指出"心"与"性""情"的差异。朱熹认为，"性"与"情"，都离不开"心"，但"性"和"情"都不是"心"之全体大用，只有"性""情"并举，才是"心"之全体大用。反过来说，只有"心"才能包举"性""情"，因为"性情皆出于心，故心能统之"[3]。另一方面，朱熹又肯定"心""性""情"三者的统合、一致。"然心统性情，只就浑沦一物之中，指其已发、未发而为言尔；非是性是一个地头，心是一个地头，情又是一个地头，如此悬隔也。"[4]"虚明而应物者便是心，应物有这个道理便是性，会做出来底便是情，这只是一个物事。"[5]朱子强调，"心有体用，未发之前是心之体，已发之际是心之用"[6]，"心兼体用而言，性是

---

1 《朱熹集》，第 1909 页。

2 《四书章句集注》，第 147 页。

3 4 5 6 《朱子语类》，第 2513 页、第 94 页、第 2527 页、第 90 页。

心之理，情是心之用"[1]。由此可见，三者是统合、一致的。这里以"心"之体用来解释"性""情"，这个"未发之前"的心体，就是"寂然不动"的性本体；"已发之际"，就是"感而遂通"之情。"心"有体用之分，所以有未发、已发之别，"性"是形而上者，所以没有形体可见；"情"是形而下者，所以表现于外而可见。

"心统性情"的"心"是"心之体"，是道德本心，不是指人的思虑营为的自然之心，但又离不开自然之心。这种道德本心未发动、未表现出来时，不过是人心所具有的道德律则与命令，这就是"性"或"理"。这种道德本心"随人心思虑营为、喜怒哀乐之活动而起用时（已发），它使思虑营为、喜怒哀乐皆合乎天理，皆是爱人利物而不是害人残物。这时，它表现自己为恻隐、是非、辞让、羞恶等道德之情"[2]。

朱子认为"性"是根，"情"是芽，"性"是未发，"情"是已发。有这"性"便发出这"情"，由此"情"而见得此"性"。朱熹认为："恻隐、羞恶、辞让、是非，情也。仁、义、礼、智，性也。心，统性情者也。端，绪也。因其情之发，而性之本然可得而见，犹有物在中而绪见于外也。"[3]仁、义、礼、智等蕴藏在心里的德性，发出恻隐、羞恶、辞让、是非等情绪、情感。他说："四端皆是自人心发出。恻隐本是说爱，爱则是说仁。如见孺子将入

---

1 《朱子语类》，第 96 页。

2 金春峰：《朱熹哲学思想》，台北：东大图书股份有限公司 1998 年版，第 87 页。

3 《四书章句集注》，中华书局 1983 年版，第 238 页。

井而救之，此心只是爱这孺子。恻隐元在这心里面，被外面事触起。羞恶、辞让、是非亦然。格物便是从此四者推将去，要见里面是甚底物事。"[1]仁、义、礼、智是天所赋予人的内在本性和本质，而恻隐、羞恶、辞让、是非等是由"四端"发出的情感。仁、义、礼、智就是所谓的道德理性，"四端"就是所谓道德情感。道德理性与道德情感是不相辅相成的。道德理性是道德情感的根据，没有道德理性，道德情感就无从发生。反之，没有道德情感，道德理性就没有挂搭处，也就不可能实践出来，从而道德行为也就无从谈起。道德理性、道德情感，也就是性和情皆统属于"一心"。这就是朱熹的"心统性情"说。

朱熹通过"心统性情"说，"把形上与形下、体与用统一起来。既讲体用之分，又讲性情之合"[2]。如果只讲心体用说，容易把心分成上下体用两节，出现心性分离或性情分离的问题。朱熹通过"心统性情"说，说明："心体，既有主体之义，又有本体之义，既不离个体的知觉之心，又是超越的普遍的绝对。一句话，心体就是性，就是理。由于它是超越的本体存在，因而是一身之主宰，也是万事万物的主宰。'妙性情之德心也，所以致中和立大本而行达道也，天理之主宰也。'"[3]这样，朱熹就从"理"的中和推演出人的性情中和。

朱熹认为，就像是"饥而欲食，渴而欲饮，则此欲亦岂能

---

1 《朱子语类》第 4 册，中华书局 1986 年版，第 1287 页。
2 3 蒙培元：《从心性论看朱熹哲学的历史地位》，《福建论坛》1990 年第 6 期，第 2 页。

无？但亦是合当如此者"[1]，在一定程度上肯定了人欲的合理性。朱熹还认为"人欲"是"天理"所固有的，虽是"人欲"，"人欲"中自有天理。但是，朱熹认为"人欲"应该仅仅停留在维持生命所必需的生理需求上，是合理的，是天理。一旦有了过分的追求，就是不合理的，就是人欲。他说："饮食者天理也，要求美味，人欲也。"[2]因为超过了人维持生命所必需的生理需求，而一味地追求欲望，那就会"失其本心"，朱熹认为，"天理"是"公"，"人欲"为"私"，天理人欲，就是公私的区别。他说："仁义根于人心之固有，天理之公也；利心生于物我之相形，人欲之私也。"[3]因此，"人欲"是善还是恶的区别就在于是"私"还是"公"。比如钟鼓、苑囿、游观之乐，与夫好勇、好货、好色之心，既是"天理"之所有，也是人欲之所不能无。但是朱熹认为行为相同，却有天理人欲之分，其关键就在于"公于天下"还是"私于一己"。

朱熹认为，"人心之公，每为私欲所蔽"[4]，由于人被各种欲望所诱蔽，从而使中和性情不能在人身上彰显出来。"然人为物诱而不能自定，则大本有所不立；发而或不中节，则达道有所不行。大本不立，达道不行，则虽天理流行未尝间断，而其在我者，

---

1 《朱子全书》，第 3172 页。

2 《朱子语类》，第 224 页。

3 《四书章句集注》，第 197 页。

4 《朱子语类》，第 225 页。

或几乎息矣。"[1] 因此，朱熹主张存理灭欲。他说："圣贤千言万语，只是教人明天理，灭人欲。"[2] 这里，"存天理，灭人欲"变成了朱熹理学人生论的宗旨。朱熹认为只要"存天理，灭人欲"，就可以"向圣贤之域"，也就可以达到"圣人"的境界，从而使"天理""中和"在人身上，"寂然感通无少间断"，真正达到"中和在我，天人无间"[3] 的天人合一的境界。

---

1 《朱熹集》，第 3255 页。

2 《朱子语类》，第 307 页。

3 《朱子全书》，第 3265 页。

第七章
# 中庸思想的心学化发展

## 一、心即理，中即至理

陆九渊把"中和"的思想糅合到他的"心学"体系框架中，建构了心性中和的哲学体系。

### （一）以"极"训"中"

#### 1. 极者中也

陆九渊并没有否定传统的宇宙演化论，他道："故太极判而为阴阳，阴阳即太极也。阴阳播而为五行，五行即阴阳也。塞宇宙之间，何往而非五行？"[1] 但是，陆九渊更侧重从太极对万物无限衍变发生的功能来看太极，太极就成为一个无限实在，一个形而上的实体。所以，陆九渊认为太极、皇极乃是实字，所指之实没有二义，不可用字义来拘泥它的涵义。"《大学》《文言》皆言'知

---

1 （宋）陆九渊撰，叶航点校：《大学春秋讲义》，《陆九渊全集》（下）卷 23，上海古籍出版社 2022 年版，第 352 页。

至'。所谓至者，即此理也。……则曰极，曰中，曰至，其实一也。"[1]

但是，陆九渊真正的思路并不是用一个客观的形而下的实体来建构其本体论，他进一步把太极提升为宇宙的本体。陆九渊认为《中庸》的"中也者，天下之大本也；和也者，天下之达道也。致中和，天地位焉，万物育焉"[2]是十分正确的，"此理至矣，外此，岂更复有太极哉"[3]。"太极"就是中和之"大本""达道"。陆九渊认为"极"就是"中"，太极就是皇极，就是大中。宇宙天地万物都依大中之道而生存变化。他说："皇，大也；极，中也。《洪范》九畴，五居其中，故谓之极。是极之大，充塞宇宙，天地以此而位，万物以此而育。"[4]这里体现了在大中之道的支配下，天地万物各得其位、各顺其长、各尽其性的天人合一的景象。

陆九渊认为，天地间有是太极，人心同样也有是太极，所以人不必离开自己的心向外求索。他说："'大哉！圣人之道。洋洋乎发育万物，峻极于天，优优大哉。'天之所以为天者，是道也，故曰'唯天为大'。天降衷于人，人受中以生，是道固在人矣。"[5]心之所以为"大体"在于有道，心所以有道在于受之于天。这样，

1 3 《与朱元晦》（二），《陆九渊全集》（上）卷2，第36页。

2 《大学中庸译注》，第19页。

4 《荆门军上元设厅讲义》，《陆九渊集》，中华书局1980年版，第283—284页。

5 《与冯传之》，《陆九渊集》，第180页。

陆九渊就承袭了邵雍"天地生于太极，太极就是吾心"[1]的观点，把太极纳入他的心学体系中，从而否定了在心之外、之上另有一个"无形而有理"的最高本体。

2. 心即理，中即至理

陆九渊心学的一个重要命题就是"心即理也"。陆九渊说："人皆有是心，心皆具是理，心即理也。"[2]他也承认所明之理，乃天下之正理、实理、常理、公理，就是"春生夏长"的自然规律和仁、义、礼、智等伦理道德。在这一点上，陆九渊与朱熹之间没有区别。陆九渊认为，"理"是根本之理，是与太极的本质一致的，把"理"抬到"中"的高度，认为至理就是"中"，就是天下之"大本""达道"。他说："极亦此理也，中亦此理也……中即至理……曰极曰中曰至，其实一也。"[3]但是，陆九渊反对朱熹把理说成是独立存在的绝对精神，反对只一味抬高天理，却忽视了对人心的安置，反对把心和理一析为二，说："至当归一，精义无二，此心此理实不容有二。"[4]他的"心即理"说，把人和自然、主体和客体合而为一。不像程、朱那样，从宇宙本体论出发，进到心性本体，而是直接从心性本体论出发，进入宇宙本体，从而得出心理合一的结论。这就使他的"心理合一"之学，变得简单而又直接。这样，在陆九渊那里，理既存在于内，又表现于外，故内

---

1 （清）黄宗羲著，（清）全祖望补修，陈金生、梁运华点校：《百源学案》，《宋元学案》，中华书局1986年版，第59页。

2 《与李宰书》，《陆九渊集》卷11，第149页。

3 （宋）陆九渊：《陆九渊全集》（上）卷2，第35—36页。

4 《与曾宅之》，《陆九渊集》卷1，第4—5页。

外之理皆是"吾之本心"。他说:"满心而发,充塞宇宙,无非此理。"[1]此心此理,实乃宇宙万物之本体。陆九渊虽然没有明确提出"心外无理",但在他的思想中却包含了这样的结论。

把天道化为自己的德性,从而使人达到"与天地参"的境界,这是儒家的传统。陆九渊继承了这个传统,并试图以之改造理学,使天理复归人心。陆九渊所谓的"理",是对仁等伦理道德的抽象。他说:"仁即此心也,此理也。"[2]一切有关于伦理道德意识和人伦道德的都是"理"。只不过,"此理"不是独立于人心之外、之先,而是我的"吾之本心",他通过体认天理来尽心知性,在天人之间获得一种普遍和谐,人通过体现自己内在生命的人心与创造性,从而安心立命,以此达到中,达到天人合一的境界。

### 3. 吾心即宇宙

在陆九渊的心学本体论中,以"极"训"中",把"心"所涵之"理"作为宇宙人生的至理,从而将人心推举到宇宙至中的地位。肯定了人在万物中的超越地位与潜在的无限价值,他说:"道塞宇宙,非有所隐遁。在天曰阴阳,在地曰柔刚,在人曰仁义,故仁义者,人之本心也。"[3]陆九渊和朱熹一样都讲"心",但是他们的侧重点不同。朱熹侧重于知觉灵明之心,陆九渊侧重于讲"本体之心"。

虽然陆九渊表面上也谈统摄人事与自然的"道",但实质上,

---

1 《语录上》,《陆九渊集》,第 423 页。

2 《与曾宅之》,《陆九渊全集》(上)卷 1,第 6 页。

3 《与赵监》,《陆九渊全集》(上)卷 1,第 12 页。

就他整个意趣指向而言，更趋向于讨论本心上的先验道德原理，深入地发展了道德的形而上学。他进一步提出"吾心即宇宙"的思想。他说："四方上下曰宇，往古来今曰宙。""宇宙便是吾心，吾心即是宇宙。""宇宙内事，是己分内事；己分内事，是宇宙内事。"[1]陆九渊"吾心即宇宙"的思想，与禅宗"心者，万法之根本，一切诸法，唯心所生"[2]的思想，还是有根本区别的。陆九渊并没有像禅宗一样，把世间万物看成是空幻的，而是从时间和空间的高度，强调"理"的真实存在。所以，陆九渊认为只有经过"心"，才能知道万物；没有"心"，就无法知道万物。他说："万物森然于方寸之间，满心而发，充塞宇宙，无非此理。"[3]万物就在心中，吾心豁然开朗，就能充塞宇宙，从而否定了朱熹的心有体用说。他在诠释《尚书·大禹谟》中"人心惟危，道心惟微，惟精惟一，允执厥中"时说："《书》云：人心惟危，道心惟微。解者多指人心为人欲，道心为天理，此说非是。心一也，人安有二心？"[4]陆九渊认为心没有所谓的体用，上下内外都只是一个心。"自人而言，则曰惟危；自道而言，则曰惟微。罔念作狂，克念作圣，非危乎？无声无臭，无形无体，非微乎？"[5]在他看来，道心

---

1 《陆九渊全集》（下）卷36，第596—597页。

2 黄永武主编：《观心论》，《敦煌宝藏》134册，台北：新文丰出版社1981年版，第217页。

3 《语录上》，《陆九渊集》，第423页。

4 （宋）陆九渊著：《象山语录》上，上海古籍出版社2000年版，第20页。

5 《语录上》，《陆九渊集》，第396页。

精"微"无形，人心"危"殆不安，会导致成圣成狂的区别，而成圣成狂取决于自我。这显然是一种彻底的主观唯心主义。陆九渊把"惟精惟一"作为致中的充分必要条件，在他看来："曰危，曰微，此亦难乎其能执厥中矣，是所谓可畏者也。苟知夫危微之可畏也，如此则亦安得而不致力于中乎？毫厘之差，非所以为中也，知之苟精斯不差矣；须臾之离，非所以为中也，守之苟一斯不离矣。惟精惟一，亦信乎能执厥中矣。是所谓可必者也。"[1]由此可见，"惟精"即"知之苟精"，没有毫厘之差；"惟一"即"守之苟一"，没有须臾之离。在陆九渊看来，只要如此，就可自然地"收效于中"。

陆九渊认为，任何人都有先验的道德理性，这是人区别于动物的本质所在，即为本心。这个本心发动道德情感，提供道德法则，所以又称为仁义之心。他说："仁义者，人之本心也。"[2]陆九渊又认为"此心"是人皆有之，是普遍的、永恒的。他认为："心之体甚大，若能尽我之心，便与天同。"[3]"千万世之前，有圣人出焉，同此心、同此理也。千万世之后，有圣人出焉，同此心、同此理也。东南西北海有圣人焉，同此心、同此理也。"[4]

陆九渊认为心之所以为"本体"，在于有道，在于受"中"以生。他认为圣人之道是伟大的，"洋洋乎发育万物，峻极于天，优

---

1 《拾遗》，《陆九渊全集》（下）卷 32，第 471 页。

2 《与赵监》，《陆九渊集》，第 9 页。

3 《语录》，《陆九渊集》，第 444 页。

4 《杂说》，《陆九渊集》，第 273 页。

优大哉。而天之所以为天，是因为有道，故曰'唯天为大'。天降衷于人，人受中以生，所以道固在人"[1]。正因为人"受中以生"，所以人心都是善的，"人受天地之中以生，其本心无有不善"[2]，这是对孟子"性善论"的发展和升华。在陆九渊看来，人无不善的"本心"，就是禀受了天地之"中"而来。这样，"本心"就代表了先验的道德情感和道德理性，从而把心理本能和道德情感提升为道德本体，进而演变为宇宙本体。他认为恻隐、羞恶、辞让、是非四端就是人之本心，"天之所以与我者，即此心也"[3]。只要能够充分发挥人的伦理本心，道德行为也就会自然地形成和表现出来。他认为此心之存，则此理之明，"当恻隐时即恻隐，当羞恶时即羞恶，当辞让时即辞让，是非之前，自能辨之"[4]。陆九渊认为宇宙中永恒的、超越的、具有无限价值的"理"和"道"，是内在于本心而为至理的。由此，陆九渊就构建起了他心本论的心学体系，使"吾心"成为"大中"的宇宙本体。

### （二）致力于中

陆九渊认为，人人都有"大中"的宇宙本体，至善的"本心"，但是一般人却往往失其本心，背离"大中之道"。为此，他进一步发挥了孔子"过犹不及"的思想，认为"愚与不肖者不及焉，则蔽于物欲而失其本心。贤者智者过之，则蔽于意见而失其

---

1 《与冯传之》，《陆九渊全集》（上）卷 30，第 225 页。

2 《与王伯顺书》，《陆九渊集》，第 154 页。

3 《与李宰》，《陆九渊集》，第 149 页。

4 《记录下》，《陆九渊集》，第 454 页。

本心"[1]。在此，陆九渊揭示了两种因为"失其本心"而背离中道的人，那就是"蔽于物欲"的"愚与不肖者"，他们是"不及"于"中"；还有"蔽于意见"的"贤者智者"，他们是"过"于"中"。因此，陆九渊认为"学问之要，得其本心而已"[2]，为了"保吾心之良"，陆九渊提出了一套"致力于中"的道德修养功夫。

陆九渊认为，伦理道德是天赋的，是人们心中所固有的，因此要提高道德的修养，只要向自己内心反省就可以了。他把这一过程称为"切己自反，改过迁善"的"简易功夫"。他的这一功夫理论和朱熹的功夫理论有很大的区别。

陆九渊对朱熹主张"尊德性"与"道学问"同时并举的方法，不以为然："既不知尊德性，焉有所谓道学问？"[3]在他看来，只有存养德性，才是根本的学问。陆九渊认为自己的主张是"久大"的"简易功夫"，这是因为"圣人赞《易》曰：'《乾》以易知，《坤》以简能。'易则易知，简则易从。易知则有亲，易从则有功。有亲则可久，有功则可大。可久则贤人之德，可大则贤人之业，易简而天下之理得矣"[4]。因此，陆九渊认为"格物"就是体认心中固有之理，不应该像朱熹那样一件一件地去格万物之理。在他看来，一切道德皆备于我，所以无须在"心"外去格，只要反省内求，万物之理就不解自明。他认为此心之良，人所固有，只是人

---

1 《与赵监》，《陆九渊集》，第 9 页。

2 《年谱》，《陆九渊集》，第 519 页。

3 《语录下》，《陆九渊集》，第 494 页。

4 《与曾宅之》，《陆九渊集》，第 4 页。

不知保养,而反被戕贼放失。如果知道如此,"只需要防备其戕贼放失之端,日夕保养灌溉使之畅茂条达,如手足之捍头面,则岂有艰难支离之事"[1]?陆九渊以格物为"减担",所谓"减担",实际上就是减去物欲以明天理的道德修养论。陆九渊说:"能害吾心的是什么?是欲。欲越多,则心之存者必寡;欲越少,则心之存者必多。所以君子不患心之不存,而患欲之不寡,欲去则心自存。"[2]陆九渊不反对程朱理学"存理,去欲"的中心思想,但是他不同意把"欲"归于"人",将"理"归于"天",在他看来这是"裂天人而为二"。他认为"欲"不能称为"人欲",只能叫作"物欲""利欲",对此,他也坚决主张"寡之""去之"。陆九渊把灭欲正心的过程,称之为"剥落"。他解释说:"人心有病,须是剥落,剥落得一番则一番清明,然后又剥落又清明,须是剥落得净尽方是。"[3]为何要"剥落"呢?他认为:"此心本灵,此理本明,至其气禀所蒙,习尚所梏,俗论邪说所蔽,如果不加以剖剥磨切,则灵且明者曾无验矣。"[4]这实际上与程朱理学的"革尽人欲,复尽天理"[5]是一回事,同样具有禁欲主义的浓厚气息。

陆九渊认为,"此道非竞争务进者能知,惟静退者可入"[6],因

1 《与舒西美》,《陆九渊集》,第 64 页。

2 《拾遗》,《陆九渊集》,第 380 页。

3 《语录下》,《陆九渊集》,第 458 页。

4 《与刘志甫》,《陆九渊集》,第 137 页。

5 《朱子语类》,第 223 页。

6 《语录上》,《陆九渊集》,第 399 页。

而在他看来，"剥落"的根本途径就在于"静坐澄心"。陆九渊的学生詹阜民记述陆九渊曾对他说"学者能常闭目亦佳"。詹阜民"因此无事，则安坐瞑目，用力操存，夜以继日，如此者半月，一日下楼，忽觉此心已复澄莹中立"。正自怀疑，就去见陆九渊。陆九渊"逆目而视之曰：'此理已显也。'"詹阜民感到非常惊异，问陆九渊："何以知之？"陆九渊回答说："占之眸子而已。"[1]看一眼眸子就能看出"理"已经显现在其人的身上。他的所谓"占眸之法"，未免带有神秘主义色彩，难怪朱熹一派要"诋陆为狂禅"了。但陆九渊认为这种闭目静坐的方法能"无思无为，寂然不动，感而遂通天下"，从而体认"本心"，提高人们的道德修养水平。因此他才说："惟精惟一，须要如此涵养。"[2]

但是，如果只是把陆九渊的修养方法看成是禅学，未免有失公允。《宋元学案》对此做了比较中肯的评价，说："以读书为充塞仁义之阶，陆子辄咎显道之失言，则诋发明本心为顿悟禅宗者，过矣，夫读书穷理，必其中有主宰，而后不惑，固非可徒泛滥为事，故陆子教人发明本心，在经则本于孟子扩充四端之教，同时则正与南轩查端倪之说相和，心明则本立，而涵养省察之功，于是有施行之地，原非言顿悟者所云百斤担子一齐放下者。"[3]可见，陆九渊的"澄心静坐"与禅学有着本质的不同，他强调发明本心，

1 2 《语录下》,《陆九渊集》，第470—471页、第455页。

3 《象山学案》,《宋元学案》，第1888—1889页。

唤醒道德意识的简易功夫，一直是坚持儒家的价值取向与信念的。陆九渊吸收禅宗的一些概念与思想方法，是为了更好地指导人们正确地进行正心、诚意、修身、齐家、治国、平天下。

陆九渊还十分重视道德的"践行"。他宣称自己平生学问无他，只是一实而已，因此主张修养活动重在"常践道"，即要经常地进行道德实践。陆九渊指出："要常践道，践道则精明，一不践道，便不精明，便失枝落节。"[1] 也就是说，通过"践道"，可使"此理"更加明白，甚至还能使"气质不美者，无不变化"[2]，要求人们明实理，做实事，强调通过"行"来确立和坚定"本心"至善的道德意识。

当然，陆九渊也反对离开"学问思辨"的道德实践，称这种行为为"冥行"。他说："未尝学问思辨，而曰吾唯笃行之而已，是冥行者也。"[3] 只有先"心明""知理"，再去践履，才不会犯"适越而北辕"的错误。他说："喻诸登山而陷谷，愈入而愈深，适越而北辕，愈骛而愈远。"[4] 因此，陆九渊认为只有"心明""知理"了，才可以"致力于中"。他曾说："知所可畏而后能致力于中，知其可必而后能收效于中。大中之道固人居之所当执也，但是人心之危，罔念克念，为狂为圣，由此而分。"[5] 因此，陆九渊认为，

---

1 《语录上》，《陆九渊集》，第 449 页。

2 《与包敏道》之一，《陆九渊集》，第 182 页。

3 《与赵咏道》，《陆九渊集》，第 160 页。

4 《与胡季随》，《陆九渊集》，第 7 页。

5 《拾遗》，《陆九渊集》，第 378 页。

圣人之言也只能做参考，不能作为衡量事物的标准，只有本心才
是衡量圣人经书和万事万物的标准。只有这样才能真正扩展知识，
涵养道德，从而致力于中。

## 二、天下之理，至于中而止矣

陈献章的中庸之学，也是心学。陈献章以"心"为其哲学的
出发点。他赋予"心"以无我无人、无古今、塞乎天地之间的绝
对性质，认为"心"不仅制约天地的运行，还能产生万物，具有
"生生化化之妙"[1]，从而得出"一体乾坤是此心"[2]的结论。

陈献章在理论上的最大贡献，就是克服了朱熹哲学中"心与
理为二"的矛盾，把心和理完全合一了。他认为，朱熹以来的理
学思潮，虽然都很强调"心本体"和"反求诸身"，但都不彻底，
都不同程度地承认"理"本体的存在。因此，陈献章提出，"理"
就在"心"中，不在"心"外，也就是"心即理也"。这样，"心"
与"理"就完全吻合了。万理具于吾心，吾心就是万理。因此，
万物虽多，莫非在我。这实际上否定了心外之理，而吾心之理，
便是"精神"。理居于心便是我的精神，便能与万物一体，这就是
陈献章"天人——理通"的天人合一论。他认为"天人——理通"

---

1　黎业明：《陈献章年谱》，上海古籍出版社 2015 年版，第 394 页。

2　（明）陈献章著，孙通海点校：《次韵梅侍御赠别》，《陈献章集》，中华书局 1987 年
　版，第 415 页。

的本质就是"中"，心是天地之心，道是天地之理。"天地之理非他，即吾心中正纯粹精焉者也，是故曰中，曰极，曰一贯，曰仁义礼智，曰孔颜乐处，曰浑然与天地为一体，此天理也尽之矣。"[1]在陈献章看来，天理构成了"吾心"的本质内容。这一体现于人心的天理，就是"中"，就是"极"，是"一贯"，是道德伦理中的仁、义、礼、智，是孔颜乐处，是浑然与天地万物为一体的本体境界。所以，陈献章得出"夫天下之理，至于中而止矣"[2]的结论。由于"中"是"吾心"的最高本质，因此圣人教化的内容和目标就是"中"，"圣人立大中以教万世"，就是教育百姓以"大中"的仁、义、礼、智等伦理道德来规范和约束自己，从而树立起"大中"的思想观念。

从以"心"为本体出发，陈献章进一步提出心性修养的至中功夫。他认为，作为宇宙本体的"心"，由于"下化"而成为具体的人心受形体和物欲的蒙蔽，从而失去支配天地万物的能力。在他看来，人生的最高目的，就是重新恢复人心的本来面目。若想达到这一目的，光靠读书是不行的，只能通过"洗心"的办法，使心无累于外物，摆脱物欲的蒙蔽和肉体的局限。完成这一任务的主要方法是"静坐"，他从"静坐"中得到了一种内在的体验，即体见到了"隐然呈露，常若有物"[3]的"心"之本体。

---

1　黎业明：《湛若水年谱》，上海古籍出版社 2009 年版，第 180 页。

2　（明）陈献章：《与朱都宪》，《陈白沙集》，上海古籍出版社 1991 年版，第 5—6 页。

3　《陈献章年谱》，第 17 页。

陈献章倡导通过"静坐"的方法来体验心体，强调在心体上做功夫，相对于程朱的"即物穷理"来说，这是由外转为内。他曾明确指出，为学当求诸心必得。"徐取古人紧要文字读之，庶能有所契合，不为影响所依附，以陷入循外自欺之弊，此心学法门也。"[1]陈献章直接把"为学当求诸心"提升和归结为"心学法门"的真谛所在，正是要凸现"心"在其思想学说中的重要性，表明了其"心学"的立场。他认为，只有通过"静坐"涵养心性的过程，保持心体"虚明静一"的状态，才能体认阴阳动静、万化流行的大道理，从而达到"理"与"心"合而为一，使天地万物与我浑然成一体的中和境界。

如何才能"静坐"呢？陈献章提出"诚"的范畴，以"立诚"为始，以"复诚"为终。他指出："其始在于立诚，其功在于明善，致虚以求静之一，致实以妨动之流，此学之指南也。"[2]虚静指"心体"，实则是实理，心理合一便是诚。从"心"上说谓之虚，从"理"上说谓之实，其实只是一个诚。他认为天地万物，皆一诚所为，而诚具于一心，即心之本体。"则诚在人所何？具于一心耳。心之所有者此诚，而为天地者此诚也。天地之大，此诚且可为，而君子存之，则何万世之不足开哉？"[3]与物的关系是本体与

---

1 《书自题大塘书屋诗后》，《陈献章集》，第 68 页。

2 《送罗养明还江右序》，《陈献章集》，第 25 页。

3 《无后论》，《陈献章集》，第 57 页。

作用的关系。有此诚才有此物，有此物必有此诚，这就是"诚则有物"；物不能离开诚而存在，这就是"不诚无物"。这就从体用关系上得出天地万物皆一心所为的结论。

既然诚是"心"之本体，如何"存诚""立诚"就成为重要的问题，"夫此心存则一，一则诚，不存则惑，惑则伪，所以开万世丧邦家者不在多，诚伪之间而足耳"[1]。陈献章认为只有"明善"才能存诚。"静坐""明善""随处体认"，都是存心立诚的方法，只要明善而能存其诚，便可以实现天地万物的一体，从而达到中和的境界。陈献章认为，心本体所具有的作用，是一种"自然"作用，绝无人力安排。因此，他很崇尚"自然"，提倡以"自然为宗"。陈来认为："陈白沙为明代心学的先驱，不仅在于他把讲习著述一齐塞断，断然转向彻底的反求内心的路线，还在于他所开启的明代心学特别表现出一种对于超道德的精神境界的追求，这种精神境界的主要特点是'乐'或'洒脱'或'自然'。"[2]

陈献章认为人要与天地同体，达到天地中和的境界，就必须保持自我的本真状态，按照人的本性自然而然地行事，不要受世俗的束缚和限制。"出处语默，咸率乎自然，不受变于俗，斯可矣。"[3]在他看来，"受朴于天，弗凿以人；禀和于人，弗淫以习。

---

1 《无后论》，《陈献章集》，第 57 页。
2 陈来：《宋明理学》，华东师范大学出版社 2004 年版，第 253—254 页。
3 《与顺德吴明府》，《陈献章集》，第 209 页。

故七情出发，发而为诗。虽匹夫匹妇，胸中自有全经，此风雅之渊源也"[1]。任何世俗的东西都是人为的产物，都是对人自然本性的压制和束缚，因而违背了事物的内在本性。他提出"天道不言，四时行，百物生"的原因就在于一真自如，所以"能枢机造化，开阖万物，不离乎人伦日用而见鸢飞鱼跃之机。若是者，可以辅相皇极，可以左右六经，而教无穷"[2]。人只有按照自己的自然本性行事，才能会而通之，一真自如，才能与自然和谐一致。这种自然精神境界的基本特征是和乐，他提出："自然之乐，乃真乐也。宇宙间复有何事？"[3]人只有达到了"真乐"的境界，才会没有任何羁绊与牵挂，完全进入一种精神自由的境界。

陈献章认为，人要获得"真乐"，就必须按照自然的状态、自然的准则来生活，在自然的生活状态中体验人生的乐趣。正因为如此，陈献章在自己的学术实践中，尽力追求这种状态，努力达到这种境界。如写诗，陈献章就主张"洞达自然""平易"，并抨击拘声律，工对偶，为江山草木、云烟鱼鸟粉饰的文风，认为其无补于世。所以在其诗作中，出现了大量的咏物诗。而这些诗，恰好又最能体现和实践其哲学思想。黄宗羲说："先生学宗自然，而要归于自得。自得故资深逢源，与鸢鱼同一活泼，而还以握造化之枢机，可谓独开门户，超然不凡。"[4]

对这样一种绝对自由自在的精神状态，陈献章又称之为"浩

---

1 2 《夕惕斋诗集后序》《陈献章集》，第 11 页，第 11—12 页。

3 《与湛民泽》，《陈献章集》，第 192—193 页。

4 《明儒学案师说陈白沙案语》，《陈献章集》，第 864 页。

然自得"。实际上，陈献章所追求的这种精神状态，与其"天地我立，万化我出，宇宙在我"的心学世界观是密切相连的，其逻辑发展的结果是从重我轻物，到有我遗物，最后达到有心无物。"能以四大形骸为外物，荣之，辱之，生之，杀之，物固有之，安能使吾戚戚哉？"[1]重内轻外，卓乎有以自立，不以物喜，不以己悲，"盖亦庶几乎吾所谓浩然而自得者矣"[2]。只有人心的这种"自得"，才会契合自然。

陈献章作为儒者而以"自然"为旨归，除了希望以此矫正儒学堕落为功利之学外，实际上也是从另一个方向对儒家性理之学的皈依。孔子有"春风沂水"的"自然"之想，颜子的"箪食瓢饮"之乐，孟子倡言"君子深造之以道，欲其自得"[3]，邵雍的"安乐"，周敦颐的"光风霁月"，都指向一种内在自我的充足宁静之境。人心自得便会感受到"功深力到，华落实存"[4]的微妙，悟得"不知天地之为大，生死之为变"[5]的玄机，达到"内忘其心，外忘其形，其气浩然，物莫能干，神游八极，未足言也"[6]的理想境界。一旦进入这种境界，"其自得之效，则有以合乎见大心泰之说。故凡富贵、功利、得丧、死生，举不足以动其心者"[7]。这样，人就能与天地同在，与日月齐光，"故得之者，天地与顺，日

---

1 《与僧文定》，《陈献章集》，第 246 页。

2 《李文溪文集序》，《陈献章集》，第 8 页。

3 《四书章句集注》，中华书局 1983 年版，第 292 页。

4 5 《李文溪文集序》，《陈献章集》，第 8 页。

6 《与湛泽民》，《陈献章集》，第 190 页。

7 《白沙先生行状》，《陈献章集》，第 880 页。

月与明，鬼神与福，万民与诚，百世与名，而无一物奸于其间，乌呼，大哉！"[1]。由此就可以达到"天地位，万物育"的中和境界，也就是天地人万物一体的境界。

## 三、随处体认天理，此吾之中和汤也

湛若水在跟随陈献章求学时，曾由"体认物理"而悟出"随处体认天理"的思想学说，颇受陈献章的赞赏，这也是湛若水为学的方法和宗旨，他说："随处体认天理，此吾之中和汤也。"[2] 他把"随处体认天理"看作是致"中和"的方法和途径。

湛若水"随处体认天理"的理论是在其心性学说的基础上发展起来的。湛若水认为，天理就是"中庸"，"孔门所谓'中庸'，即吾之所谓'天理'"[3]。这个"天理"是心之本体，是人人固有的。"心即理也，理即心之中正也"，中正之心就是理。人人有此心，有此理，他提出"人者天地之心也。天地古今宇宙内，只同此一个心，岂有二乎？"[4]。这与陆九渊的"人同此心，心同此理"的观点相同。人人各有一心，但我的心就是他的心，途人之心就是圣人之心，心无不同，则理无不同。

1 《与林时矩》，《陈献章集》，第 242 页。
2 （清）黄宗羲著，沈芝盈点校：《甘泉学案》，《明儒学案》，中华书局 1985 年版，第 899 页。
3 戴斗勇：《甘泉学派》，广州出版社 2017 年版，第 5 页。
4 《甘泉学案》，《明儒学案》，第 890 页。

　　湛若水以陈献章的思想为基础，进一步指出，心之体与物之用不可分开，物不能离开心而独立存在，他所谓心"包乎天地万物之外而贯夫天地万物之中"[1]。这样，万物都是心的作用而又不在心外，因而天地万物一体。他强调心为天地万物的唯一本原，他说天地之心即我之心，生生不已，更无一毫私意掺杂在其间，此便是无我，便见与天地万物共是一体，何等广大高明。"宇宙内事千变万化，总根源于此，其妙殆有不可言者。"[2]他的内外合一、万物一体说，抹杀了主观与客观的界限，天地间只剩下了一个心，以我心为天地万物之"中"，天地万物之极。

　　湛若水认为心之未发之中，才是本体，才是性，才是理，"自其生物而中者谓之性"[3]。他详细论述了这个道理："性也者……譬之谷焉，具生意而未发，未发故浑然而不可见。及其发也，恻隐羞恶辞让是非萌焉，仁义礼智自此焉始分矣，故谓之四端。端也者，始也，良心发见之始也。是故始之敬者，戒惧慎独以养其中也。中立而和发焉，万事万化自此焉，达而位育不外是矣。"[4]心具有感知外界的功能，这称为性。性是心，它犹如处于未萌芽状态时的谷种。当心未萌动时，天理浑然不可见。心一旦与外物接触，即发动呈露，表现为恻隐、羞恶、辞让、是非这"四端"，继而表现为仁、义、礼、智等道德准则。心在人伦日常生活中所

---

1 2 《甘泉学案》，《明儒学案》，第 878 页、第 895 页。

3 （明）湛若水：《湛甘泉先生文集》卷 2，广西师范大学出版社 2014 年版，第 11 页。

4 《甘泉学案》，《明儒学案》，第 877 页。

表现出来的这种道德准则，就是天理，并由此而化育出万事万物。他反对陈献章认为的"心"之虚明静一之体才是性，认为心性是"虚实合一""虚实同体"的，也就是至虚之中有至实之理。他说："夫至虚者心也，非心之体也。性无虚实，说甚灵耀。心具生理，故谓之性。性触物而发，故谓之情。发而中正，故谓之真情。"[1]湛若水认为性就是吾心"中正"之体，体认天理就是体认"中"，但中虚，天理真切。这就是以虚为实，以实为虚，虚实合一。这样，湛若水就得出了心外无理、心外无物的结论。他说："所寂所感不同而皆不离于吾心中正之本体，本体即实体也。天理也，至善也，物也，而谓求之外可乎？"[2]湛若水合物、理于一心，认为吾心中正之本体既是天理，又是物体，体用合一，内外合一，实有内而无外。

因为对心的看法不同，湛若水与王阳明的心学也有所差异。湛若水反对王阳明的良知说，他认为王阳明致良知为"是内而非外"。但是，湛若水不是不讲良知，而是："常言是非之心，人皆有之，此便是良知，亦便是天理。"[3]他认为天理，就是人人固有的中正之心，就是良知。良知，是出自天理之自然。如果单讲良知，就会误认人欲为天理，因此，讲良知就必须以天理、以中正之心为归依："良知二字，自孟子发之，岂不欲学者言之？但学者

---

1 2 《甘泉学案》，《明儒学案》，第882页、第887页。

3 （清）黄宗羲著，沈善洪、吴光编校：《明儒学案》，《黄宗羲全集》第15册，浙江古籍出版社2012年版，第984页。

往往徒以为言，又言得别了。皆说心知是非皆良知，知得是便行到底，知得非便去到底，如此是致。恐师心自用，还须学问思辨笃行乃为善致。"[1]为此，他主张随处体认良知，提出"随处体认天理"的修养方法。他说："人得天地之中耳，中乃人之生理也，即命根也，不可顷刻间断也。若不察见，则无所主宰，日用动作，忽入于过不及地，而不知过与不及，即邪恶之渐去禽兽无几矣。故千古圣贤授受，只一个中，不过全此天然生理耳；学者讲学，不过讲求此中，求全此天然生理耳。"[2]体认天理，就是体认天然的生理"中"。如果失去此"中"，人的生命活动就会出现偏差。

湛若水认为，体认天理的致中功夫，应该包括"涵养"和"问学"内外两个方面。他认为，"涵养"而知者，是"明睿"；"问学"而知者，是"穷索"。他说："明睿之知，神在内也。穷索之知，明在外也。"[3]他以涵养为内、问学为外，主张内外兼举。

怎样才能做到"随处体认天理"呢？湛若水不同意陈献章的主"静"说，而提倡主"敬"。他认为古之论学未有以静为言的，以静为言的都是禅。为什么这么说呢？因为静不可见，如果求之于静，"骎骎乎入于荒忽寂灭之中矣"[4]。所以善学的人，必令"动""静"一于"敬"。"敬"立则"动""静"就浑然一体了。这

---

1 《甘泉学案》，《明儒学案》，第 900 页。

2 《明儒学案》，《黄宗羲全集》第 15 册，第 986 页。

3 湛若水：《新论》，《湛甘泉先生文集》，清康熙十二年（1673 年）黄楷刻本，第 6 页。

4 《甘泉学案》，《明儒学案》，第 879—880 页。

是合内外之道的方法。"敬"立则良知在,这是圣门不易之法。"随处体认天理"就是贯通动静,"动""静"是一段功夫:"吾所谓体认者,非分已发未发,未分动静。所谓随处体认天理者,随已发未发,随动随静,盖动静皆吾心之本体,体用一原故也。如彼明镜然,其明莹光照者,其本体也。其照物与不照物,任物之来去,而本体自若。心之本体,其于未发已发,或动或静,亦若是如此而已。"[1]"心"对"理"的体认,既在"未发"涵养中,又在"已发"的践履中。天理是人本身就具有的,像镜子那般"明莹光照",不管物动还是物静,它依然是那么明亮光洁。所以,无论本体是寂而静的未发,还是感而动的已发,都属于"体认"天理的范围,这打破了内外、动静、已发未发的界限。他还说随处体认天理不能仅滞于事物上穷尽,否则就犯了"逐外之病";"体认之功"须在动、静着力,不仅静时、未发时去体认,而且动时、已发时亦去体认,于体认天理的修养上实现动静合一。

"随处体认天理"并非说到处都是天理,而是说人们对天理的认知,不受条件的限制。所以他提倡体认天理不仅随心、随意、随身、随家、随国、随天下,而且"随其所寂所感"[2],也就是他所说的"以中正之法,体中正之道,成中正之教"。可见,湛若水的"敬"与程朱的"敬"是基本一致的,都是以儒家的伦理道德规范来制约自己的行为和思想,所以他说:"敬也者,思之规

---

1 2 《甘泉学案》,《明儒学案》,第 908 页、第 887 页。

矩也。"<sup>1</sup>

"体认天理"的另一个方法就是"勿忘勿助"。他提出，天理在心，求则得之。"求之自有方，勿忘勿助是也。"<sup>2</sup>在湛若水看来，"勿忘勿助"既是体认天理的最佳方式，也是"致中"的最佳方式，是"入中之门"。他指出："入中之门曰勿忘勿助，中法也。"<sup>3</sup>如果想见中道者，"必于勿忘勿助之间，千圣千贤都是此路"<sup>4</sup>。"勿忘勿助"是"中正之法"，专门用以"见中道""中思"。他说："心虚而中见，犹心虚而占筮神。落意识、离虚体，便涉成念之学。故予体认天理，必以勿忘勿助自然为至。"<sup>5</sup>心境勿忘勿助，心体中虚，天理自然就会发现，不用人力的安排。他说："勿忘勿助，心之中正处，这时节，天理自现，天地万物一体之意自见。"<sup>6</sup>但是，中正不等于勿忘勿助之间，勿忘勿助之间可见天理，但不等于就是天理。他说："说勿忘勿助之间便是天理则不可，勿忘勿助之间即见天理耳，勿忘勿助即是中思。"<sup>7</sup>实际上，湛若水的体认天理，是对伦理道德的自我反省。如他自己所说："随处体认天理，功夫全在省与不省耳。"<sup>8</sup>通过这种内省的功夫，认识到"天理"是人之本心所固有的，"天理二字，人人固有，非由外烁，

---

1 《樵语》，《湛若水精言》，第 18 页。

2 《甘泉学案》，《明儒学案》，第 910 页。

3 《明儒学案》，《黄宗羲全集》，第 169—170 页。

4 5 《无关语录》，《湛甘泉先生文集》第 4 册，第 1336 页、第 1447 页。

6 《甘泉学案》，《明儒学案》，第 909 页。

7 《新泉问辨思录》，《湛甘泉先生文集》，第 484 页。

8 《问疑续录》，《湛甘泉先生文集》，第 550 页。

不为尧存，不为桀亡"[1]。进而，自觉地把这些道德规范渗透到自己
生活的各个领域中去。这就是"随处体认天理"的"致中"修
养方法。

## 四、未发之中，即良知也

明朝中叶，明王朝已经开始走向衰落。统治者骄奢淫逸，政
务荒疏；朝臣争权夺利，相互倾轧；宦官乘机窃权专政，政治腐
败；赋役日增，农民起义接连不断；加之边患频繁，藩王反叛；
整个社会动荡不安，危机四伏。同时，随着明中叶商品经济的发
展，城市的繁荣，资本主义萌芽的出现，市民阶层空前壮大和活
跃，从正面冲击和破坏传统的秩序。传统的伦理道德、纲常礼教
失去了对人心的控制。而作为社会统治思想的程朱理学则死守着
旧的教条，不知变通，日趋僵化，成为一种仅是应付科举的章句
之学，失去了生机和活力。在此背景下，王阳明认识到程朱理学
的僵化教条已经不能有效解决日益严重的社会问题，他甚至把制
度危机的原因也归结为程朱的"学术之不明"，由此而弃理学向心
学，主倡"活泼泼"之"良知"，提出由格物、致知、诚意、正
心、修身诸环节构成的功夫论，不仅为救心、治心、养心构建了
精细的理论架构，也力图从心性这一侧面提出使明王朝转危为安
之道。所以陈来说："王阳明的思想在整体上是对朱熹哲学的一个

---

1 《甘泉学案》，《明儒学案》，第 890 页。

反动，他倡导的心学复兴运动不仅继承了宋代陆九渊心学的方向，而且针对着明中期政治极度腐败、程朱学逐渐僵化的现实，具有时代的意义。"[1]

王阳明的中和哲学集中体现了他的"致良知"理论，集中体现了阳明心学与程朱理学的本质区别。

### （一）未发之中，即良知也

与陆九渊一样，"心"是王阳明学说的最高范畴。王阳明自称"圣人之学，心学也"[2]。王阳明所谓"心"是一个绝对的精神实体。他说："人者，天地万物之心也；心者，天地万物之主也。心即天，言心则天地万物皆举之矣。"[3]在王阳明看来，"心"就是灵明知觉，他特别强调，心"不专是那一团血肉"，"所谓汝心却是那能视听言动的，这个便是性，便是天理。有这个性，才能生这性之生理，便谓之仁。这性之生发在目便会视，发在耳便会听，发在口便会言，发在四肢便会动。都只是在那天理发生。以其主宰一身，故谓之心"[4]。心是能视听言动的，是视听言动的主使者。

王阳明的心学，高扬人的主体性，以人心为天地万物的主宰，强调天地万物对人心的依赖性。《传习录》记载了一段王阳明

---

1 魏登云：《"阳明心学"产生综合原因探析》，《遵义师范学院学报》2007年第2期，第22页。

2 （明）王守仁撰，吴光等编校：《象山文集·序》，《王阳明全集》，上海古籍出版社2011年版，第277页。

3 《答季明德》，《王阳明全集》，第238页。

4 《语录》一，《王阳明全集》，第41页。

与其弟子的答问:"先生曰:'你看这个天地中间,甚么是天地的心?'对曰:'尝闻人是天地的心。'曰:'人又甚么教做心?'对曰:'只是一个灵明。可知充天塞地中间,只有这个灵明。人只为形体间隔了。我的灵明,便是天地鬼神的主宰,天没有我的灵明,谁去仰他高?地没有我的灵明,谁去俯他深?鬼神没有我的灵明,谁去辨他吉凶灾祥?天地鬼神万物离却我的灵明,便没有天地鬼神万物了,我的灵明离却天地鬼神万物,亦没有我的灵明。如此便是一气流通的,如何与他间隔得?'又问:'天地鬼神万物千古见在,何没了我的灵明,便俱无了?'曰:'今看死的人,他这些精灵游散了,他的天地万物尚在何处?'"[1]这里,王阳明对主体的作用做了充分的肯定。世间万物不能离开人心和人心对它的感受,是人心赋予它们以意义,离开了人心,便没有一切。因此,天理也不能在人心之外,而必然内在于人心。基于此,王阳明提出"心即理""心外无理",这是王阳明心学的逻辑起点与理论基础。

王阳明的心理合一之学有一个显著的特点,那就是他以"灵明知觉"之心体为良知。"良知"一词本自《孟子·尽心上》:"人之所不学而能者,其良能也。所不虑而知者,其良知也。"这是指人先天具有的道德意识和道德情感。王阳明承袭了孟子的这一思想,指出:"良知之在人心,无间于圣愚,天下古今之所同也。"[2]这种人人具有的良知,是人们修德成圣的思想前提,是天生禀赋

---

1 《语录》三,《王阳明全集》,第141页。
2 《年谱》三,《王阳明全集》,第1436页。

的"心之本体",是王阳明整个心学理论得以展开的现实起点。

作为"心之本体"的良知,首先表现为普遍的道德法则,即天理。"良知即天理",是一种道德本体。他说:"良知是天理之昭明灵觉处,故良知即是天理。"[1] 它之所以是先验的,是因为它是天命之所授,"天理在人心,亘古亘今,无有终始"[2],是人性的根本内涵。而"良知"之所以是道德本体,是因为它具有"至善之德"和"天命之性"。他说:"至善者性也"[3],"至善者心之本体"[4],"天命之性,粹然至善"。一切善或者德性都来源于这个良知。"盖良知只是一个天理自然明觉发见处,只是一个真诚恻怛,便是他本体。故致此良知之真诚恻怛以事亲,便是孝;致此之真诚恻怛以从兄,便是悌;致此良知之真诚恻怛以事君,便是忠,只是一个良知。"[5] 人有良知,就可以行孝、悌、忠之善;人的良知如果被蒙蔽,便会有私欲之心和功利之心。因此,昭明的良知是一切善的根源,良知被蒙蔽便是产生恶的原因。

良知作为最高的道德价值,在于它"知善知恶",是判断一切邪正、是非的伦理标准,也是检验"天理"的最终标准。王阳明认为,"良知"之所以可以知善知恶,因为它处在"虚灵明觉"的状态,他解释说,"心"是身之主,而"心"也是虚灵明觉,也就

---

1 《答欧阳崇》,《王阳明全集》,第 81 页。

2 《传习录》下,《王阳明全集》,第 125 页。

3 《传习录》上,《王阳明全集》,第 29 页。

4 《传习录》下,《王阳明全集》,第 110 页。

5 《传习录》中,《王阳明全集》,第 95—96 页。

是所谓本然之良知。王阳明的这种说法克服了朱熹"天理论"在逻辑上的悖论。按照朱熹的说法，"存天理"之所以是道德的，是因为"天理"的本性就是善的。虽然知道"天理"之所以是"善"的，却不可能以"天理"作为标准，否则就成为"同义反复"。从此意义而言，王阳明提出以"虚灵明觉"的"良知"作为衡量善恶的标准，较之以"天理"作为标准更具有超验性。他指出："无善无恶是心之体，有善有恶是意之动，知善知恶是良知，为善去恶是格物。"[1]所谓"无善无恶"，是说"良知"超越了一般的善恶观念，因而也即"至善"。因此，知善知恶是"良知"。人的意念都是"有善有恶"的，人要致"天理良知"之善于行为中，去掉邪念恶行就是"格物"。

王阳明认为，作为"天理至善"和"天命之性"的"良知"，是古往今来人人皆有的心性本体，是人心中"自然灵昭明觉"，它不从"见闻"产生，不受见闻的束缚。既然"良知"为人人皆有，那么区别就在于能不能"致良知"，"圣人之学，惟是致其良知而已"[2]。自然而"致良知"者，就是圣人；勉强而"致良知"者，就是贤人；自蔽自昧而不肯"致良知"者，是愚和不肖者。但是王阳明指出，愚和不肖者，虽其"蔽昧之极，但其良知亦在"[3]，只要致其良知，"人皆可以为尧舜"。

王阳明认为，要成就自己的德性，人们无须向外努力，只需

---

1　《传习录》下，《王阳明全集》，第133页。

2 3　《书魏师孟卷》，《王阳明全集》，第280页、第321页。

反诸本心。所以他说："良知即是天理，体认者，实有诸己之谓耳。"[1] 强调了人的道德自觉性和道德主体性，说明成圣成愚的差别，不在于外在的种种限制，而在于每个人内在的道德自觉性。因此，尽管从"良知"上说"满街都是圣人"[2]，但并不意味着现实中的每个人都是圣人。

王阳明认为这一"良知"，就是"未发之中"。他说："未发之中，即良知也，无前后内外，而浑然一体者也。"[3]

王阳明虽然接受了朱熹心有体用说，但不像朱熹那样把心之体用对立起来。他从体用一源出发，认为性与情是合一的，从而提出"性无定体"说。他指出，因性无定体，所以论亦无定体。有从本体上说的，有从发用上说的，有从源头上说的，有从流弊上说的，总而言之，只是一个"性"。"性之本体原是无善无恶的，发用上也原是可以为善可以为不善的，其流弊也原是一定善一定恶的。"[4] "性无定体"说，消除了"中"与"和"前后历时性的关系。"未发在已发之中，而已发之中未尝别有未发者在；已发在未发之中，而未发之中未尝别有已发者存。"[5] 即体在用中，两者不可分离。未发之中虽是本体，但它必然要通过已发之和的功能呈现出来："有是体，即有是用；有未发之中，即有发而皆中节之

1 《与马子莘》，《王阳明全集》，第 243 页。

2 《传习录》下，《王阳明全集》，第 132 页。

3 《传习录》中，《王阳明全集》，第 72 页。

4 《传习录》下，《王阳明全集》，第 130—131 页。

5 《传习录》中，《王阳明全集》，第 72 页。

和。"[1] 因此，王阳明认为中和是离不得的，因此他提出"中和一"
的观点。他举例来说明，前面火的本体是"中"，火之照物处便是
"和"，举着火，其光便是自照物。"火"与"照"如何离得？所以
"中和一也"[2]。这里所谓未发已发，实际上就是指性情关系。王阳
明所谓性，不是别的，就是"良知"。"良知"是道德的自觉理性，
也就是完全的"自觉"。

虽然王阳明和陆九渊一样认为性情体用是合一的，但在他看
来，体和用还是有明显区别的。自本体上说，性为至善，"性无不
善，故知无不良，良知即是未发之中，即是廓然大公、寂然不动
之本体"[3]。所以王阳明认为："人性皆善，中和是人人原有的，岂
可谓无？"[4] 但是从发用上说，则有善不善；从流弊上说，则只有
恶而无善。他举例说，七情顺其自然之流行，都是"良知"之用，
不可分别善恶，但不可有所著，七情有所著，都被称为"欲"，都
被称为"良知之蔽"。但是"刚刚有著时，良知也自会觉，觉就
是蔽去复其体矣"[5]。在王阳明看来，七情之发，有两种可能，一
是顺"良知"之自然流行；二是有所著，成为"良知"之蔽。因
此，他虽然主张性必有情，但同时他又强调情有过与不及，就会
变成"私欲"，就不是本体之性了。因此，在王阳明看来，大概

---

1 《传习录》上，《王阳明全集》，第 20 页。

2 《补录》，《王阳明全集》，第 1294 页。

3 《传习录》中，《王阳明全集》，第 70 页。

4 《传习录》上，《王阳明全集》，第 26 页。

5 《传习录》下，《王阳明全集》，第 126 页。

七情所感，多只是过，少有不及者，过就不是心之本体，必须调停适中才能得[1]。性作为道德本体无不"中"，但七情所感则未必"和"。"中"是标准，只有符合这个标准，才能"和"，否则，便是"私意"用事，或过或不及。所以王阳明又否定人人皆有未发之中，他说："不可谓未发之中，常人俱有。"[2]这与他人人皆有"良知"说相互矛盾。但是他又认为，喜、怒、哀、乐本体自是"中和"的，"只是都著些私意思，只就是过与不及，就是私"[3]。只是后天掺入了"私意"，才使中和本体受到了蒙蔽，这就是昏蔽。他指出，既有所昏蔽，则其本体虽终是暂明暂灭，"非其全体大用矣"[4]。"非全体大用"就是失其中和。所以不中的根源不在本体自身，而是由于"私意"的昏蔽。因此，要使喜怒中节，还要在情上用功。他说："喜怒哀乐非人情乎？自视听言动以至富贵贫贱患难死生，皆是变也，事变亦只在人情里。"[5]王阳明把"好色好利好名"之心说成是私欲昏蔽。他主张从根本上解决问题，不仅在已发时不能"如着在好色、好利、好名等项上"[6]，而且未发时应将一切私心扫除荡涤，无复纤毫留滞，只有这样，"方可谓之喜怒哀乐未发之中，方是天下之大本"[7]。一切扫除消灭之后，"光光只是心之本体，看有甚闲思虑？此便是寂然不动，便是未发之中，便是廓然大公，自然感而遂通，自然发而中节，自然物来顺应"[8]。

---

1 2 3 4 5 6 7 8 《传习录》上，《王阳明全集》，第19页、第20页、第22页、第26页、第17页、第25页、第27页、第25页。

### （二）致良知是择乎中庸的功夫

王阳明认为虽然未发之中是心之本体，但是在现实中，未发之中却往往达不到全体之大用，那是因为今人未能有发而皆中节之和。因此，王阳明认为只要把心中"好色""好利""好名"等偏倚的"私心"一应涤荡扫除，才能达到"全体廓然，纯是天理"[1]的理想中和状态。为了达到这个"未发之中"的本然状态，王阳明提出"事上磨炼""和上用功"的"致良知"修养方法。他认为只要通过道德修养，"知得过不及处，就是中和"[2]。

王阳明在体用上主张"中和一"，在"致中和"的功夫论上，他也反对把"致中和"分裂成相对独立的"致中"和"致和"两个阶段，反对分作"涵养是中，省察是和"两种功夫。王阳明认为，这两种功夫不是"两事"而是"一事"。比如，居敬和穷理，虽有涵养省察之分，但实为一事。他指出："就穷理专一处说，便谓之居敬；就居敬精密处说，便谓之穷理。却不是居敬了，然后别有个心穷理，穷理时别有个心居敬。名虽不同，功夫只是一事。"[3]在王阳明看来，涵养中有穷理，穷理中有涵养。如果遇事时穷理而无涵养，便成"逐物"；无事时涵养而无穷理，便成"着空"。因此在王阳明看来，为学"不可执一偏"，也就是涵养与省察二者不可偏废，这是"知行合一"功夫的表现。

---

1　（明）王阳明著，钱明、孙佳立注：《传习录》，哈尔滨出版社 2016 年版，第 54 页。

2　《传习录》下，《王阳明全集》，第 130 页。

3　《传习录》上，《王阳明全集》，第 38 页。

王阳明强调从"心体上用功","从本源上着力",因而认为只有从喜怒哀乐未发之中上养来,才是最重要的修养方法。他认为种树者必培其根,种德者必养其心,只有存养未发之中,才有发而皆中节之和,否则,便是支离决裂。为此,王阳明非常重视"真诚恻怛"的"诚意之功"[1]。王阳明认为,"诚""只是实理,只是一个良知"[2],是"心之本体"。在他看来,求复其本体,便是"思诚"的功夫。"思诚"的功夫,就是"诚意",所以"有所忿懥好乐则不得其正,必须是廓然大公,方是心之本体"[3]。"诚意"是为了复其本体,中和之体又在"诚意"中实现。所以,"诚"既是准则,又是认识和实践的功夫。本体和功夫是不能分开的。

王阳明把"诚意"诠释为"为善之心真切","着实用意便是诚意"[4],以自觉而真诚的道德努力,去成就理想人格。他认为,道德修养如果仅靠天理匡束人心,使人敬之畏之,而没有发自内心的道德情感,没有道德情感的推动,就不可能成就真正意义上的"道德人"。王阳明把培养真诚无妄的道德情感看作是通往人格完善的必由之路。

但是,王阳明并没有否定省察的功夫。他所谓在酬酢应变处用功,在事上磨炼,和朱熹在事事物物上省察,很难有什么区别。

---

1 《答王天宇》,《王阳明全集》,第185页。

2 《传习录》下,《王阳明全集》,第124页。

3 4 《传习录》上,《王阳明全集》,第34页、第39页。

但是王阳明认为，本体不离功夫，所以涵养本心不能离开省察物理。这就演变出王学中"本体即功夫，功夫即本体"[1]的修养方法。王阳明也讲"格物"，但是他既然认为"心外无物"，那么他所谓的"格物"就与朱熹"穷尽事物之理"的理解不同。王阳明的"格物致知"就是"致良知"。王阳明的"格物"作为道德修养的第一步，一开始就是指向内心的。他说："格物之功，只在身心上做。"[2]在他看来，当时社会危机的根本原因在于"人心"不正，道德修养必须从正心开始，而不能"舍心逐物"[3]。王阳明从主体精神的"格物"开始，寻求了一条由内而外"中和合一"的修养途径。在王阳明看来，只有通过有效的"致中和"功夫，由未发之体培养出已发之用，才能体用一贯，中和一体。

在"致中和"的过程中，就可以使社会有序，人伦井然。他说："道无不中，一于道心而不息，是谓'允执厥中'矣。一于道心，则存之无不中，而发之无不和。是故率是道心而发之于父子也无不亲，发之于君臣也无不义；发之于夫妇、长幼、朋友也无不别、无不序、无不信；是谓中节之和，天下之达道也。"[4]这样，中和的理想人格就达成了，中和的理想社会也就实现了。

---

1 《重修阳明先生祠记》，《王阳明全集》，第 1691 页。

2 《传习录》下，《王阳明全集》，第 136 页。

3 《传习录》，第 67 页。

4 （明）王守仁：《阳明先生则言》，明嘉靖十六年（1537 年）薛侃刻本，第 82、83 页。

## 五、中外一机，中和一理

自明中叶以降，王阳明心学日渐式微。王学自身内在的逻辑矛盾，也就是本体和功夫的矛盾展开和外化，直接导致了王门后学的分化及其末流之弊。王学中的现成派，从"自然本心""现成良知"出发，完成了"满街皆是圣人，酒色财气不碍菩提路"[1]的逻辑推衍，这样固然能够满足大众一种简单易效的"成圣"追求，但流弊所至，未免"猖狂无忌惮"，不仅于世之名教无所补益，反而更加靡堕。而王门中的功夫派，执拗于由功夫而得本体的论说，将本体作为凌驾于功夫之上的理论前提。刘宗周作为理学的殿军人物，他详细而完备地把理学以来的心性、本体、功夫等两分物都尽摄于其实践历程之中。刘宗周运用"一气周流"为学理路，提出独体之中"中外一机，中和一理"，认为致中也是致和之功，最终将功夫通归于慎独，赋予儒家中庸思想以全新的含义。

### （一）存发总是一机，中和浑是一性

刘宗周之学以"慎独"为宗，认为"君子之学，慎独而已矣"[2]。在他看来，"慎独"是包括了个人的道德修养等一切重要学问和做人道理在内的宇宙本体认识。他指出："'慎独'是学问的

---

1　梁启超撰：《论中国学术思想变迁之大势》，上海古籍出版社2006年版，第82页。

2　（明）刘宗周著，吴光主编：《书鲍长孺社约》，《刘宗周全集》，浙江古籍出版社2012年版，第598页。

第一义，言'慎独'而身、心、意、知、家、国、天下一齐俱到。所以在《大学》为'格物'下手处，在《中庸》为上达天德统宗、彻上彻下之道也。"[1]《大学》言"慎独"，《中庸》亦言"慎独"。"慎独"之外，别无学也。在刘宗周看来，所谓尧舜禹的"十六字心传"、孔子"四勿"的道德准则、孟子的求放心，乃至程朱的"涵养须用敬，进学则在致知"及王阳明的"致良知"等都涵盖在"慎独"二字之内。可见，刘宗周的"慎独"说，把本体论、认识论、人性论和道德修养论都融合在一起。

在改造和重新解释"慎独"观的基础上，刘宗周把"独"上升到本体论的高度。他说："独者，位天地、育万物之枢牙也……主人翁只是一个，认识是他，下手亦是他。这一个只是在这腔子内，原无彼此。"[2]整个宇宙万物都在"独"之中。道德本体与宇宙本体在刘宗周的"慎独"论中达到了统一。

刘宗周将中和收归于"独"之中，他认为"慎独之学，即中和，即位育，此千圣学脉也"[3]。"约其旨不过曰慎独。独之外，别无本体；慎独之外，别无功夫，此所以为中庸之道也。"[4]他认为独体之中"一气周流"，他说："独体不息之中，而一元常运，喜怒哀乐四气周流，存此之谓中，发此之谓和，阴阳之象也。四气，

1 《学言》上，《刘宗周全集》，第357页。
2 《证人社语录》，《刘宗周全集》，第511页。
3 《忠端刘念台先生宗周》，《黄宗羲全集》，第1661页。
4 《中庸首章说》，《刘宗周全集》，第270页。

一阴阳也。阴阳，一独也。其为物不贰，则其生物也不测。故中
为天下之大本，而和为天下之达道，及其至也，察乎天地，至隐
至微，至显至见也。"[1]他将中和视为独体之中四气周流的表现形
式。刘宗周以"喜怒哀乐"四者作为表征气化运动秩序的范畴，
他说："维天于穆，一气流行，自喜而乐，自乐而怒，自怒而哀，
自哀而复喜。"[2]而且将喜、怒、哀、乐等同于宋儒常用的元、亨、
利、贞，作为表征一切的气化循环过程的范畴，认为每一气化过
程的循环皆可以分为四个不同的阶段，在每一个阶段上均有自己
特殊的运动表现，这四者交替循环，体现了宇宙有秩序的变易过
程。刘宗周认为人心亦由血肉之气生成，因而心之活动过程亦为
喜、怒、哀、乐四者"一气流行"的循环运动过程。

刘宗周将喜、怒、哀、乐四气循环不已的内在原因归结为有
"中气"的存在，"而发之即谓太和元气……而于时为四季[3]。这
里，刘宗周并非说四气之外别有一"中气"，他认为"中气"只是
存在于四气之中而已，并认为"中气"表现出来即"太和元气"，
所以刘宗周特别重视"中气"的作用。他说："喜怒哀乐，当其未
发，只是一个中气。"[4]刘宗周进一步以"中气"言"中"，以"和
气"言"和"，将"中"规定为喜、怒、哀、乐之所存，"和"规
定为喜、怒、哀、乐之所发；故而"中"为"和"之根据，而

---

1 《易衍·右第六章》，《刘宗周全集》，第123页。

2 《学言》中，《刘宗周全集》，第372页。

3 （明）刘宗周：《学言》，四库全书本清乾隆年间（1792年）版，第49页。

4 《学言》上，《刘宗周全集》，第357页。

"和"为"中"之外在表现，以"中"为天下大本，以"和"为天
下达道。他说："存之，其中也，天下之大本也；发之，其和也，
天下之达道也。"[1] 刘宗周还以隐微言"中"，以显见言"和"，他
说："隐微者，未发之中；显见者，已发之和。"[2] 此处，刘宗周将
"中"规定为具有隐微特质的"天下大本"，将"和"规定为具有
显见特质的"天下之达道"，至此，宗周所论"中和"与宋儒所论
并没有显著区别。

刘宗周认为独体之中"指其体谓之中，指其用谓之和"[3]。由
于他认为体用一源，因而他进一步论述说："独体惺惺，本无须
臾之间……此独体也，亦隐且微矣。及夫发皆中节，而中即是
和，所谓'莫见乎隐，莫显乎微也'。未发而常发，此独之所以妙
也。"[4] 这就是说独体之中，中和一也，因而隐微与显见亦无间，
即是"莫见乎隐，莫显乎微"。刘宗周认为未发之中是即隐即见，
即微即显；已发之和是即见即隐，即显即微。依刘宗周之子刘汋
解释说，"显微即表里之谓也"，也是表明中与和是表里关系。

据此，刘宗周认为所谓未发已发虽有体用之分，却都是一心，
即情感意识，而不是形而上的本体意识。刘宗周所谓喜、怒、哀、
乐是从性上说，未发已发是从心上说，其实心性总是合一的。
"人皆有本然之真心在……原坐下完足，人自不体察耳。"[5] 未发之

---

1 2 《学言》下，《刘宗周全集》，第416页、第410页。

3 《学言》上，《刘宗周全集》，第357页。

4 《中庸首章说》，《刘宗周全集》，第270页。

5 《问答》，《刘宗周全集》，第320页。

中，是指喜、怒、哀、乐未发动的潜在意识；已发之和，是指喜、怒、哀、乐已发动的现实意识。"未发为中而实以藏已发之和，已发为和而即以显未发之中"[1]，二者是相互依存的。这样刘宗周就从根本上否定了程朱学派以未发已发分体用的观点，把未发之"中"与已发之"和"看成感情意识的两种过程，"惟存发总是一机，中和浑是一性"[2]。"一机"指未发、已发合一，"一性"指性、情合一。它们所表明的正是"性"与"情"的内在贯通性。"中外一机，中和一理也。"[3]已发与未发本是性之周流，刘宗周打破了以未发为"性"、已发为"情"的局限，主张喜、怒、哀、乐是性之本然，因感而动，天命所为。他指出："一性也，自理而言，则曰仁、义、礼、智；自气而言，则曰喜、怒、哀、乐。"[4]"性"与"情"本不是两物，就其存于"中"而言，"情"即是"性"；就其显发于外而言，"性"即是"情"。刘宗周把"性"与"情"合一来说，就是为了"把人的情感理性化，以人的情感为道德理性之本然"[5]。这是要把人们的欲望、感情、行为及思想控制在道德的范围之内。"存发一机，中和一性"，正是刘宗周论"已发未发"以及"中和"的根本观点。

刘宗周又以阴阳动静论已发未发，"中"是用来说明其阳之动

1 《学言》上，《刘宗周全集》，第354页。
2 《学言》，四库全书本，第49页。
3 《明儒学案》，《黄宗羲全集》，第1671页。
4 《子刘子学言》，《黄宗羲全集》，第896页。
5 李振纲：《证人之境——刘宗周哲学的宗旨》，人民出版社2000年版，第78页。

的，"和"是用来说明其阴之静的，然未发为中实际上以藏已发之和，已发为和就以显未发之中，这就是"阴阳所以互藏其宅而相生不已"[1]。他进一步解释说："无极而太极，独之体也。动而生阳，即喜怒哀乐未发谓之中；静而生阴，即发而皆中节谓之和。才动于'中'，即发于外，发于外则无事矣，是谓动极复静；才发于外，即止于'中'，止于中则有本矣，是谓静极复动。"[2]朱熹和王阳明都以形而上者为未发，形而下者为已发。阴阳只是形而下者，故不可以论未发、已发。刘宗周用形而下的阴阳之气解释未发和已发，这就取消了道德形上论。他解释说："性者生而有之之理，无处无之，如心能思，心之性也；耳能听，耳之性也；目能视，目之性也；未发谓之中，未发之性也；已发谓之和，已发之性也。"[3]这一解释就未发已发而言，已不再具有形上论的特征，且意味着对于人的理性能力的高度重视。

在这里，刘宗周把未发、已发解释成情感意识的两种过程，而不是体用关系，"性"则产生于未发、已发之中。他说："性无动静者也，而心有寂感。当其寂然不动之时，喜怒哀乐未始沦于无；及其感而遂通之际，喜怒哀乐未始滞于有。"[4]这就既否定了以已发、未发分体用的意识论，又坚持了主体原则。

刘宗周以"中"为天下之大本，即微即显；"和"为天下之达道，即显即微。由于二者统合于"一气流行"的独体之中，所以

---

1 2 《学言》上，《刘宗周全集》，第354页、第356页。

3 4 《学言》，四库全书本，第52页、第29页。

喜、怒、哀、乐未发、已发是一事，绝不可以从时间上分前后论
述。所以刘宗周说："可见中外只是一机，中和只是一理，绝不以
前后际言也。"[1]

### （二）"慎独"即是"致中和"

刘宗周从"独体"之中和为一的思想出发，认为"致中"与
"致和"的功夫没有区别。他提出："从来学问只有一个功夫，凡
分内分外，分动分静，说有说无，劈成两下，总属支离。"[2]因而
他认为，"致中"与"致和"的功夫统一于"慎独"的修养功夫，
"慎独"是实践儒家"中庸之道"的必要途径。他指出，"慎独"
即是"致中和"，"致中和，则天地位、万物育。此是仁者以天地
万物为一体实落处，不是悬空识想也"[3]。他认为，君子由"慎独"
以致吾"中和"，而天地万物无所不本、无所不达矣。"达于天地，
天地有不位乎？达于万物，万物有不育乎？天地此中和，万物此
中和，吾心此中和，致则俱致，一体无间。"[4]在刘宗周看来，如果
人人都能做到"慎独"，走"中庸之道"，各安其位，各尽其职，
彼此和谐地发展，就可以国治而天下太平。

刘宗周"慎独"的方法就是"诚意"。他提出："大学之道，
诚意而已；诚意之功，慎独而已。""意"就是至善的归宿之地，

---

1 《答董生心意十问》，《刘宗周全集》，第305页。

2 《学言》下，《刘宗周全集》，第408页。

3 《答秦履思》二，《刘宗周全集》，第278页。

4 《中庸首章说》，《刘宗周全集》，第270页。

其为物不贰，曰"独"。"意"外无善，"独"外无善。所以"诚意"是《大学》的专义，前此不必在"致知"，后此不必在于"正心"；这也是《大学》的完义，后此无"正心"之功，并无修齐治平之功。由此可见，刘宗周认为"诚意"与"慎独"是相通的。

刘宗周认为，《大学》是从心体上讲人的至善性，《中庸》是从性体上讲人的道德践履，但他把《大学》之道与《中庸》之道等同起来。他说："《大学》言心到极至处，便是尽性之功，故其要归之慎独。《中庸》言性到极至处，只是尽心之功，故其要亦归之慎独。独，一也。形而上者谓之性，形而下者谓之心。"[1]形而上的性体与形而下的心体，在"独"处得到了绝对的统一，"意"与"独"从此并行不悖。这样，"诚意"与"慎独"达到了心性合一的终极架构。

---

1 《学言》上，《刘宗周全集》，第351页。

第八章

# 以务实为宗旨的中庸观

## 一、"诚"足以为中庸

### （一）道至于中庸而止

南宋时期，工商业经济发达，在永嘉地区涌现出数量众多的富商、富工和经营工商业的地主，为了适应这些新兴阶层的利益要求，永嘉学派在永嘉地区出现了。因为永嘉学派的最大特点就是强调功利，注重事功，继承并发展了传统儒学中"经世"的一面，使儒家的学说不至于完全陷入纯求心性修养，因而又被称为"事功学派""功利学派"。

永嘉学派的代表人物叶适认为道物、道器统一的基础不是道，而是器、事、物，即世界上存在的具体的事和物。叶适认为物质是独立的、普遍的存在，自然界不同的法则只是物质具有的不同的理，不同的现象只是物质不同的表现形态，从而肯定了物质的第一性。天地间有形有象的就叫作"物"，物既统一而又有区别。

表现出来的各种不同的物质形态，叫作"物之情"；同时，统一的物质世界叫作"物之理"。

叶适反对离物言道，认为道和物是不可分离的，"物之所在，道则在焉"[1]。叶适认为道与物既然不能相离，就不能说道在天地之先。由这一命题出发，他批评了老子"有物混成，先天地生"的思想。"道可言，未有于天地而言道者。"[2]他对老子的批评，实际上就是对程朱的批评。道在"天地之先"还是在"天地之中"，是叶适与理学家的根本对立之一。因此他反对太极在万物之先而生万物，认为《易传》中"太极生两仪，两仪生四象"是用来"骇异后学"的"文浅而义陋"的荒唐话。但是，叶适并不因此而否认"极"的存在。在叶适那里，极就是理，"极"有标准、典范的意义。他认为抽象的极或理是存在的，但必须依赖于具体事物的存在。他说："夫极非有物，而所以建是极者则有物也。君子必将即其所以建者而言之，自有适无，而后皇极乃可得而论也。"[3]这样，通过具体事物建立起来的"极"，是看得见的有，用来建立看不见的无，这就是"自有适无"。

叶适认为，事物的永恒变化是不以人的意志为转移的，是天地的至数，这就是道。叶适进一步指出，世界上所有事物都是一分为二的，事物的运动变化都是由其内部的"两"所决定的，"道原于一而成于两"，古之言道者必以"两"来形容物之形，阴阳、

---

1 2 （宋）叶适：《习学记言序目》，中华书局1977年版，第702页、第700页。

3 刘公纯、王孝鱼、李哲夫点校：《进卷·皇极》，《叶适集》，中华书局2010年版，第128页。

刚柔、逆顺、向背、奇偶、离合、经纬、纪纲，都是"两"。"凡天下之可言者，皆两也，非一也。一物无不然，而况万物？万物皆然，而况其相禅之无穷者乎？""皆两非一"，是说事物的矛盾现象是普遍存在的，每一事物都包含着矛盾的两方面；"相禅无穷"，是说事物的变化，前后相续，从不中断，以至于无穷，是矛盾双方作用的结果；前者强调了矛盾的普遍性，后者强调矛盾的永恒性。要想把握道，一方面要防止只知其一不知其二，另一方面又不能把"两"机械地割裂开来，而看不到"两"的相互推移转化。

叶适给这个"原于一而成于两"的"道"起名曰"中庸"。道之所以通行于万物之间，就是由于中庸的缘故。"彼其（道）所以通行于万物之间，无所不可而无以累之，传之于万世而不可易，何欤？呜呼！是其所谓中庸者邪？"在叶适看来，所谓"中庸"，就是对立的两极得到调和而取得的最和谐状态，"然则中庸者，所以济物之两而明道之一者也"，中庸是事物发展的最高目的和最后归宿，"道至于中庸而止矣"。[1]

### （二）诚足以为中庸

中庸之道是宇宙万物的根本规律。因此，人们应该学会按照中庸之道来立身处世。叶适认为按照中庸之道来立身处世就是要做到"诚"。叶适认为只有依据"诚"，人才可以达到中庸的状态。

---

[1] 《中庸》，《叶适集》，第 732 页。

他说:"此其所以为中庸也。""诚"的本意是真实无妄或诚实无欺,在叶适那里还兼有自然的规律的意思。他认为日月寒暑,风雨霜露,"是虽远也而可以候推,此天之中庸也,候而不至,是不诚也。艺之而必生,凿之而及泉,山岳附之、人畜附之而不倾也,此地之中庸也,是故天诚覆而地诚载"[1]。叶适以天地来比附人事,把社会中的君臣父子、仁义教化都看成是必然,是人不可违背的真实无妄的规律,是人追求的最佳状态——中庸。由此可见,叶适的思想就是使人们各安其位维持现状。就这一点而言,叶适与理学并不冲突。

叶适认为按照"诚"的规律就可以达到中和的状态:"致中和,天地位焉,万物育焉,何谓也?曰:此明其所以为诚也。"[2]中和,因其是人心最澄静未染时的状态,所以可以"养诚",心达到诚,就可以达到中庸的理想状态。所以叶适说:"故中和者,所以养其诚也,中和足以养诚,诚足以为中庸,中庸足以济物之两而明道之一,此孔子之所谓至也。"[3]

叶适认为"道"落实于人心,就是中和。他说:"夫发于劲挺,孰若纳于中和;华其文辞,孰若厚其根本!根本,学也;中和,道也。"[4]中和,是道心的状态;学,则是培养道心,厚其根本。中和,是叶适对道的体认,在他看来,未发为中,已发为和。他说:"于未发之际能见其未发,则道心可以常存而不微;于将发

---

1 2 3 《中庸》,《叶适集》,第 733 页。

4 《宜兴县修学记》,《叶适集》,第 195 页。

之际能使其发而皆中节，则人心可以常行而不危。不微不危，则中和之道致于我，而天地万物之理遂于彼矣。"[1]"中"是"中理"，道心存"理"而能达到"中"，这是性的表现形态；"和"是道心、人心发作于外物时的形态，是情的表现形态。他说："今夫邑之翘材颖质，将进于道，必约以性，通以心，肝脾胃肾无恣其情，念虑思索无挠其灵，则偏气不胜而中和全矣。……学与道会，人与德合。"[2]约性敛情，自然中和而不偏。

叶适认为，"中和"既不是"未发之先非无物"，也不是"既发之后非有物"。他说："未发之先非无物也，而待所谓中焉，是其本也枝叶悉备；既发之后非有物也，而待其所谓和焉，是其道也幽显感格。"[3]叶适认为《中庸》所说的"诚者，物之始终，不诚无物。是故君子不以须臾离物也"，如果真是这样，那么知的极致，就是格物的验证了。[4]叶适认为在"格物"时，应该不妄加个人的好恶情感，才能在认识事物时做到"中和而不偏"。所以，只有格物以诚，不主观行事，"以物用而不以己用"，才能"使中和为我所用"。这就是尧、舜、禹、汤、文、武能"允执厥中"，恭行中庸之道的真谛。他说："使中和为我用，则天地自位，万物自育，而吾顺之者也，尧舜禹文武之君臣是也。夫如是，则伪不

---

1 《习学记言序目》，第 109 页。

2 《宜兴县修学记》，《叶适集》，第 195 页。

3 4 《中庸》，《叶适集》，第 733 页、第 731 页。

起矣。"[1]

叶适认为过与不及都是不好的，都是"祸"。他认为，过者以"不及"为陋，不及者以"过"为远，"二者不相合而小人之无忌惮行焉，于是智愚并困而贤不肖俱祸"[2]。他对《中庸》智愚、贤不肖的过、不及论提出了异议，认为无论是师之过，还是商之不及，都是知者、贤者。其有过、不及的原因，是因为质之偏，学之不能化。"任道者，贤、知之责也，安其质而流于偏，故道废；尽其性而归于中，故道兴。愚、不肖何为哉？"[3] 因此，他认为只有大力提倡"君子之中庸"，方可进入"中和"的理想境地。他提倡通过"礼乐兼防"以达到"君子之中庸"的境界，他说："礼乐兼防而中和兼得，则性正而身安，此古人之微言笃论也。"[4] 叶适反对理学家只重礼，不重乐，只讲道德心性，而不重感官情欲，只"教人抑情而徇伪"，他认为这样做的结果是"礼不能中，乐不能和，则性枉而身病矣"[5]。从而回归到原始儒家的礼乐中和论。

### （三）弃同取和

在和同之辨的问题上，叶适主张"弃同取和"，反对"弃和取同"。他从国家"治乱兴亡"的高度，阐述了"和"与"同"的内涵及其社会效果。

---

1 2 《中庸》，《叶适集》，第 733 页。

3 《宋元学案》六，《黄宗羲全集》，第 1975 页。

4 5 《习学记言序目》，第 88 页。

在叶适看来，"同"具有两种不同的涵义。周武王与周幽王就因为对"同"有不同的理解，因而所导致的结果也不同。他认为"武王言同，谓心与德"，周武王讲的"同"是指"同心同德"，即"和"；"若幽王所取正反是，心离德离，但以势利为同耳"[1]，而周幽王讲的"同"，不是同心同德，而是势力之同。所以他认为周幽王所导致的外寇侵犯、国势日衰，最根本的原因是周幽王"弃和取同"的结果。在叶适看来，"弃同取和"不是一件容易做到的事情，他说："人心之取舍好恶，求同者皆是而求和者千百之一二焉，若夫綦而至人主，又万一焉。"[2]因而特别强调要重视"和""同"的问题。他说："贤否圣狂之不齐，治乱存亡之难常，其机惟在于此，可不畏哉！"[3]叶适的思想以经世致用为主，他的"致中和"思想也是针对社会问题出发的。例如，在政治上，叶适要求道义必须与实际政治相结合；他看到人类历史是一个变易的过程，不可一味地拘泥于古法，但同时他又反对随意更张，认为变易应当根据现实社会的具体情况而定；在君民关系上，他既主张维护君主专制，又提倡重民。在经济领域，他把道德要求与经济发展统一起来，区别理财与聚敛，重新为理财正名，认为为天下人理财，是利民的经济活动，是义。这些都可以说是"致中和"思想在叶适的社会活动中的表现。

---

1 2 3 《习学记言序目》，第171页。

## 二、在中则谓之中，见之于外则谓之和

明末内有李自成起义，外有清军虎视眈眈。这个时期也是中国学术思想大变动的年代，不仅有西学的传入，而且中国传统的理学与经学也发生了相当大的变化，出现了从崇德性向道问学、由空谈心性向经世致用、由理学思潮向经学思潮过渡与转化的学术风气。

清初亲历了社会巨大变化的儒学之士，开始从空疏的心性之学中摆脱出来，探求经世致用的学问，以宏扬务实为宗旨的中庸观，这在清儒的探究中迭见新意。

王夫之痛感明末统治危机，在焦虑中探索，产生对王学的怀疑，试图修正程朱理学，恢复传统经学。他与顾炎武、黄宗羲等人开创了讲求经世致用之新风。

王夫之在一定程度上批判总结了宋以来的中和哲学思想，成为一个继往开来、体现时代精神的集大成者。

### （一）中者体也，庸者用也

王夫之非常重视中和之说，他从其心性论的基本观点出发，认为"喜、怒、哀、乐之未发谓之中"是儒者第一难透的关，因此在理解"中和"上，他认为既"不可以私智索"，"亦不可执前人之一言，遂谓其然，而偷以为安"。[1] 王夫之根据其哲学观点，

---

1 （清）王夫之：《中庸》，《读四书大全说》，湘乡曾氏清同治四年（1865年）刻本，第73页。

对传统的中和之说做出了自己的说明。

王夫之认为"中"是宇宙的根本法则，"天下之理统一于中"，"性者，中之本体也；道者，中和之大用也；教者，中庸之成能也"。[1]所以，"中"是圣人世代相传的。"中道者，即尧舜以来相传之极致，《大学》所谓至善。学者下学，立心之始。""学，所以扩其中正之用而弘之者也。"[2]

他从道德本体论出发，提出"中皆体也"的观点，认为"凡言中者，皆体而非用矣"[3]。他论证说天下之理统于一中："合仁、义、礼、知而一中也，析仁、义、礼、知而一中也。"[4]他肯定了"中"的本体性，不论是合仁、义、礼、知的中和之中，还是析仁、义、礼、知的时中之中，都是一体而非用矣，他说："审此，则'中和'之中，与'时中'之中，均一而无二矣。"[5]又说："中无往而不为体。未发而不偏不倚，全体之体，犹人四体而共名为一体也。发而无过不及，犹人四体而各名一体也。固不得以分而效之为用者之为非体也。"[6]王夫之认为"中庸"既不是与"过""不及"并列为三，也不是"过"与"不及"的折中，他说："中庸二字，必不可与过、不及相参立而言。"[7]中庸之德亦不在"两者之间，不前不后"，他认为"分中、过、不及为三涂，直儿

1 《中庸》，《读四书大全说》，第62页。
2 （清）王夫之：《张子正蒙注》，湘乡曾氏清同治六年（1867年）刻本，第131页。
3 《中庸》，《读四书大全说》，第55页。
4 5 《中庸》，《读四书大全说》，第54页。
6 7 《中庸》，《读四书大全说》，第55页、第342页。

戏不成道理"[1]。因此,他坚决反对宋儒把"中"理解为"折两头而取中之义也",他说:"先儒于此,似有所未悉。说似一川字相似,开手一笔是不及,落尾一笔是过,中一竖是中庸,则岂不大悖?中庸之为德,一全川字在内。"[2]

在此基础上,他在解释孔子的"中行"时,反对宋儒把它说成"中行、狂、狷,如三叉路,狂、狷走两边,中行在中央"[3]。王夫之从辩证法的角度,认为中行必然包含着"进取"与"有所不为"二者在内。他说:"进取者,进取乎斯道也;有所不为者,道之所不可为而不为也。中行者,进取而极至之,有所不为而可以有为耳。"[4]王夫之认为"中"与狂、狷不可分离,应该在狂与狷之中寻求中行之道,"做得恰好",即是中行。他说:"同此一圣道,而各因其力之所可为而为之,不更求进,便是狂、狷;做得恰好,恰合于天地至诚之道,一实不歉,便是中行。此一中字,如俗所言'中用'之中。道当如是行,便极力与他如是行,斯曰'中行',下学上达而以合天德也。"[5]王夫之在对"中庸"的解说中,充满着辩证法思想,这是他对"中庸"范畴的主要贡献之一。

在此基础上,王夫之把中庸规定成"中"为体,"庸"为用。"以实求之,中者体也,庸者用也。"[6]"中为体,故曰'建中',

---

1 2 《中庸》,《读四书大全说》,第467页、第342页。

3 4 5 《中庸》,《读四书大全说》,第378页。

6 《中庸》,《读四书大全说》,第56页。

曰'执中'，曰'时中'，曰'用中'；浑然在中者，大而万理万化在焉，小而一事一物亦莫不在焉。庸为用，则中之流行于喜怒哀乐之中，为之节文，为之等杀，皆庸也。"所以，他不同意朱熹"立庸常之义"，说："道之见于事物者，日用而不穷，在常而常，在变而变，总此吾性所得之中以为之体而见乎用，非但以平常无奇而言审矣。"[1]

### （二）在中则谓之中，见之于外则谓之和

王夫之在中、和的内涵及其关系上，也具有独到的见解。在王夫之看来，"中""和"的关系不是简单的体用关系，而是中与外的关系，"在中则谓之中，见于外则谓之和。在中则谓之善，见于外则谓之节"[2]。他认为，喜怒哀乐之未发，"以不偏不倚"而言，故叫作"中"；发而中节者即是和，"其中节者即和，而非中节之中有和存，则即以和着其实也"[3]。

在此基础上，他提出了"天下无无用之体，无无体之用"[4]的体用合一说。但是他又认为，单言体，其中必定有用者；而单言用，则不足以见体。据此，他认为专以中和之中为体就可以了，而专以时中之中为用则未安。他说："时中之中，非但用也。中，体也；时而措之，然后其为用也。喜怒哀乐之未发，体也；发而皆中节，亦不得谓之非体也。"[5]喜怒哀乐未发的时候，是体；发而皆中节，也不能说其不是体。之所以如此，是因为喜自有喜之

---

1 2 3 4 5 《中庸》，《读四书大全说》，第57页、第75页、第77页、第387页、第55页。

体，怒自有怒之体，哀乐自有哀乐之体。喜而赏，怒而刑，哀而
丧，乐而乐，就是用。即便是用，赏亦自有赏之体，刑亦自有刑
之体，丧亦有丧之体，乐亦有乐之体，是亦终不离乎体也。因
此，他认为："中皆体也，时措之喜怒哀乐之间，而用之于民者
则用也。以此知夫凡言中者，皆体而非用矣。"[1] 又说："中无往而
不为体，未发而不偏不倚，全体之体，犹人四体而共名为一体也。
发而无过不及，犹人四体而各名一体也。因不得以分而效之为用
者之为非体也。"[2] 在王夫之看来，中与和之间既有"分"，也有
"合"。就其"分"而言，是"离者不孤"；就其"合"而言，是"合
者不杂"，所以，"'中和'之中与'时中'之中，均一而无二矣"[3]。

由此，他对"中体和用"之说提出了批评："手足，体也；持
行，用也。浅而言之，可云但言手足而未有持行之用；其可云方
在持行，手足遂名为用而不名为体乎？夫唯中之为义，专就体而
言，而中之为用，则不得不以'庸'字显之。故新安陈氏所云
'中庸'之中为中之用者，其谬自见。"[4]

王夫之认为"未发已发"是心，是性情的主体承担者。他认
为，未发是心，喜怒哀乐是情，心虽然未发，但是喜怒哀乐之情
都在其中。"明有一喜怒哀乐，而特未发耳。后之所发者，皆全
具于内而无缺，是故曰在中。"[5] "在中"就是说心中有性，而性
中有情。

王夫之认为未发之中，是实有而不妄的。"善是中之实体，而

1 2 《中庸》，《读四书大全说》，第 55 页。
3 4 5 《中庸》，《读四书大全说》，第 54 页、第 56—57 页、第 74 页。

性则是未发之藏。"[1] "中"必须实有其物才能做到不偏不倚，否则，就会落空了。他举例说，就像一个屋子中间，什么都没有，既然是空无一物，那什么东西可不偏，什么东西可不倚呢？一定要在中庭放置一个东西，然后才可以说它不偏倚，"审此，则但无恶而固无善，但莫之偏而固无不偏，但莫之倚而固无倚，必不可谓之为中，审矣"[2]。可见，王夫之所谓"未发之中"，并不是佛教所言"空虚无物"，而是指天性固有之善的实体，从而划清了他与佛老空虚之论的界线。

### （三）能中庸者，必资乎存养省察

王夫之认为"致中和"就是关于道德人格的修养，他说："能中庸者，必资乎存养省察，修德凝道以致中和之用者而后可。"[3] 因为"中庸之为德，存之为天下之大本，发之为天下之达道，须与尽天下底人日用之，而以成笃恭而天下平之化"[4]。

他把"存养省察"作为达到天人合一境界的修养功夫。他说："唯喜怒哀乐之未发者即中，发而中节者即和，而天下大本达道即此而在，则君子之存养省察以致夫中和也，不外此而成天地位，万物育之功。"[5] 为了达到天人合一的最高境界，王夫之提出"诚"的功夫。认为，"诚"是天理之性的集中体现，其本质的内容和特征就是真实无妄。王夫之指出圣人的德性浑然都是天理，无不合乎天道，"诚者天之道，而圣人不思不勉而中道，则亦曰诚者，是

---

1 2 3 4 5 《中庸》，《读四书大全说》，第75页、第74页、第89—90页、第90页、第71页。

圣人与天而通理也"。"诚"就是圣人与天相通之理，然而，还没有成为圣人之前，贤人君子的德性不都是真实无妄的，这就需要他们去效法天道，学习天道的诚，择善而从，"诚之者人之道，而择善固执则诚乎其身，是贤人与圣而同德也"[1]。

王夫之虽然认为圣人达到了天道意义上的"诚"，可以从容地力行中庸之道，但是他又认为"天道不尽于圣人也"，也就是圣人不等同于天道，因而"圣人可以言诚者，而不可以言天道"[2]。在王夫之看来，圣人的"诚"具有人道意义，达到了人道的极致。他说："其然，则此一诚无妄之理，在圣人形器之中，与其在天而为化育者无殊。表里融彻，形色皆性，斯亦与天道同名为诚者，而要在圣人则终为人道之极致。"[3]这就决定了包括圣人在内的所有人，都必须效法天道，从而达到与天地参的目的。他说："圣人不废择执，唯圣人而后能尽人道。若天道之诚，则圣人固有所不能，而夫妇之愚不肖可以与知与能者也。圣人体天道之诚，合天，而要不可谓之天道。君子凝圣人之道，尽人，而要不可曰圣人。然尽人，则德几圣矣；合天，则道皆天矣。"[4]王夫之一方面强调了匹夫、匹妇及愚、不肖从事道德修养的可能；另一方面也指出圣人的道德虽达到了人道的极致，但并不等同于天道，因此圣人也同平常人一样，具有一个至善更至善的问题。在这里，王夫之设计了若干具体可行的分目标，激励着人们不断修为，将理想人格与道德修养有机地结合起来。

---

1　傅云龙、吴可编：《船山遗书》，北京出版社 1999 年版，第 1648 页。

2 3 4　《中庸》，《读四书大全说》，第 130 页、第 131 页、第 132 页。

第九章

# 中庸思想的近代转化

随着 1840 年鸦片战争的爆发，中国在西方列强的坚船利炮中，被迫打开了长期关闭的大门。中华民族面临着严重的民族危机，此时，一大批士大夫为了挽救民族危机，提出"师夷长技以制夷"的思想，迈出了向西方学习的第一步。但是，他们并不主张抛弃儒家思想，提出"中学为体，西学为用"，从而拉开了中国救亡与启蒙双重奏的近代化历程。

十九世纪末，中国民族资本主义初步发展，资产阶级登上政治舞台。随着中国民族危机的加深，他们向西方的学习已经从器物的层面转向了制度的层面。他们主张变革中国的政治制度，实行君主立宪。同时他们把儒家思想与西方资产阶级政治学说结合起来，赋予了儒家思想新的内容，使传统儒学符合时代潮流。

随着中国资本主义经济的发展，资产阶级革命派用革命的手段推翻了清王朝，从而结束了统治中国二千多年的君主专制制度，此时，近代中国知识分子对待西方文化的态度出现了两种分化：一部分留学归来的知识分子认为西学优于中学，主张全盘学习西方的文化。他们在思想领域掀起了一场新文化运动，批判尊孔复古，倡导民主和科学。新文化运动给儒家思想以猛烈批判，动摇了儒家思想的正统地位。同时，另一部分维新知识分子，主张维护中国传统文化在中国的本体地位。在上述两种观点的激烈碰撞中，前一种观点明显处于优势。

在这种背景之下，对中庸问题的研究也逐渐衰落下来。虽然康有为、梁启超等维新知识分子对中庸之道不断渲染，但是在"五四"新文化运动中成长起来的知识分子，在全盘西化思想的指导下，从"打倒孔家店"出发，对中庸之道进行了无情的揭露与全盘否定。鲁迅先生就把孔子的中庸思想看作是保守、惰性的表现形式之一，认为中庸人格的实质是卑怯，他在 1925 年 3 月致《猛进》周刊主编徐旭生的信中指出："遇见强者，不敢反抗，便以'中庸'这些话来粉饰，聊以自慰。所以中国人倘有权力，看见别人奈何他不得，或者有'多数'作他护符的时候，多是凶残横恣，宛然一个暴君，做事并不中庸；待到满口'中庸'时，乃是势力已去，早非'中庸'不可的时候了。一到全败，则又有命运来作话柄，纵为奴隶，也处之泰然，但又无往而不合于圣道。这些现象，实在可以使中国人败亡，无论有没有外敌。"[1]虽然，鲁迅对于"中庸之道"的批评具有以偏概全之嫌，但是，他对"中庸"的批判显然也有一定的道理，他看到了中庸"无可无不可"

---

1　鲁迅：《通讯》，《华盖集》，见《鲁迅全集》第三卷，人民文学出版社 1981 年版，第 25 页。

的处世方式具有沦为"乡愿"的危险。

随着革命的胜利，鲁迅式的对中庸的否定态度基本上以主流的方式得以沿袭，中庸思想的研究和发展毋庸置疑地衰落下来。[1]

# 一、物必有两，而后有争

晚清之世，国势积弱，康有为以托古改制实行变法，所以对中庸之道多有发明。

## （一）变易的思想

甲午战争前，康有为已经开始论述变革的必要性，但此时他还囿于"天变"的传统范畴之内，他所选择的变革没有摆脱皇权的窠臼。甲午战争的惨败促使康有为意识到，中国的变革需要新的方向，于是他化合中西，构筑了以阴阳为框架、以进化论为核心的变易理论，使传统儒家的时中观有了新的发展方向。

康有为较多地接触了西方文化，因而他除了主张发展近代国防、经济和教育以外，在自然观方面接受了近代科学的自然进化观。他以康德的"星云说"改造了中国的"元气说"，指出原始星云的相对物质运动是天体演化的原因。他认为："天地之理，阴阳而已，其发于气，阳为湿热，阴为干冷。湿热则生发，干冷则枯槁，二者循环相乘，无有终极也。"[2]在康有为看来，这个变化中的

---

1 参考了陈科华著《儒家中庸之道》研究中的部分相关内容。
2 汤志钧编：《康有为政论集》，中华书局1981年版，第17页。

宇宙又是分层次的和无限扩展的，并经历了从简单到复杂、从低级到高级的发展过程。他解释说，"有湿热之气生郁蒸而为天，诸天皆此湿热之气，展转而相生焉"，"近天得湿热之气，乃生诸日月，得湿热之气，乃生诸地。地得湿热之气，蒸郁而草木生焉，而禽兽生焉，已而人类生焉"。[1] 在这里，康有为论证了宇宙之中天、地、万物和人都在不断地演进变化，承认了时空运动的无限性。

在此基础上，康有为改造了中国传统的变易思想，将进化论纳入阴阳体系之中。他指出，自然界的一切事物都处于永恒的发展变化之中，大至宇宙天体，小至花鸟虫鱼，概莫能外。因而人类历史也是不断发展的，社会政治制度也不会一成不变。他认为在历史发展过程中，应该因时制宜，根据实际情况随时调整和改变治国方法，据此，他提出了社会发展的三个阶段：据乱世、升平世、太平世。人类历史沿着三世递嬗而进，即从君主专制改变为君主立宪，再改变为民主共和。随着政体的变更，人类历史不断向更高层次发展。

康有为用进化论改造了传统的阴阳观，认为事物内部的矛盾是事物变易的动力。"物必有两，而后有争"，竞争使人才辈出，国家进步，而优胜劣败，乃是天然的法则。"进化之道，全赖人心之竞，乃臻文明。"[2] 由此，康有为把进化论纳入阴阳体系。因此，突变与渐变、运动与静止等都是对立而和谐的关系。康有为认为

---

1 《康有为政论集》，第 17 页。

2 （清）康有为：《论语注》，广西师范大学出版社 2016 年版，第 85 页。

对立而和谐的阴阳关系是永恒的、万古不变的，有世界就有阴阳，有阴阳就有对峙，阴阳的消长打破了平衡，便开始了进化，直至在新的对峙基础上重新达到对立而和谐的平衡。所以，他把平衡看作是事物存在的常态和变易的归宿。

### （二）大同理想

大同社会是儒家憧憬的最高理想社会，传统儒家理想中大同社会的基本特点是：大道畅行，"天下为公"，因而能"选贤与能，讲信修睦"。人们不只是亲爱其父母，爱抚其子女，而且要"使老有所终，壮有所用，幼有所长，鳏寡孤独废疾者皆有所养"，阴谋欺诈不兴，盗窃祸乱不起。与大同相对应的是"小康"。小康社会虽然不如"大同"世界那样和谐，但毕竟还有礼、仁、信、义等论理规范，实际上是夏、商、周三代相继而起的"盛世"，这是儒家认为可以实现的现实目标。

康有为在此基础上写出《大同书》。康有为把"仁"作为其哲学体系中的最高范畴。他吸纳西学中的"博爱"观念，对传统儒家的仁爱观念加以重新解释。他明确提出："仁者博爱。"[1]康有为以"仁"为体，"博爱"为用。他说："仁者，在天为生生之理，在人为博爱之德。"[2]但是，西方的博爱思想在理论上没有差等，而儒家的"仁"则包含在"礼"之中，是由亲及疏、由近及远的推己及人的过程，因而有远近亲疏之分和等差之别。对此，康有

---

1 2 楼宇烈整理：《孟子微 礼运注 中庸注》，中华书局1987年版，第87页、第208页。

为将"仁"的推行与进化论结合，给予了合理解释。他说："仁从二人，人道相偶，有吸引之意，即爱力也。"[1]但是爱力很大，无所不爱，从何而起？他进一步解释说："孔子之道分三等，亲亲、仁民、爱物。而道本于身，施由亲始，故爱亲为最大焉……盖仁者无所不爱，而行之不能无断限。"[2]儒家的仁是一个不间断的实行过程，是由"孝弟为始，亲亲为大"，再经由家、国渐至"泛爱天下"的不断推展。

康有为还把"仁"的推及过程同他的"三世说"结合起来，从另一个方面论证和阐明其博爱思想。他认为，历史的进化发展过程就是"仁"不断扩充的过程。他说："孔子立三世之法：据乱世仁不能远，故但亲亲；升平世仁及同类，故能仁民；太平世众生如一，故兼爱物。仁既有等差，亦因世为进退大小。"[3]三世的进化过程就是"仁"不断展开的过程。随着社会的演进，"爱有差等"将会被"爱无差等"所取代。康有为将"亲亲""仁民""爱物"分别与"据乱世""升平世""太平世"相匹配，把"博爱"转化成了"仁"在"升平世"中的具体展现转化，他的"仁"与博爱，融会贯通。

康有为从人性观点推出了人人平等之说。他认为："若名之曰人，性必不远。故孔子曰：'性相近也。'夫相近，则平等之谓，故有性无学，人人相等，同是食味、别声、被色，无所谓小人，

---

1 2　《孟子微　礼运注　中庸注》，第208页、第208—209页。

3 （清）康有为：《孟子微》，《康有为文集》，线装书局2009年版，第298页。

无所谓大人也。"[1] 既然人都具有"仁"性，那么在自然本质上人与人之间应当是平等的，都有同样的人性和权利。"盖人人皆所天生，无分贵贱，生命平等，人身平等。"[2] 基于此，康有为从"仁"引申出了近代意义上的平等思想。在康有为的意识之中，近代西方所宣扬的自由、平等、博爱之说，是早已包含在孔教之中的浅说，是"仁"本有之义；只是由于儒家经典"存空文"而不行，微言大义被湮没而不彰，才导致统治者不知更化，而使国家落后。因此倡导呼吁自由、平等、博爱，不是废祖宗之法于不顾，而是对孔子真义的发扬。依据康有为的观点，在"仁"的推动之下，人类社会的最终发展，必须达到"人人平等"的大同理想社会。

虽然康有为一再宣称自由、平等、博爱观念是孔孟儒家的原有之意，但是，其"自由、平等、博爱"已与孔孟儒家"仁"的思想有了根本区别。康有为接受了西方近代的民主思想，为"仁"注入了近代民主主义的内容，其"仁学"已明显呈现出资产阶级人道主义的精神色彩。

康有为以儒家哲学的变易观为基础，以"仁"作为历史发展的动源，融入西方的进化论对传统的"公羊三世说"加以改造，从中推衍出近代西方民主政治制度，勾勒出理想的大同世界，重新建构起"仁学"体系中的进化历史观。

---

1　（清）康有为撰，姜义华、吴根樑编校：《论语注》，《康有为全集》第一集，上海古籍出版社1987年版，第547页。

2　《孟子微　礼运注　中庸注》，第96页。

## 二、知难行易

孙中山处在政治大变革的时代，同时也是中国社会文化转型的特殊历史时期。他在其推翻帝制、缔造共和的革命过程中，也对中国的传统文化与革命的关系进行了理性的思考。

孙中山认为，在《中庸》《大学》中逐渐完善起来的修、齐、治、平的理论以及注重"内圣外王"精神的指导下，就可以"把一个人从内发扬到外，由一个人的内部做起，推到平天下止。象（像）这样精微开展的理论，无论外国什么样的政治哲学家都没有见到，都没有说出，这就是我们政治哲学的知识中独有的宝贝"。[1]

他还认为，西方资本主义文化也有其负面的影响，如过于贫富不均、道德沦丧等。因而，孙中山在反对帝制的同时，也提出了中国不能一味效仿西方的变革之路。孙中山所追求的"三民主义"，融贯中西文化的精华，有因袭中国固有的思想成分，有西方思想和学说的成分，也有他所独见创获的成分，其本身就贯彻了中道思想，那就是"一民族主义，二民权主义，三民生主义"[2]。孙

---

1 中国社会科学院近代史研究所中华民国史研究室、中山大学历史系孙中山研究室、广东省社会科学院历史研究所合编：《与美使舒尔曼的谈话》，《孙中山全集》第九卷，中华书局 1985 年版，第 24 页。

2 《在国民党成立大会上的演说》，《孙中山全集》第二卷，第 407 页。

中山的这一政治主张，是不同于中国专制政治内容的政治理论，其概括了民主革命的任务，顺应了中国近代历史发展的趋向。

辛亥革命后，孙中山所领导的国民党经历了一段坎坷的年代，因而孙中山的革命思想也发生了变化，他开始从资产阶级单独领导旧民主主义革命，转移到联合其他革命力量，共同走新民主主义革命道路。在此基础之上，孙中山重新解释了"旧三民主义"，使之发展为"新三民主义"。这体现了孙中山与时俱进的品质，也反映出孙中山受传统中庸思想的影响是极其深刻的。

孙中山在构建新时代的伦理道德思想方面也走了一条中庸之道。辛亥革命的胜利果实为袁世凯所篡夺，孙中山痛定思痛，他认为导致革命失败的重要原因，除了敌人的阴谋诡计之外，还有道德的沦丧。因而孙中山提出："用一种宗旨，互相劝勉，彼此身体力行，造成顶好的人格。人类的人格既好，社会当然进步。"[1]这促使孙中山道德救国的思想意识得到强化，他甚至认为近世以来中国日渐贫弱，其原因归咎于民族精神的缺乏。他认为正是因为我们"失去了民族的精神"[2]，所以国家才会一天一天退步。

孙中山长期生活在海外，认识到了西方文明只注重物质繁荣的缺陷，并以此作为教训，认为发展文明，不仅仅是关于财富一面，同时担负着谋求人民的幸福与安全。[3]孙中山审视西方文明，

---

1 《在广州全国青年联合会的演说》，《孙中山全集》第八卷，第315—316页。

2 《三民主义》，《孙中山全集》第九卷，第231—232页。

3 《对外宣言》，《孙中山全集》第六卷，第525页。

并由此复归传统文化。

孙中山对传统文化的复归和继承，也并非照搬原有的一切，而是表现了极强的灵活性及思辨性。中庸之道的"时中"论和权变思想对他起到了重要的指导作用。他曾说如能用古人而不为古人所惑，能役古人而不为古人所奴，"则载籍皆似为我调查，而使古人为我书记，多多益善矣"[1]。因而，孙中山在借鉴传统道德资源时，能够因时变通，做到了古为今用。

《中庸》第二十章说："天下之达道五，所以行之者三。""五达道"是指君臣、父子、夫妇、兄弟、朋友。"行之者三"则是指"三达德"，即知、仁、勇。孙中山把这种道德思想贯穿在他对军队的建设之中，用《中庸》的知、仁、勇三种德目去教育军队。孙中山认为"知"是指智慧，即能别是非、明利害；"仁"是指仁爱，就是为了人民和国家的利益不惜牺牲生命；"勇"为不怕，即不怕死，不怕为革命、为创造新世界而牺牲。在孙中山看来，"我死则国生，我生则国死"，"军人之为国家效死，死重于泰山"[2]。但孙中山又强调"须为有主义、有目的、有知识之勇始可。否则逞一时之意气，勇于私斗，而怯于公战，谈用其勇，害乃滋甚"[3]。

孙中山对我国传统的知行关系理论也做出了新的发展。首先，孙中山重新阐述了知行关系。传统的"知易行难"说，有容易导

---

1 《建国方略》，《孙中山全集》第六卷，第180页。

2 3 《在桂林对滇赣粤军的演说》，第34页、第30页。

致世人习于旧闻而不求新知、溺于空言而畏于实行的弊端。鉴于此，孙中山提出了"知难行易"论。他不仅肯定了"能知必能行"，而且提出"不知亦能行"的观点。他在论述人类获得知识的过程时认为，一开始就是不知而行之，然后才是行之而后知之，"其终则因已知而更进于行"[1]。于是得出了"行先于知"的结论。

孙中山之所以提出"知难行易"论，是因为他看到辛亥革命失败后，革命党人受"知易行难"思想的束缚，"不知固不欲行，而知之又不敢行"[2]，因此，孙中山把知行问题看成是对革命党人的思想建设的基础，鼓励党人无所畏而乐于行。

孙中山的"知难行易"说，表现了比较明显的重知特色。孙中山要求人们要懂得自己所要做的事情的道理和意义，这样，人们才会知道为何去做，并且在遇到困难、挫折时不至于灰心、退缩，甚至背叛革命。孙中山的知行观，对于当时的社会实践和革命实际而言，是有其积极作用的。

---

1 2 《建国方略》，《孙中山全集》第六卷，第 199 页。

# 第十章
# 中庸之道及其现代价值

纵观中庸思想的发展历史，我们可以对中庸之道做如下概括：中庸之道是儒家的最高哲学范畴，是儒家的道德准则和思想方法。

首先，中庸是一种"至德"，如《论语·雍也》："中庸之为德也，其至矣乎！民鲜久矣。"孔子认为，中庸为"至德"，其地位至高无上。而中庸的核心是"诚"，作为德性规范，广泛作用于社会、思想道德以及自然各领域。其功用则表现为"正己""正人"和"成己""成物"。"诚"在中庸中有两大特质：一是由下而上，为天人合一之道；二是由内而外，为内圣外王之道。作为德性理论，中庸之道教育人们进行自我修养，把自己培养成至仁、至诚、至善、至德、至道、至圣，合内外之道的理想人格和理想人物，以达到"致中和，天地位焉，万物育焉"的天人合一境界。

其次，中庸之道作为一种思想方法，它含有"尚中""尚和"两个方面。

"尚中"，即崇尚中正不偏之意。它既是一种方法原则，又包含对行为结果的要求。"尚中"，我们可以从以下方面理解：其一是"执两用中"。孔子主张研究事物两端的道理,"叩其两端而竭焉"。其二是"以礼制中"。孔子用中有一个原则,即"礼"。其三是"固时而中"。这种"中"具有动态的概念,不是一成不变的僵死的原则,"中"具有因时变化的特点。《中庸》就说:"君子之中庸也,君子而时中。"时中就是随时处中。把中的原则性和灵活性结合起来,更具有合理性。

"尚和",强调矛盾事物的统一、和谐。《论语·子路》载孔子的话:"君子和而不同,小人同而不和。"他主张人与人之间的关系和谐一致。"尚和"还含有"中和"的意义。其中,"和"是"中"的目标和结果,"中"是"和"的前提和保证;无"中"便无"和","中"与"和"互相联系、相互依存。但是,"和"仅体现了事物的表层状态,而"中"则作为事物的本质和精神内藏于事物之中。《中庸》说:"中也者,天下之大本也;和也者,天下之达道也。"又说:"致中和,天地位焉,万物育焉。"由此可知,中庸之道亦是中和之道,亦为天地之道,亦为人行事之道。它合一天人,使自然界和人类社会和谐无间。

中庸从"亲亲之仁"出发,以人的道德自律为途径,以"致中和"为其宗旨,最终达到内圣外王的理想境界。中庸之道对于强化中华民族文化心理中"尚和"的价值取向,起到了推动作用。中庸之道作为一种政治与道德形态,对于中国社会的和谐发展以及维系几千年的统一,起到了极其重要的作用。因而,行中庸,执中道,致中和,便成为中国传统文化的核心内容之一,中庸思想、中和情结，时时刻刻地影响着我们个人和社会。今天，我们全面而客观地评价中庸之道，深刻地理解和把握其合理内容及实质，汲取其思想精华，对于推动当今中国现代化的进程和社会主义道德建设有重要的意义。同时，当今世界，在全球一体化的发展趋势之下，中庸思想和价值观对全球化的价值思维也有着指导意义。

第一，以求人际关系的和谐，以修身为本。

正确贯彻中庸之道，首先就要修身。《大学》中指出："物格而后知至；知至而后意诚；意诚而后心正；心正而后身修。"《中庸》也说："故君子不可以不修身；思修身，不可以不事亲；思事亲，不可以不知人；思知人，不可以不知天。"修身是儒家内圣的根本，知人是外王的基础，与天合一，方可以由内而外，达到内圣外王的境界。要达到人际关系的和谐，即在处理自身与他人、与社会的关系上，首先要搞好自身的道德修养，养仁爱之心，行忠恕之道。《中庸》第十三章中说："忠恕违道不远，施诸己而不愿，亦勿施于人。"它所倡导的对人如己、推己及人，以求人与人的理解、尊重、信任，也是我们今天处理人际关系的伦理精神与原则。

今天，我国的经济高速发展，是我国历史上任何一个时期也不可比拟的。经济的高速发展，使我们人民的物资生活水平提高。但是在当今的经济大潮之中，精神文明建设滞后的现象也日益突出。道德作为社会生活中的重要的意识形态，对经济基础的反作用也是巨大的。然而，人们忽视自身的道德修养，甚至用经济取代和决定人们道德素质的培养，从而造成道德大面积滑坡的现象，造成了人与人之间关系的某些扭曲，一切向钱看，而缺乏仁爱之心。中庸之道的修身，就是讲礼、义之道，今天我们更应懂得做人之道，加强个人的道德修养，增强道德责任感和道德自尊心，加强包括社会主义道德和共产主义道德建设内容在内的社会主义精神文明建设。只有如此，才能从整体上提高我们民族的道德素养，才能适应经济建设的需要。

第二，中庸之道的"天人合一"思想对我国的可持续发展战略有指导作用。

可持续发展的思想是对不可持续发展的否定和反思。社会发展至工业文明时代，一方面显示了人对自然征服和改造的力量，另一方面又造成了对自然的严重破坏。就世界范围来说，主要表现为环境污染、生态破坏、资源耗竭、气候变暖等；就我国而言，还表现为相对短缺的资源、自然生态的失衡等，严重制约着我国经济的发展。于是，人们反思工业文明的道路，认为这是一条不可持续发展的道路。在当今世界，人们在追求经济增长的同时，从人类的生存环境、生活质量和长远利益出发，将社会、人口、环境、资源问题等提上议事日程，不仅确认人类自身的发展权利，并且强调人和自然的协调发展，从而确立一种新的文明观，即可持续发展的观点。这一理论最本质的创新，在价值观上，从过去的人与自然的对立转变为和谐的关系；在发展观上，从过去单纯的以经济为目标转变为以经济、社会和自然综合协调发展为目标。

可持续发展的核心问题，其实质是人与自然之间的矛盾问题。而中庸之道的"天人合一"思想，为解决这一矛盾提供了可借鉴的思想资料。

《中庸》一书中讲到"诚"。"诚"的一个重要表现就是"天人合一"之道。《中庸》第二十章曾特别指明："诚者，天之道也；诚之者，人之道也。"中庸所主张的"天人合一"，认为人类与自然界的关系是息息相通、和谐一体的。《中庸》第三十章说："辟如天地之无不持载，无不覆帱；辟如四时之错行，如日月之代明。万物并育而不相害，道并行而不相悖。小德川流，大德敦化，此天地之所以为大也。"中庸之道把万物之间的发展变化看作是相互联系并且和谐平衡的运动。《中庸》第一章说："中也者，天下之大本也；和也者，天下之达道也。致中和，天地位焉，万物育焉。"中庸认为天地与万物构成一个和谐的整体，而人与自然则是共存共生。因此，中庸之道不是把天、地、人孤立起来考虑，而是把三者放在一个大系统中做整体把握，强调天人的和谐。不仅如此，中庸之道还认为，人有责任"成物"。《易·系辞传》说："天地之大德曰生。"《中庸》第二十六章说："天地之道，可一言而尽也：其为物不贰，则其生物不测。"这段话首先告诉我们，天地之道，生生不息。"其为物不贰"，故每一事物都有自己的独特价值，都有生生的必要；"其生物不测"，即可以造成形形色色、千变万化的世界。人的天赋责任，就是要实现自然界的"生道"，而不是为了人类自身的利益去破坏自然界的生生之德。这就要求人们在维护生态平衡的基础上合理开发自然，规范人类对自然的行为，把人的生产方式、生活消费方式限制在生态系统所能承受的范围之内。

《中庸》第二十二章说："唯天下至诚，为能尽其性；能尽其性，则能尽人之性；能尽人之性，则能尽物之性；能尽物之性，则可以赞天地之化育；可以赞天地之化育，则可以与天地参矣。"可持续发展是从"尽物之性"开始的，但可持续发展却是在"尽人之性"与"尽物之性"的统一中实现的。人能改造自然，但人又是自然的一部分，在这个意义上，"尽人之性"也包含着人与自然的关系。中国 21 世纪的发展应是可持续发展，这就需要我们做到在向自然索取的同时要善待自然。善待自然，也就是善待我们自己的生命，善待我们的子孙后代。

因此，我们可以说，中庸之道的"天人合一"思想不仅是个哲学命题、伦理学命题，同时它对于我们今天重新审视人与自然的关系，实施可持续发展战略，具有重要的意义。

第三，中庸之道的理性精神，对处理目前的国际关系有现实的指导意义。

中庸之道，"不偏之谓中，不易之谓庸"，中庸乃是用中之常道，以中行事，不走极端。它的最大特色是情与理的平衡，是一种理性精神。中庸又具有宽容包纳、和而不同的内涵。中庸之道的上述思想对于指导处理目前的国际关系有重要作用。

进入 21 世纪后，世界各国人民更加渴望和平，追求经济发展和繁荣，和平与发展已成为时代的主题。然而，国际霸权主义和国际恐怖主义却越来越猖獗，成为严重影响世界和平与发展的两种破坏力量。极端主义是霸权主义和恐怖主义的共同特征，是反理性的。国际霸权主义也被称为单边主义，即从自己的狭隘利益出发，往往把自己的政治主张强加于世界人民，甚至不惜动用武力，威胁世界和平。国际恐怖主义是从民族和宗教极端狂热中孕育而生的，它提倡民族仇恨和宗教暴力，蔑视世界秩序，甚至不惜滥伤无辜，是一种暴力的狂热。霸权主义和恐怖主义是一对毒瘤，国际恐怖主义往往借口反霸权主义来进行国际犯罪活动，而霸权主义的势力扩张也为恐怖主义提供了借口；霸权主义也往往借口反对恐怖主义向世界各地推行单边主义，也正是它蛮横的霸道行径，更激发了民族和宗教的极端主义，从而为更激烈的恐怖主义提供了口舌和活动的空间。因此，在一定意义上说，霸权主义和恐怖主义相依共生。

中庸之道是一种包含理性精神的学说，因而，我们面对国际霸权主义和恐怖主义，要大力弘扬中庸之道的理性，克服国际活动中的各种偏激行为。

今天国际社会存在着许多不同的文明类型，如中国与东亚文明、欧美文明、印度文明、阿拉伯文明等。不同的文明各有自己的价值观以及与之相适应的社会行为方式。世界文化是多元的，多元文化的并存，才可以使世界呈现出多彩。孔子提出"和而不同"的理念，认为多样事物之间可以和谐共处，互补共进。《中庸》提出"万物并育而不相害，道并行而不悖"。《周易大传》认为"天下一致而百虑，同归而殊途"。这些观念使我们认识到，世界上的各种文明可以共生共长，并且文化上的多元性也不会妨碍人类虽"殊途"而"同归"的终极目的。但是，世界上还有一种"自由帝国主义"的理论，它认为可以用武力和干涉的办法去推行自己的价值观，甚至制造事端挑起地区文明之间的纷争和冲突。这种"自由帝国主义"的理论，乃是国际霸权主义的灵魂，我们要揭露这种理论的本质，并致力于世界各种文明之间的对话和沟通，以达到共生共荣，这就显示了中庸之道的理性精神的魅力。

第四，中庸"诚"的价值观念具有普世性。

"诚"的思想内涵主要有：其一，"诚"为真实无妄的本然之道。朱熹对"诚"的解释就是，"诚者，真实无妄之谓，天理之本然也"[1]。其二，"诚"为德目之一，"诚"为道德之本。其三，"诚"强调言行一致，知行合一。《中庸》所谓"诚之"，即指的"诚"的实践。

"诚"作为一种普世性的道德观和价值观，对于处理人际关系、社会因素乃至国际关系，都有重要的意义和作用。

对于每个社会成员而言，"诚"是立身之本，每个人首先必须树立正确的价值观，立身以诚，做一个公正无私、不偏不倚、讲究信用、取信于人的人。只有如此，才能妥善处理好人与人、人与社会的关系。

---

1 《四书章句集注》，第31页。

对于一个企业而言，"诚"是立业之本。一个企业形象的好坏往往决定这个企业的前途和命运。而企业形象的树立既不靠金钱，也不依靠权势，只能凭借诚信，来赢得在同行中的权威和声誉。形容"诚"是企业的第一生命，一点儿也不为过；而企业失去"诚"，便会失去人们对企业的信任，企业注定是要失败的。

对于一个国家而言，"诚"是立国之本。中国自古就有"民为邦本，本固邦宁"的训条，百姓是一个国家的根本，国家领导者靠什么治理好一个国家？靠的是"诚"，要取信于民，只有取得百姓的信任，众志成城，这个国家才有力量、才有希望。要取信于民，就要有利于人民、利于国家、利于民族的政策和措施。《论语·颜渊》就说"民无信不立"，这是千真万确的真理。《中庸》第二十章也说："凡事豫则立，不豫则废。言前定则不跲，事前定则不困，行前定则不疚，道前定则不穷。在下位不获乎上，民不可得而治矣！获乎上有道，不信乎朋友，不获乎上矣！信乎朋友有道，不顺乎亲，不信乎朋友矣！顺乎亲有道，反诸身不诚，不顺乎亲矣。诚身有道，不明乎善，不诚乎身矣！诚者，天之道也；诚之者，人之道也。诚者，不勉而中，不思而得，从容中道，圣人也。诚之者，择善而固执之者也。博学之，审问之，慎思之，明辨之，笃行之。……果能此道矣，虽愚必明，虽柔必强。"这段话指出：治国的前提是"得民"，得民的前提是"获上"，获上的前提是"取信于朋友"，取信于朋友的前提是"顺亲"，顺亲的前提是"诚身"，诚身的前提是善。简而言之，这段话最集中、最典型地阐述了《中庸》"诚"的理论，其根本要义就是一个"诚"字。在这里，"诚"又上升到天之道的境界。而"诚之"即诚的实践，则是人之道。可知，诚在治国中的作用和地位是多么重要。

在国际关系中，国与国之间的"诚"乃是相互交往，相互促进，取得共同发展的基础。国家之间要想建立和平友好、平等互利、合作互动的国际关系，首要的是必须遵循"诚"的原则。当今世界还存在着许多危机与挑战。譬如国际霸权政治、恐怖主义、宗教冲突、种族战争以及环境污染、生态失衡、资源的掠夺等问题，都威胁着人类的生存与发展。因而，国际社会比任何时候都更需要以诚相待，相互信任，在平等互利的基础之上，共同应对人类的生存危机和挑战。只有建立起互信、互利、平等、协作的国际关系，世界才能多一份稳定与和平。

综上所述，我们可以说，中庸之道"诚"的原则和精神是正人、立国、治世的准则，是融合国际关系、促进国家和社会发展的基石和法宝。"诚"具有普世性的伦理精神。

# 参考文献

[1] 杨伯峻.春秋左传注[M].修订本.北京：中华书局，2016.

[2] 孔颖达.尚书正义[M].上海：上海古书籍出版社，2007.

[3] 周振甫.诗经译注[M].北京：中华书局，2010.

[4] 吕友仁.周礼译注[M].郑州：中州古籍出版社，2004.

[5] 王文锦.礼记译解[M].北京：中华书局，2001.

[6] 杨伯峻.论语译注[M].北京：中华书局，1980.

[7] 杨伯峻.孟子译注[M].北京：中华书局，2005.

[8] 王文锦.大学中庸译注[M].北京：中华书局，2013.

[9] 杨朝明.孔子家语通解[M].台北：万卷楼图书股份有限公司，2005.

[10] 萧洪恩.易纬今注今译[M].武汉：武汉大学出版社，2016.

[11] 范祥雍.战国策笺证[M].上海：上海古籍出版社，2006.

[12] 王利器.新语校注[M].北京：中华书局，1986.

[13] 阎振益，钟夏.新书校注[M].北京：中华书局，2000.

[14] 薛安勤，王连生.国语译注[M].长春：吉林文史出版

社，1991.

[15] 郭店楚墓竹简 [M].荆门市博物馆，编.北京：文物出版社，1998.

[16] 春秋繁露 [M].张世亮，钟肇鹏，周桂钿，译注.北京：中华书局，2012.

[17] 法言 [M].韩敬，译注.北京：中华书局，2012.

[18] 司马光.太玄集注 [M].北京：中华书局，1998.

[19] 楼宇烈.王弼集校释 [M].北京：中华书局，1980.

[20] 楼宇烈.周易注校释 [M].北京：中华书局，2012.

[21] 张沛.中说校注 [M].北京：中华书局，2013.

[22] 全唐文 [M].董浩，等编.北京：中华书局，1983.

[23] 刘昫，等.旧唐书 [M].北京：中华书局，1975.

[24] 王铚，王栐.默记；燕翼诒谋录 [M].朱杰人，等点校.北京：中华书局，1981.

[25] 黄宗羲.宋元学案 [M].全祖望，补修；陈金生，梁运华，点校.北京：中华书局，1986.

[26] 胡瑗.洪范口义 [M].北京：中华书局，1985.

[27] 胡瑗.周易口义 [M].长春：吉林出版集团有限责任公司，2005.

[28] 石介.徂徕石先生文集 [M].陈植锷，点校.北京：中华书局，1984.

[29] 李觏.李觏集 [M].王国轩，点校.北京：中华书局，

1981.

[30] 周敦颐.周子通书 [M].徐洪兴,导读.上海:上海古籍出版社,2002.

[31] 张载.张子全书 [M].林乐昌,编校.西安:西北大学出版社,2015.

[32] 张载.张载集 [M].章锡琛,点校.北京:中华书局,1978.

[33] 程颢,程颐.二程遗书 [M].朱熹,编;潘富恩,导读.上海:上海古籍出版社,2000.

[34] 程颢,程颐.二程集 [M].王孝鱼,点校.北京:中华书局,1981.

[35] 程颐,郑汝谐.伊川易传;易翼传 [M].上海:上海古籍出版社,1989.

[36] 朱子语类 [M].黎靖德,编;王星贤,点校.北京:中华书局,1986.

[37] 朱熹集 [M].郭齐,尹波,点校.成都:四川教育出版社,1996.

[38] 江永.近思录集注 [M].上海:上海书店,1987.

[39] 朱熹.四书章句集注 [M].北京:中华书局,1983.

[40] 朱熹.朱子全书 [M].朱人杰,严佐之,刘永翔,主编.上海:上海古籍出版社,合肥:安徽教育出版社,2002.

[41] 朱熹.四书或问 [M].黄坤,校点.上海:上海古籍出版

社，合肥：安徽教育出版社，2001.

[42] 陆九渊．陆九渊集 [M]．钟哲，点校．北京：中华书局，2008.

[43] 陆九渊．陆象山全集 [M]．北京：中国书店，1992.

[44] 陆九渊．陆九渊全集 [M]．上海：上海古籍出版社，2022.

[45] 叶适．习学记言序目 [M]．北京：中华书局，1977.

[46] 叶适集 [M]．刘公纯，王孝鱼，李哲夫，点校．北京：中华书局，2010.

[47] 黄宗羲．明儒学案 [M]．沈芝盈，点校．北京：中华书局，1985.

[48] 陈献章．陈献章集 [M]．孙通海，点校．北京：中华书局，1987.

[49] 陈献章．陈白沙集 [M]．上海：上海古籍出版社，1991.

[50] 湛若水．湛甘泉先生文集 [M]．桂林：广西师范大学出版社，2014.

[51] 王阳明全集 [M]．吴光，等编校．上海：上海古籍出版社，2011.

[52] 王阳明．传习录 [M]．钱明，孙佳立，注．哈尔滨：哈尔滨出版社，2016.

[53] 王守仁．阳明先生则言 [M]．薛侃刻本，1537（明嘉靖十六年）．

[54] 刘宗周．刘宗周全集 [M]．吴光，主编．杭州：浙江古籍

出版社，2012.

[55] 黄宗羲全集 [M].沈善洪，吴光，编校.杭州：浙江古籍出版社，2012.

[56] 王夫之.读四书大全说 [M].刻本.金陵：湘乡曾氏，1865（清同治四年）.

[57] 王夫之.张子正蒙注 [M].刻本.金陵：湘乡曾氏，1867（清同治六年）.

[58] 王夫之.船山遗书 [M].傅云龙，吴可，编.北京：北京出版社，1999.

[59] 康有为.论语注 [M].桂林：广西师范大学出版社，2016.

[60] 孟子微；礼运注；中庸注 [M].楼宇烈，整理.北京：中华书局，1987.

[61] 康有为.康有为全集 [M].姜义华，吴根樑，编校.上海：上海古籍出版社，1987.

[62] 康有为政论集 [M].汤志钧，编.北京：中华书局，1981.

[63] 孙中山全集 [M].中国社会科学院近代史研究所中华民国史研究室，中山大学历史系孙中山研究室，广东省社会科学院历史研究所，合编.北京：中华书局，1986.

[64] 鲁迅.鲁迅全集 [M].北京：人民文学出版社，1981.

[65] 王力.同源字典 [M].北京：商务印书馆，1982.

[66] 刘兴隆.新编甲骨文字典 [M].香港：国际文化出版社，1993.

[67] 裘锡圭.裘锡圭学术文集:甲骨文卷 [M].上海:复旦大学出版社,2012.

[68] 周法高.金文诂林 [M].香港:香港中文大学出版社,1975.

[69] 黄永武.敦煌宝藏 [M].台北:新文丰出版社,1981.

[70] 任继愈.中国哲学发展史:先秦卷 [M].北京:人民出版社,1998.

[71] 冯友兰.中国哲学简史 [M].北京:生活·读书·新知三联书店,2009.

[72] 徐复观.两汉思想史 [M].上海:华东师范大学出版社,2001.

[73] 冯天瑜,何晓明,周积明.中华文化史 [M].上海:上海人民出版社,1990.

[74] 朱贻庭.中国传统伦理思想史 [M].上海:华东师范大学出版社,2004.

[75] 王钧林.中国儒学史:先秦卷 [M].广州:广东教育出版社,1998.

[76] 王钧林.门外说儒 [M].济南:齐鲁书社,2002.

[77] 金春峰.朱熹哲学思想 [M].台北:东大图书股份有限公司,1998.

[78] 陈来.宋明理学 [M].上海:华东师范大学出版社,2004.

[79] 陈科华.儒家中庸之道研究 [M].桂林:广西师范大学出

版社，2000.

[80] 董根洪.儒家中和哲学通论 [M].济南：齐鲁书社，2001.

[81] 黎业明.湛若水年谱 [M].上海：上海古籍出版社，2009.

[82] 黎业明.陈献章年谱 [M].上海：上海古籍出版社，2015.

[83] 金景芳.周易讲座 [M].桂林：广西师范大学出版社，2005.

[84] 郭海鹰.湛若水精言 .[M] 广州：广州出版社，2018.

[85] 戢斗勇.甘泉学派 [M].广州：广州出版社，2017.

[86] 李振纲.证人之境 [M].北京：人民出版社，2000.

[87] 杨军.十八名家解周易：第五辑 [M].长春：长春出版社，2009.

[88] 黄秉泰.儒学与现代化 [M].北京：社会科学文献出版社，1995.

[89] 赵法学.泰山文化举要上 [M].长春：吉林人民出版社，2016.

[90] 喻博文.论《周易》的中道思想 [J].孔子研究，1989，（4）.

[91] 蒙培元.从心性论看朱熹哲学的历史地位 [J].福建论坛，1990，（6）.

[92] 魏登云."阳明心学"产生综合原因探悉 [J].遵义师范学院学报，2007，（2）.